[redacted]

[redacted]

徳間文庫

ＪＲ周遊殺人事件

西村京太郎

徳間書店

[redacted]

目次

第1話　JR北海道　北の果ての殺意

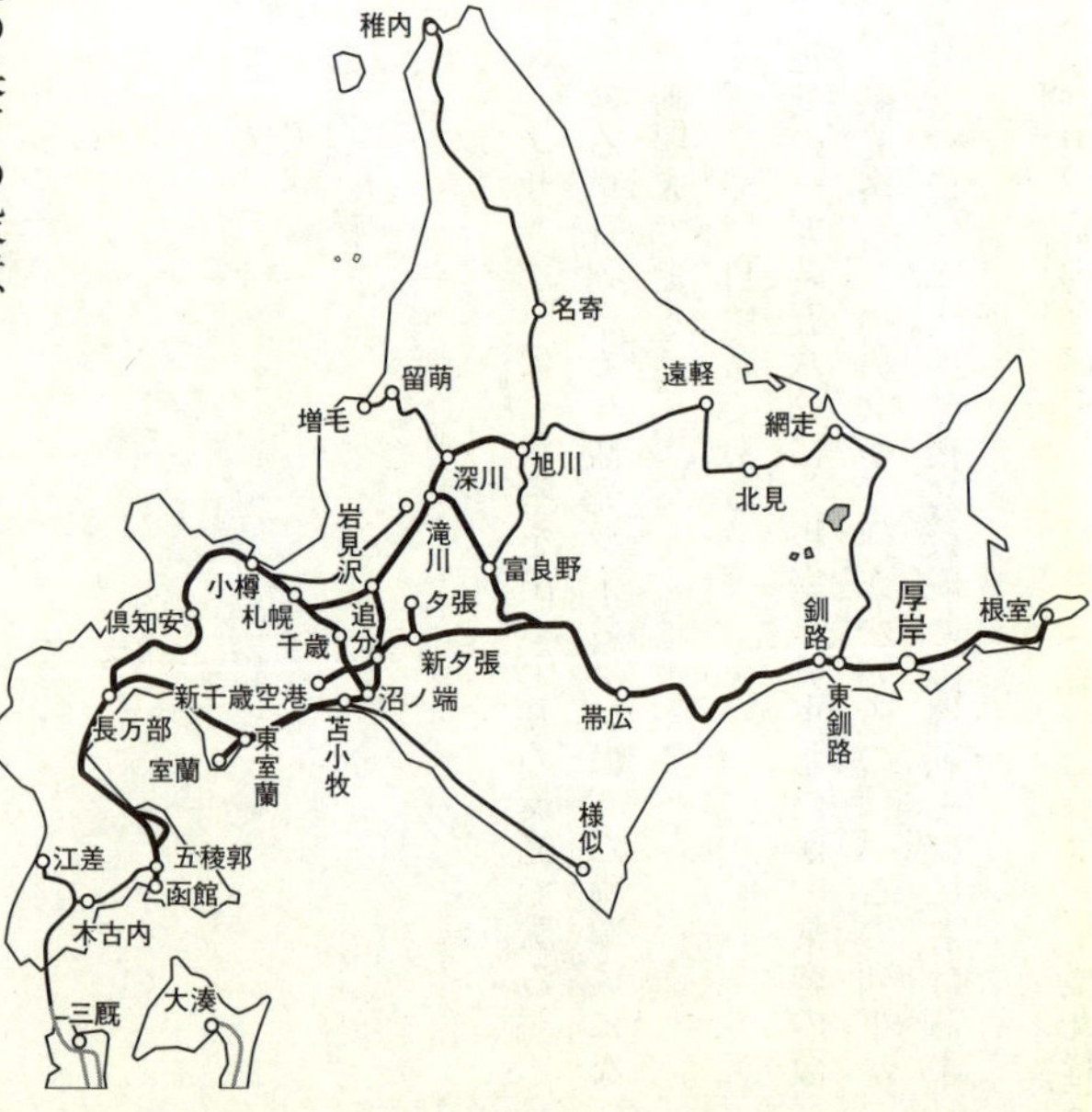

1

一九時五八分根室発、釧路行の快速「ノサップ」は、根室を出る上りの最終である。

快速といっても、たった一両のいわゆる単行列車で、観光シーズンには、二両編成になることがあっても、十月末の今は、一両編成で走る。

グリーン席などは、もちろん、無く、全て、自由席である。

十月二十一日、月曜日の列車は、定刻の一九時五八分に、根室を発車したが、乗客の数は、十数人だった。地元の人の他に、観光客らしい男女が、何人かいるのは、この列車が、終点の釧路で、夜行列車の急行「まりも」に、二十四分後に接続し、翌朝札幌に着けるようになっているからだろう。

快速「ノサップ」は、落石、厚床、浜中、茶内と停車し、厚岸に着いた時は、午後九時を過ぎていた。

この辺りは、厚岸湾に近く、湿原もあって、昼間なら、いかにも、北海道らしい景色が楽しめるのだが、今は、全く、夜の暗さの中に、沈んでしまっている。

二一時一九分に、厚岸を出発すると、このあとは、終点の釧路まで、停車しない。

列車は、気動車特有のエンジン音をひびかせ、時速六十キロ余りで、暗闇の原野を、走り続ける。その適度な揺れが心地よいのか、乗客の大半は、居眠りをしていた。

左手には、海岸が続いている筈だが、風がないのか、潮の音も聞こえず、聞こえるのは、列車のエンジン音と、レールをこする車輪の音だけである。

人家も殆どなく、灯も見えない。乗客が、眠くなるのが、当然かも知れなかった。

突然、前方に、強烈な閃光が走り、眼のくらんだ運転士は、あわてて、制動をかけた。

悲鳴のように、車輪が鳴ったかと思うと、列車は、ゆっくりと、右側が持ちあがり、海側に、横転していった。

乗客が、悲鳴をあげた。

車内の明りも、消えてしまっている。急ブレーキで、座席から投げ出された乗客たちは、次々、横転した車内で、床に放り投げられ、真っ暗な中で、血を流した。

同乗していた車掌の田島は、乗客たちの呻き声を聞きながら、手探りで、懐中電灯を探した。自分も、頭から血を流していたが、何とか、乗客を助けなければという思いで、痛みを感じていなかった。

だが、なかなか、懐中電灯が見つからない。

「皆さん。大丈夫ですか？」

と、大声で、怒鳴ると、呻き声の中から、

「早く、救急車を呼んで来てくれ！」

という声が、返ってきた。

やっと、田島は、懐中電灯を見つけた。スイッチを、オンにする。暗闇が、突然、明るくなって、その光芒の中に、倒れて、うごめいている乗客の姿が、浮かびあがった。

窓ガラスは、砕けて、散乱している。真横になった車内から、田島はすぐに、這い出し、線路を照らしながら、厚岸の方向に、歩いて行った。

門静の駅に着いた。

だが、駅員はいない。仕方なく、次の厚岸まで更に歩き、助けを求めた。

2

現場は、海と原野にはさまれた場所だったが、幸い、近くに、国道44号線が、走っている。救急車二台と、パトカー一台が、国道を走って、駆けつけた。

乗務員と乗客、計、十三人は、すぐ、厚岸町の病院に運ばれた。一番ひどい怪我をしていたのは、運転士の米倉周一だったが、それでも、命に、別状はないと、医者は、いった。

乗客十一人は、全員が、重軽傷を負っていたが、これも、入院したのは四人で、あとの七人は、病院で手当てを受けて、何時間後かには、帰宅している。

入院した四人にしても、全治二週間程度の傷だった。

釧路警察署と、JRがこの事故の捜査に当たった。

夜明けと共に、現場に、共同捜査班が、集合した。

車両が、脱線転覆したにも拘らず、レールのゆがみは、わずかだったので、修復は簡単だった。それに、転覆した車両も、一両だけである。

始発から、根室本線は、通常通りに、運行を再開した。

現場は、片側が海岸線であり、反対側は、原野である。

転覆した車両の頭上には、冬の訪れを告げるカモメが、群れをなして、舞っていた。

座席には、負傷した乗客たちの血が、飛び散っている。窓ガラスも、ところどころ、砕けて、車内に散乱していた。

運転席をのぞくと、そこも、窓ガラスが割れ、血が、流れている。

ブレーキは、一杯に、かけられた状態になっていた。運転士は、前方に、何か障害物を発見して、あわてて、ブレーキをかけたのだろう。

レールにも、急ブレーキがかけられた痕が、はっきりと、残っていた。そして、脱線。

問題は、それが、どんな障害物かということだった。たった一両の気動車といっても、二十トンを越す重量がある。それに、現場は、ゆるいカーブで、六十キロぐらいのスピードで、脱線するような場所ではなかった。

従って、警察も、ＪＲも、何か大きな障害物があったに違いないと、判断した。自動車とか、大きな木材といったものである。

だが、現場周辺をいくら探しても、押し潰された自動車も、木材も、発見されなかった。

自動車が見つからないのは、当然かも知れない。国道44号線が、近くに走っているといっても、現場から国道までは、かなりの距離があったし、現場に出る脇道もないのである。

木材についても、同じことだった。現場付近は、海からの風が強く、大きな原生林はないし、木材工場も見当たらない。木材が、線路に転がってくる可能性は、ゼロに近い。

「妙な具合ですね」

と、釧路署の責任者である、三崎刑事部長が、ＪＲ側の責任者の青木に、いった。

青木も、肯いて、

「本来、この辺りは、脱線事故が起きる場所じゃありません。運転士が、急ブレーキをかけたのは、何か前方に、障害物を発見したからに違いないのです」

「それが、何一つ見つからないのは、どういうことでしょうね」

「私にも、見当がつきません」

と、青木はいった。

二人は、厚岸の病院に行き、入院している米倉運転士に、会った。

米倉は、頭部に裂傷を負い、九針縫っていたが、三崎たちの質問に、答えてくれた。

「突然、眼の前が、ぱあっと明るくなったんです。それで、あわてて、制動をかけました」

と、米倉運転士は、頭の包帯を、指先で触りながら、いった。

「それは、どんな明りだったのかね？　単線だから、下りの列車とすれ違う筈はないし、踏切はないから、車のライトということも、考えられないが」

と、青木が、首をかしげた。

「とにかく、すごい光でした。一瞬、眼が眩みました。それで、反射的に、ブレーキをかけたんですが」

と、米倉が、いう。

「それで、何かに、ぶつかったのかね？」

「いえ。ぶつかった感触は、ありませんでした。ただ、右の車輪が、何かに、乗りあげた感じで、浮き上がってしまい、そのまま、横転してしまったんです」

と、米倉が、いった。三崎は、それを、丹念に、手帳にメモしている。

ＪＲの青木は、

「現場を検証した限り、レール上に、何も見当たらなかったがね。周囲にも、無かったよ」

と、いった。

「しかし、乗りあげた感触はありましたし、何も無ければ、転覆はしないと思いますが――」

と、米倉運転士は、いった。

「転覆したあとのことを、聞きたいんですがねえ」

と、三崎は、口を挟んで、

「車内の明りも、消えましたか？」

「私は、衝撃で、一時的に、気を失ってしまいました。気がついたら、真っ暗で、乗客が、呻き声をあげていました。何かしなければと思ったんですが、身体が動きませんし、頭から、血が、どんどん流れてきて、眼の中にまで入って来ました」

「そのあと、救急車が、駆けつけたんですね？」

「そうです」

「転覆についてですが、急ブレーキをかけたので、脱線転覆したということは、考えられませんか？」

と、三崎が、きくと、米倉は、きっとした表情になって、

「それは、あり得ません。あの辺りは、ゆるいカーブですし、急ブレーキといっても、完全に停止するまでには、時間が、かかります。自動車のようなブレーキではありません。速度が落ちていく途中で、右の車輪が、何かに、乗りあげたんです」

「眼の前が、突然、明るくなったということですが、何の光だと思いますか?」

「わかりません。とにかく、もの凄い光でした」

と、米倉は、いった。

「あの辺りは、人家もなく、夜の九時を過ぎると、真っ暗になるんじゃありませんか?」

「そうです」

「昨夜の月明りは?」

「雲がありましたので、月は、かくれていたと思います」

「列車の前照灯は、どのくらい明るいんですか?」

「数字ですか?」

「いや、数字をいわれても、よくわかりません。近くを照らすわけですか?」

「いや、列車は、今もいったように、ブレーキをかけても、すぐには、停車しませんから、かなり前方を照らす必要があるんです。また、相手にも、よくわかるようにしておく必要がありますから、前方から、確認できる前照灯になっています」

「眼がくらむような眩しさですか？」

「いや、そんなことは、ありません」

「すると、あなたが見たのは、遠くの光ではなく、ごく近くの光ということになりますね？」

「そう思います」

「しかし、近づくまで、その光は見ていなかったんでしょう？」

「そうです。見ていれば、気付きますよ。とにかく、突然、眼の前が、明るくなったんです」

と、米倉は、繰り返した。

「すると、こういうことになりますね。線路に、発光体があって、それが、列車が近づいた時、突然、光を出したということに」

「ええ。そうなりますが――」

と、米倉運転士は、首をかしげながら、いった。

3

負傷した乗客たちの証言は、運転士のものとは、少し違っていた。

強烈な光を、誰も、見ていないのである。乗客は、全員が、居眠りをしたり、雑誌を読んだりしていて、前方を、見ていなかったからだろう。

乗客が、異口同音にいったのは、突然、急ブレーキが、かかり、何人かが、座席から、放り出されたと思ったら、次の瞬間、列車が、ゆっくりと、横転していったということである。

誰もが、列車は何かに乗りあげた感じだったという。そして、車内は、真っ暗になり、悲鳴と、呻き声で、充満したということでも、一致していた。

「車掌は、ちゃんと、務めを果たしていましたか？」

と、JRの青木が、入院している乗客たちに、きいた。

「運転士さんは、意識を失っていたみたいだけど、車掌さんは、よく働いてくれましたよ。懐中電灯で、車内を照らしながら、一人一人に、大丈夫かと、きいて、励ましてくれましたよ」

「それに、救急車を、呼んでくれたのも、車掌さんなんでしょう？」

そんな答えが、返ってきて、青木は、ほっとした。この事故が、補償問題になった時、大事なことだからである。

最後に、青木と、三崎は、車掌の田島に、会った。

田島の証言は、次のようなものだった。

「突然、米倉運転士が、急ブレーキをかけたんです。車内に、悲鳴が起きました。たいていの乗客が、寝ていたみたいで、座席から、床に、放り出されたんだと思います。私も、あわてて、両手を突っ張るようにして、倒れるのを防ぎました。そうしたら、今度は、ひっくり返ったんです。直後に、車内の明りが消えて、真っ暗になってしまいました。何かに、乗りあげたんだと思いますね。車内は、呻き声で、一杯になりましたよ」

「そのあと、君は、どうしたのかね？」

と、ＪＲの青木が、きいた。

「とにかく、備え付けの懐中電灯を探しました。なかなか、見つからなくて、やっと、手探りで見つけて、車内を照らしながら、大丈夫ですかと、ききました。救急車を呼んでくれと、誰かが、大声で、叫んでいました。私は、私一人では、どうしようもないと思い、すぐに割れた窓から外に出て、線路を歩いて門静の駅まで行きましたが、駅員がいないので厚岸駅まで行って、連絡したんです」

と、田島車掌は、いった。

「私から質問して構いませんか」

と、三崎は、青木に断わってから、

「あなたは、光を見ていないんですか？」

と、車掌に、きいた。

「光？」

「米倉運転士は、突然、眼の前に、眼の眩むような光が走ったので、あわてて、急ブレーキをかけたと、証言しているんです。あなたは、それを、見ましたか？」

「いや。見ていません。が、乗客の皆さんは、どう証言しているんですか？」

今度は、田島が、きいた。

「みんな、眠っているか、雑誌を見ていたので、知らないと、いっていますよ」

と、三崎は、いった。

「そうですか。しかし、米倉運転士は、嘘をつくような人間じゃありませんよ」

と、田島は、いった。

「別に、米倉運転士が、嘘をついているといってはいませんが、ちょっと、信じがたい証言なんですよ。現場には、それらしい発光体も、落ちていませんしね」

「何かに、乗りあげたというのは、本当かね？」

と、青木が、田島車掌に、きいた。

「右の車輪が、持ちあがったのは、覚えています。そのあと、転覆したんです」

「どんなものに、乗りあげたんだと思うかね？」

「わかりません。現場から、見つかっていないんですか？」

「それらしいものは、全く、見つからないんだよ」

「おかしいですね」

「おかしいよ。ところで、負傷した乗客たちは、君に、感謝していたよ。自分たちを、励ましてくれ、救急車を、呼んでくれたといってね」

青木が、ほめると、田島は、照れた顔になって、

「たまたま、私は、軽傷でしたし、懐中電灯を持っていましたから」

と、いった。

4

JRと、警察で作られた事故調査委員会は、二つの疑問への答えを、必死に、探すことになった。

一つは、米倉運転士が見たという眩しい発光体のことである。そして、もう一つの疑問は、問題の列車が、何に乗りあげて脱線転覆したのかということだった。

JRの職員と、警察官合計二十六名が、現場周辺を、連日探した。だが、発光体も、事故の原因となった物も、見つからなかった。

合同会議も、この件に集中した。

「発光体の件は、運転士の勘違いということも考えられます。例えば、何か金属体が線路

に落ちていて、それに、前照灯が、反射したといったことです。そして、金属体は、列車が、脱線転覆したとき、はね飛ばされてしまって、見つからないのかも知れません。しかし、何かに乗りあげて、脱線転覆したという証言は、何人もの口から出ていて、重要です。なぜなら、急ブレーキをかけただけでは、脱線はしないからですが、ひょっとすると、これが、単なる事故ではなく、線路に、障害物を置いた、犯罪の可能性も、出てくるからです」

と、ＪＲの青木は、声を大きくしていった。

「その場合、犯人の目的は、いったい、何ですかね？　それに、なぜ、問題の障害物が、現場から、発見されないんでしょうか？」

釧路署の三崎が、質問した。

「正直にいって、どちらもわかりません。ＪＲ北海道に対して、脅迫文は、送られて来ていないし、この事故を予感させる電話もありません」

と、青木は、難しい顔で、いった。

ＪＲ側からは、青木に反対する意見も出た。

もし、ＪＲに対して、何か恨みを持っている人間がいたとして、列車転覆を計画したとすると、北海道の幹線を狙うのではないかというのである。

この意見には、説得力があった。

根室本線といっても、釧路以東は、ローカル線に等しい。単線だし、電化もされていない。事故を起こした快速「ノサップ」は、たった一両の単行列車で、乗客も、十一人しか乗っていなかったのである。

函館本線には、六両編成の特急「北斗」や、四両編成のエル特急「ライラック」が、走っているし、石北本線には、六両編成の特急「オホーツク」が、運行されている。

他にも、ＪＲ北海道を代表する列車は、いくらでもある。なぜ、そうした列車を狙わずに、一両で、ごとごと走っている列車を、狙ったのだろうかという疑問なのだ。

確かに、ＪＲ北海道に、恨みを持つ人間の犯行としても、不自然だった。

とすると、偶然の事故なのだろうか？

現場付近では、列車は、海沿いを走っている。

時々、海から、突風が、吹いてくることがある。何かが、飛ばされて来て、たまたま、快速「ノサップ」が、通過する寸前、レール上に、横たわる状態になってしまったのではないか。

事故のあと、再び、突風が吹き、それは、現場から、飛ばされて、消えてしまったのではないか。

こんな風に考える委員もいた。

確かに、今頃は、海から、突風が吹くことがある。

だが、肝心の障害物が、特定できないのと、偶然、レール上に、横たわる確率の低さが、この推理の弱いところだった。

マスコミの意見も、二つに分かれた。事故説と、犯罪説である。そのどちらも、決定的な証拠が見つからず、尻つぼみに、終わってしまった。

中には、運転士が、眩しい光を見たと証言していることを重視して、空飛ぶ円盤説まで持ち出す週刊誌もあった。円盤に乗った宇宙人が、快速「ノサップ」を、吸いあげようとして、失敗したのだというのである。

こうした極端な意見は別にして、事故調査委員会の意見は、最後まで、事故と、犯罪の二つに分かれていた。

第一回の調査報告書は、十一月二日に、出されたが、それも、二つの考えが、併記されたものだった。

この頃になって、入院していた人々も、退院してしまい、事故のことは、忘れられていった。何よりも、死者が一人も出なかったこと、それに、ローカルな事件ということも、あったようである。

その後、根室本線で、事故は、起きていない。快速「ノサップ」も、定時に発車して、快適に、走っていた。

十一月九日に、現場付近は、初雪が降った。それでも、列車に、乱れは、起きなかった。

事故調査委員会は、最終報告書を作成するための作業に入っていたが、マスコミも、一般の人々も、もう、事故のことは、すっかり忘れてしまっていた。

事故から丁度、一ケ月後の十一月二十一日は、朝から、今年一番という寒気が、南北海道にまで入り込み、気温は、昼間でも、五度以上に上がらなかった。

夜になると、寒さは、一層、厳しくなった。雪こそ降らなかったが、この分では、明日の朝には、水道も、凍るのではないかといい、注意報が出されたくらいである。

一九時五八分。この日も、定刻に、快速「ノサップ」は、根室を出発し、釧路に向かった。

乗客は、十二人。まあ、この時間では、普通だった。

車内は、暖房が利いていて温かく、列車が、厚岸に着いた頃には、乗客のほとんどは、眠ってしまっていた。

新井運転士は、一ケ月前の事故のことは、忘れていた。すでに、何度も、この線を往復していたが、何事も、起きなかったからである。

前照灯の光の中に、見慣れた景色が、次々に、浮かんでくる。

左手に、冬の海が広がり、右手は、北海道らしい原野である。

突然、眼の前が、ぱあっと、明るくなった。

その強烈な光に、一瞬、新井は、眼を閉じてしまったが、必死に、ブレーキをかけた。

車輪が、悲鳴をあげる。眠っていた乗客が、座席から、投げ出されて、悲鳴をあげるのが聞こえた。

次の瞬間、車体が、右側から持ちあがり、脱線し、転覆した。

新井は、運転台に、胸をぶつけ、意識が、遠くなった。

車内灯が、消えてしまい、暗闇の中で、乗客たちは、呻き声をあげ、這い廻り、外へ逃げ出そうとした。

車掌は、二十四歳の若い佐々木だった。とにかく、助けを呼ばなければいけないと思い、割れた窓から外へ出ると、夢中で、暗闇の中を、厚岸に向かって、走った。

救急車と、パトカーが、到着したのは、事故が起きてから、五十分後だった。

十月二十一日の事故のあと、万一に備えて、運転席に、連絡用の無線電話を備えつけることが、提案されたが、まだ、実行されていなかったのである。

駆けつけたパトカーの警官も、救急車の救急隊員も、一ケ月前の事故のことを、思い出していた。

いや、彼等だけではなく、その知らせを聞いたＪＲの青木と、釧路署の三崎もである。

彼等も、二時間後には、現場に、駆けつけた。

海から吹きつけてくる風は、肌を刺す冷たさだった。

国道44号線を利用して、負傷者は、次々に、救急車で、病院へ運ばれて行った。それを、見守りながら、青木と、三崎は、懐中電灯で、現場周辺を、調べて廻った。

「前の事故と、ほぼ、同じ場所ですね」

と、三崎は、周囲を、懐中電灯で、照らしながら、青木に、いった。

「列車も、海側に脱線しています」

と、青木もいった。

「何か、事故の原因となったものを、探すんだ！」

と、三崎は、部下の刑事たちに、大声で、命じた。

刑事たちは、ＪＲの職員たちと一緒になって、レールを調べ、転覆している車両の中に入って行った。

だが、一ケ月前と同じように、何も見つからなかった。

夜が明けると、青木と、三崎は、負傷者の運ばれている病院に廻って、事情聴取することにした。

事故を報告した佐々木車掌も、ここで、両手の傷を手当てして貰っていた。彼も、夢中で、気がつかなかったが、負傷していたのである。

その佐々木は、青木の質問に対して、こう答えた。

「急ブレーキが、かかったと思ったら、右の車輪が、大きく、浮きあがった感じで、脱線して、転覆してしまったんです。とにかく、助けを呼ばなければと思って、私は、外に這い出して、厚岸駅まで、走りました」

「右側の車輪が、大きく浮きあがったといったが、それは、何かに、乗りあげた感じということかね？」

と、青木は、きき直した。

「そうです。そのとおりです」

「光を見なかったかね？」

「私は、気がつきませんでしたが、さっき、新井運転士の病室に行きましたら、突然、眼の前が明るくなったんで、あわてて、ブレーキをかけたといっていました」

と、佐々木は、いった。

「同じですね」

と、三崎は、小声で、青木に、いった。

5

しかし、一ケ月前の事故と、全く同じではなかった。

乗客の一人が、死んだのである。

地元の人間ではなく、東京から来ていた観光客だった。

持っていた運転免許証によれば、東京都練馬区石神井の杉浦重夫、三十二歳である。

医者の診断によれば、前頭部を強打したことにより、頭蓋骨が、陥没したためだという。急ブレーキが、かかった時か、脱線転覆した時か、わからないが、杉浦は、頭部を、何処か、かたいところにぶつけたのだろう。

それが、警察の判断だった。

他の乗客は、せいぜい二週間程度の傷ですんでいるのだから、不運な乗客といわざるを得ない。

一人でも、死者が、出たということで、事故調査委員会は、いやでも、真剣にならざるを、得なかった。

会議の話題は、やはり、運転士が見たという光と、脱線転覆した原因に、集中した。

この点について、まず、JR側の青木が、考えを、披露した。

「十月二十一日の事故の時は、運転士が、突然、眩しい光を見たというのは、何かの間違いではないかとも考えていましたが、別の運転士が、全く同じ証言をしているとなると、見間違えということは、考えられなくなりました。何か発光体が、前方にあったことは、間違いないと思います。運転士が、衝突を恐れて、反射的に、急ブレーキをかけたのも、当然の措置と思います。その直後、右側車輪が、何かに、乗りあげて、列車が、脱線転覆したことも、前と同じです。そして、現場で、何も発見できなかったことも、同じです。これをどう解釈したらいいのか？　前の事故の時では、事故と、犯罪の確率は、五分五分と、考えていました。しかし、二度も、同じ事故が起きたとなると、これは、計画された犯行ではないかという考えが、強くなって来ました」

と、青木は、いった。

警察側の三崎も、同じ考えを、口にした。

「どんな方法をとったのかわかりませんが、これは、明らかに、何者かが、計画したことだと、私も、思います。恐らく、犯人は、線路上に、発光体を置いておき、列車が近づいたところで、スイッチを入れたんだと思いますね。それから、レール上に、何かを置いておく。列車は、それに、乗りあげて、脱線転覆したんだと思います」

と、三崎は、いった。

警察側の代表が、犯行説をとったので、これが、調査委員会の意見になると思われたのだが、そう簡単には、いかなかった。

第一回の時と同じ疑問が、他の委員から、出されたからだった。

これが、事故ではなく、事件だとすると、犯人の目的は、何だろうかという疑問である。

「動機のない犯罪は、考えられません」

と、ＪＲ側の委員の一人が、いった。

「犯人は、ＪＲ北海道に、恨みを持っているのでしょうか？　その恨みを晴らすために、快速『ノサップ』を、脱線転覆させたんでしょうか？　しかし、前にも、疑問が持たれたように、もし、それが動機なら、函館本線や、石北本線を走っている特急列車を狙う筈です。その方が、ショックが、大きいからです」

他にも、疑問を、口にする委員がいた。その一人は、発光体について、こういった。

「もし、それが、何者かによる犯行だとした場合ですが、発光体を置いておいたということには、どんな意味が、あるんでしょうか？　青木委員や、三崎委員のお話では、レールに、何かを仕掛けておいたということになります。快速『ノサップ』は、それに乗りあげて、脱線転覆した。もし、そうだとすると、その直前に、眩しい光を起こして、運転士を脅かすという行動に、何の意味があるんでしょうか？　運転士は、反射的に、急ブレーキをかけました。誰でも、そうするでしょう。そのため、列車のスピードは、急速に落ち、おかげで、ゆっくりと、脱線転覆しています。それは、沢山の人間が、証言しているから、間違いないと思います。もし、復讐のためにやったことだとすると、発光体がない方が、ブレーキはかからずに、レールに仕掛けた障害物に乗りあげるわけですから、犠牲者が、沢山でて、復讐の目的を、達したんじゃないかと思うのです。それなのに、犯人は、運転士に、スピードを、落とさせています。それは、いったい、何を意味しているんでしょうか？」

「妙かも知れないが、犯人は、危険なことをしながら、なるべく、死者を出したくないということなんじゃないかかね」

と、青木は、いった。

「しかし、現実に、二回目では、死者が出ています。犯人は、死人が出ても、構わないと考えている証拠です」

釧路署の三崎が、腹立たしげに、いった。

「すると、運転士の眼を眩ませる行動を、何のために、犯人がやったと、お考えですか？」

青木が、眉を寄せて、三崎に、きいた。

「そんなことは、決まっているじゃありませんか。犯人は、レールに仕掛けたもので、列車を脱線させた。それが、どんなものかわかりませんが、もし、発見されて、ブレーキが、かかり、その障害物の前で、列車が停車してしまったら、失敗してしまう。だから、運転士の眼を眩ませて、障害物に気付かせないようにしたんだと思いますね。結果的に、そのために、運転士が、急ブレーキをかけ、第一回目に、死者が出なかったとしても、それは、犯人の優しさなどとは、何の関係もありませんよ」

三崎は、吐き捨てるように、いった。

「すると、犯人の目的は、いったい、何なんでしょうか？」

と、ＪＲ側の委員の一人が、三崎に、きいた。

「二つ考えられますね。ＪＲに対する個人的な恨みか、事件を起こして喜ぶ、いわゆる愉快犯かの、どちらかです」

「しかし、そのどちらにしろ、なぜ、道内の主要幹線を狙わなかったのか、不審ですね。その点は、どう解釈すべきでしょう?」

「いくつかの解釈が可能ですが、一つは、愉快犯だとして、主要幹線では、警備が厳重だから、いわば、ローカルな線を狙ったということが、考えられます。そのくせ、その線は、根室本線という名前がついていて、幹線でもあります。犯人にとっては、狙うには、絶好だったのではないでしょうか」

と、三崎は、いった。

6

狙うには、絶好の線区という点では、ＪＲ側も、同感だった。

根室本線も、釧路までは、特急列車が走っているが、釧路から先、根室までは、特急も、急行も走らず、快速「ノサップ」が、最速の列車になっている。本線という名前はあっても、実質は、完全なローカル線なのだ。それでも、今度の事件は、「根室本線で、列車が、脱線転覆」と、報道された。犯人にしてみれば、満足だろう。

それに、自動閉塞装置などが採用され、単線の列車の交換も、自動化されたが、一方では、無人駅が増え、保線係も、減っていて、今度のような事故に対して、迅速に対応できないということが、出て来ている。この点も、犯人の眼のつけどころだったのかも知れない。

犯人が、どうやって、今度の事故を起こさせたのかの検証も、進んだ。

運転士を驚かせた発光体は、強力な大型の懐中電灯を、線路に置いておき、列車が近づいた時に、スイッチをオンにしたに違いないということになった。最近は、小型でも、強力な懐中電灯が市販されているから、これは、可能だろう。

問題は、列車を脱線させた障害物である。証言によれば、右側が、何かに、乗りあげた感じで、脱線したということなので、上りに向かって、右側のレール上に、障害物が置かれていた可能性がある。

検証が進むと、右側のレールの側面に、何かを、締めつけたと思われる箇所が、発見された。幅五十センチほどの部分である。

このことから、何か、金属性の固いものが、そこに、置かれ、強く、締めつけてあったと考えられた。列車は、車輪の片方が、それに乗りあげて、脱線転覆したと思われた。

犯人は、下りの列車が通過したあとに、発光体と、障害物を、取りつけたのだろう。

釧路―根室区間は、列車の本数が少なく、下りの最終列車が、現場付近を通過するのは、二〇時二五分頃で、問題の快速「ノサップ」が通過するまでに、一時間はあるのだから、ゆっくりと、作業は、出来た筈である。

犯人は、近くに隠れて、見守っていたに違いない。現場周辺には、全く、人家がなく、犯人は、誰にも、見つからなかったろう。

事故が、起きたあと、犯人は、混乱にまぎれて、発光体と、障害物を、持ち去ったに違いない。

車掌が、厚岸駅まで歩き、連絡をとり、救急車や、パトカーが、駆けつけるまでに、五十分は、かかっているから、犯人が、証拠を持ち去るには、十分な余裕があったと思われる。

もちろん、現場には、負傷した乗客がいたわけだが、車内が、暗くなり、混乱していたから、暗闇の中で、犯人が、障害物などを、片付けていても、誰も、気付かなかったろう。

この推理について、JR側も、道警側も、意見が、一致した。

この結果から、犯人を追うのは、道警の仕事となった。

改めて、釧路署に、捜査本部が置かれた。そこに、掲げられたのは、「列車転覆及び、殺人事件の捜査本部」というものだった。

まず、行われたのは、現場周辺の聞き込みである。

犯人は、恐らく、国道44号線を利用して、車で、現場へやって来て、二回の事故を起こしたに違いない。

十月、十一月の二十一日の夜、九時から十時にかけて、現場付近に、不審な車が、見当たらなかったかの聞き込みだった。

しかし、この聞き込みは、なかなか、具体的な収穫はもたらさなかった。

何といっても、広大な原野である。国道を少し離れてしまえば、人家もないし、車もない。そんな場所に、灯火を消した車が一台置かれていても、誰も、気付かなかったろう。

もう一つの捜査は、両日の列車の乗員と、乗客に対する質問だった。

脱線転覆の直後に、怪しい人物を見なかったかという質問だったが、これは、予想した通り、期待した反応は、得られなかった。

全員が、多かれ少なかれ、負傷していて、車内は、呻き声で、充満し、電気が、消えてしまっていたのである。

一番、傷が軽かった車掌は、助けを求めるために、厚岸駅に向かって、走って行って、現場にはいなかった。

この状態で、怪しい人物を、見つけろというのが、無理な注文だったのだ。たとえ、線路上に、人影を見たとしても、保線係が、駆けつけたとしか、思わなかったろう。

十一月二十五日になって、事件が、新たな展開を見せた。

ＪＲ北海道本社に、脅迫状が、舞い込んだのである。ワープロで打たれたもので、次のような文面になっていた。

根室本線の事故は、手始めに過ぎない。次は、もっと、道内の幹線を狙う。

死者が、一名出てしまったが、これは、われわれの本意ではない。われわれの目的は、JR北海道に、経済的に損失を与えることであって、一般乗客を死なせることは、考えていないからである。

JR北海道と戦う連合会

この脅迫状が、果たして、二件の事故を起こした犯人かどうかは、わからなかった。事故のことも、東京の観光客が死亡したことも、新聞、テレビが、報道していたから、悪戯の可能性もあったからである。

しかし、JR側も、道警も、この脅迫状を重視した。他にも、似たような脅迫状が、来たり、電話があったりしたが、これが、もっとも、本物らしく思われたからである。

死者が出たことを、本意ではないといった文句も、その一つだった。明らかに、照準をJR北海道に合わせて、社会全体は、敵にしたくないという意図が、見え見えだったからである。

JR北海道と、道警は、合同の記者会見を行い、この脅迫状を明らかにして、犯人と、断乎戦うと、主張した。

同じ二十五日の午後二時から、東京では、唯一の死者となった杉浦重夫の告別式が、練馬区内のＳ寺で、行われた。

杉浦は、独身で、事件の裏側を、雑誌に寄稿するルポライターだったから、告別式の参列者には、マスコミ関係者が、多かった。

中央新聞社会部記者の田口も、その一人だった。杉浦は、大学の後輩だったし、中央新聞にも、何回か、レポートを寄せて貰ったことが、あったからである。

田口は、告別式に出たあと、大学の同窓で、現在、警視庁捜査一課にいる十津川を、新宿に、呼び出した。

夕食を、おごっておいて、

「今日、後輩の告別式に、参列してね」

と、切り出した。

「君の後輩なら、僕にとって、後輩だね」

と、十津川は、いった。

「例の北海道の事件の犠牲者だよ。杉浦重夫といって、うちの新聞にも、何回か、インサイドレポートを、寄稿して貰ったことがあるんだ」

と、田口がいうと、十津川は、

「あの事故というか、事件には、関心があるんだ」

「しかし、あれは、道警の事件だろう？」

「そうなんだが、今日、ＪＲ北海道に、犯人と思われる人間から、脅迫状が来た」

「それは、夕刊に間に合ったから、のせた筈だよ。次は、幹線をやるというやつだろう」

「その通りだ。あれに、個人的に、興味を持ったんだよ」

と、十津川は、コートのポケットから、丸めた夕刊を取り出した。

「どこに興味を持ったんだ？」

と、田口が、きいた。

「どこだと思う？」

「これは手始めで、次は、幹線をやるというところか？」

「いや、死者を出したのは、本意ではないと弁明しているところだよ」

と、十津川は、いう。

「おれは、そこに、腹が立ったよ。きれいごとをいうなと、いいたいね。列車を、転覆させたんだ。死者が出るのは、当然、予想される筈だよ」

田口はむきになって、いう。彼は、学生時代から、正義派で、そのせいで、新聞記者になったともいえる男だった。もちろん、普段は、むき出しに、怒りを表わしたりはしないのだが、時々、若い時の正義漢の顔が、のぞくのだ。

十津川は、そのことに、苦笑しながら、

「僕は、ちょっと違うんだよ」

と、いった。

「まさか、犯人のいってることを、信じているんじゃあるまいな？」

田口が、睨んだ。

十津川は、また、笑った。

「そんなことは、ないさ」

「じゃあ、どこが、おれの考えと、違うんだ？」

「多分、僕の方が、職業柄、そういう犯人とは、つき合いが多いと思うんだよ。特に爆破魔みたいな犯人とはね。普通の殺人犯などとは違って、こういう連中は、時々、犯行声明とか、予告状を出すことがある」

「今度が、それの典型じゃないのか？」

「二つのパターンがあるんだ。一つは、確信犯で、自分の行動を正しいと、主張する奴だ。この犯人は、なぜ、自分が犯行を企て、実行したかを、延々と説明し、だから、今後も、犯行を続けると、主張するんだ。この手の犯人は、主張はするが、弁明はしない」

「今度の犯人とは、違うというわけか？」

「違うね。犠牲者が出ても、それは、自分の主張を貫くために必要な犠牲だというのが、確信犯のいい分なんだ」

「とすると、今度の犯人は、それとは、違うというわけかね？」

田口は、首をかしげるようにして、十津川を見た。

「ああ、全く、違っているね」

と、十津川は、いった。

「どう違うんだ？」

「まず、自己主張が弱い。いや、ないに等しいといっていい」

「しかし、自ら、ＪＲ北海道と戦う連合会と、名乗っているし、自分たちの目的は、ＪＲ北海道に、経済的な損失を与えることだと、書いているよ」

と、田口がいった。

「その通りだがね。なぜ、ＪＲ北海道と戦うのか、その理由が、書かれていない。戦うというのなら、何よりも、まず、それを書くべきなのにね。また、経済的に損失を与えると書いているが、それなら、列車を脱線させるような危険な行動は、とるべきじゃない。他に、いくらでもある筈だよ。乗客を危険に、さらさずにね」

「例えば、どんな方法かね？」

田口は、真剣な表情で、きいた。

「そうだね。豪華列車の『北斗星』なんかに、爆弾を仕掛けて、それで、ＪＲ北海道に、億単位の金をゆするとかね」

「おい、おい」

「もちろん、冗談だよ」

と、笑ってから、

「とにかく、経済的に損失を与えたいといっているにしては、二回にわたってやったことが、いかにも、チャチだと思うんだよ。ＪＲ北海道に与えた損失だって、大きな額じゃないだろう。何しろ、たった一両の編成の列車を脱線転覆させただけだからね。二度とも、同じというのも、芸のない話だし、ＪＲ北海道と戦う連合会という大げさな署名にしては、繰り返すが、チャチな犯行だよ。その上、乗客を殺すのは、本意ではなかったと、泣き言めいた文句まで並べている」

「君にいわせると、この事件の犯人は、丸っきりバカみたいだね」

眉をひそめて、田口がいったのは、十津川が、犯人を軽く見ているのではないかと、思ったからである。

「バカか、嘘つきかのどちらかだよ」

と、十津川は、いった。

「嘘つき？」

「そうだよ。もし、この脅迫状を、犯人が、まともに書いたのなら、この犯人は、バカだ。だが、もし、ＪＲ北海道や、道警を欺すための嘘だとすると、犯人は、なかなかの曲者ということになってくる」

と、十津川は、まっすぐ、田口を見て、いった。

「君は、後者だと、思っているんだね?」

「もちろんだよ。そうでなければ、夕刊を、わざわざ、買って、読んだりはしないよ」

「しかし、どこが、嘘だと思うんだ?」

田口は、当然の疑問を、口にした。

「この脅迫状には、三つの主題といったものがある。第一は、JR北海道と戦う連合会という犯人の署名だ。第二は、犯人の目的が、JR北海道に経済的な損失を与えることだという文句。そして、第三は、死者を出すのは、本意ではなかったというところだね」

「その三つのどれが、嘘だというのかね?」

と、田口が、きく。

「多分、全部だよ」

と、十津川は、あっさりと、いってのけた。

「全部? 本当か?」

田口は、眼をむいた。

「そうだ」

「なぜ、そんな風に思うんだ?」

「今もいったが、この三つとも、本当とすれば、この犯人は、バカだ。そうでないのなら、この三つは、全て、嘘になる。僕は、そう考えているんだ」

と、十津川は、いった。

「嘘だとしたら、どうなるんだ？　犯人の逮捕に迫れるのかね？」

「嘘だとして、考えを、進めてみようか」

と、十津川は、楽しそうに、煙草に火をつけた。

「平和な家庭内や、友人の間なら、一を二だというような嘘をつくことが多い。つまり、本当の部分も、含まれている嘘だよ。釣果の嘘なんかそうだな。だが、この犯人の場合は、違う。そんな可愛い嘘はつかない筈だ。意味がないからね。とすると、その場合の嘘は、逆に考えていいんじゃないかと、思っている」

「逆というと？」

「まず、署名だ。犯人は、われわれと書き、ＪＲ北海道と戦う連合会にしているのは、逆に考えれば、犯人は、複数ではなく、単独犯ということになってくる」

「他は？」

「三つの中の他の二つも、逆になるんだ。ＪＲ北海道に経済的損失を与える目的というのは、そんなことは、考えていないということだ。第三が、一番、注目すべきことだが、死者が出るのは、本意ではなかったというのが、逆だとすると——」

「それが、今度の本当の目的だったということになるのか？」

田口の声が、大きくなった。

「そうなってくるね」

と、いって、十津川は、微笑した。

「しかし、一回目の時は、死者が、出ていないよ」

田口が、首をかしげた。

「だから、面白いのさ」

「どこが、面白いんだ？」

と、十津川は、いった。

「犯人の目的が、本当は、JR北海道と戦うことじゃないとしたら、どうなるか、考えてみろよ。犯人の目的は、いったい何だったのかと」

「杉浦重夫を殺すこと——か？」

田口の声が、また、大きくなった。

7

「そのとおりだよ」

十津川は、きっぱりと、いった。

「しかし――」

「誰でもいいから、快速『ノサップ』の乗客を殺したかったのなら、車両を、爆破してしまえばいいんだ。たった一両の列車だから、ダイナマイト三本くらいを、線路に仕掛けておけばいい。だが、犯人はそうしていない。発光体を使ったり、レール上に、障害物をセットしたり、また、それを持ち去ったりと、面倒なことをしている。となれば、誰でもいいから、乗客が死ねばよかったわけじゃないんだ」

「しかし――」

と、田口は、また、首をかしげて、

「列車を脱線転覆させたからって、必ずしも、杉浦重夫が、死ぬとは、限らんだろう？」

「は、は、は――」

と、十津川が、声に出して、笑った。

「おれのいうことは、おかしいかね？」

「犯人はね。事故を起こしておいて、その直後に、現場へ行き、発光体と、障害物を、持ち去っているんだ。つまり、転覆した列車の傍にいたんだよ。しかも、救急車とパトカーが、駆けつけるまでに、五十分は、かかっている。時間は、十分にあるんだ」

十津川が、いうと、田口は、「ああ」と、肯いて、

「そうか。犯人が、負傷して苦しんでいる乗客の中から、杉浦重夫を見つけ出して、殺したということか？」

「恐らく、それが正解だよ」

と、十津川は、いった。

「じゃあ、犯人は、ＪＲには、何の関係もない、杉浦を憎んでいた人間ということになるじゃないか？」

「そうだ」

「しかし、もう一つ、疑問があるんだ」

「犯人が、なぜ、二度も快速『ノサップ』を脱線させたかということだろう？」

「そうなんだ。杉浦は、十一月二十一日の快速『ノサップ』に乗っていた。彼を殺そうとして、列車を脱線転覆させたというのは、わかる。だがなぜ、一ケ月前の十月二十一日の快速『ノサップ』まで、脱線転覆させたんだろう？」

と、田口が、きいた。

「君は、どう思うんだ？」

十津川は、逆に、きいた。

「そうだね」

と、田口は、考え込んでいたが、

「予行演習かね？」

「予行演習ねえ」

「発光体と、障害物を使って、快速『ノサップ』を脱線転覆させたわけだが、果たして、予定どおりにいくかどうか、不安だったと思う。それで、予行演習をしたんじゃないかね。それに、二回もやれば、これは、ＪＲ北海道に、恨みを持つ人間の犯行だと、勝手に思ってくれる。それも、計算に入れていたんじゃないかね？」

と、田口はいった。

「なるほどね。そういう考えもあるね」

「君は、違うのか？」

「もう一つ、考え方があると、思っているんだ。犯人は、最初、十月二十一日の快速『ノサップ』に、杉浦重夫が乗るものと思い込んで、この日に、仕掛けをして、脱線転覆させた。だが肝心の杉浦は、乗っていなかった。犯人は、一ケ月、間違えてしまったんだ。そこで、一ケ月後の十一月二十一日に、もう一度、快速『ノサップ』を、脱線させ、乗っていた杉浦を見つけ出して殺した、とも考えることが、出来るんだよ」

と、十津川は、いった。

「いずれにしろ、杉浦は、狙われて、殺されたことになるね」

田口は、それが、結論だという感じで、いった。

「しかし、これは、われわれだけの推理で、ＪＲ北海道も、道警も、今度の事件はＪＲ北海道に恨みを持つ者の犯行と、見ているよ」

と、十津川は、いった。

「それなら、君が、やってくれ」

田口が、思いつめた表情で、十津川に、いった。

「何をやるんだ？」

「わかっている筈だよ。おれは、杉浦というやつが、好きでね。奴が、まだ独身だから、嫁さんを世話しようとも、思ってたんだ。だから、犯人を、何としてでも、捕まえてやりたいんだ。君の推理が正しければ、それは、列車転覆などが、目的ではなく、個人的な恨みから、杉浦を殺したことになる。そうだとすると、今の捜査方法では、犯人は、見つからんよ。だから、君に、のり出して貰いたいんだ」

「しかし、今度の事件は、あくまでも、道警の仕事だからね」

と、十津川は、いった。

「被害者の杉浦は、東京の人間なんだから、協力要請が来てるんじゃないのか？」

「普通の殺人事件なら、当然、犯人は、被害者の関係からということになるから、道警から、捜査への協力要請があるんだが、今度は、被害者と犯人は、全く関係がないという前提に立っているからね。連絡はあったが、協力要請はなかったよ」

と、十津川は、いう。言外に、だから、勝手に、今度の事件に介入は出来ないと、いいたかったのだろう。

「何とか、道警に話して、捜査方針を変えさせられないかね？」

「話してみるが、どうなるか、わからないよ」

と、十津川は、いった。

「もし、駄目だったら、犯人を、みすみす、取り逃がしてしまうじゃないか」

田口が、文句を、いった。

「それなら、君が、杉浦重夫の関係者で、彼に恨みを持っていたり、彼の行動を、快く思っていなかった人間を、リスト・アップしてみてくれないか」

と、十津川は、いった。

8

警視庁に戻ると、十津川は、本多捜査一課長を通じて、道警本部に、話をして貰うことにした。

本多は、あまり、気が進まぬ顔で、

「部長からも、話して貰うがね。向こうが、ウンというとは思えんね。道警の面子だってあるし、犯人の目的が、その乗客一人を殺すことだったという証拠もないからね。君のいう推理を認めさせるのは、難しいよ」

と、いった。

「それは、覚悟しています。ただ……」

「ただ、何だね？」

「私が、勝手に、東京で、被害者と関係のある人間を調べることについてだけ、道警の同意を貰っておいて下さい」

と、十津川は、いった。

「それは、話してみるが、その場合、避けなければならないのは、道警と、うちが、事件について意見の相違を持っていると、世間に思われることだ」

と、本多が、いう。

「それは、わかっています」

「従って、こちらが、勝手にやるにしても、表立っての捜査は出来ないよ」

「私が、亀井刑事と二人だけで、捜査するというのは、どうでしょうか？」

「捜査本部も、もちろん、設けないよ」

「道警の仕事ですから、当然です」

「それなら、話してみよう」

と、本多は、いった。

道警との話し合いは、どんな具合だったのかわからないが、ともかく、十津川と、亀井の二人による捜査が、許可された。

十津川は、亀井に、今度の事件について、自分の考えを説明したあと、一緒に、中央新聞の田口に、会いに出かけた。

「二人で、今度の事件を追うことになったよ」

と、十津川が告げると、田口は、ほっとした顔になって、

「これで、杉浦の仇（かたき）を討てるよ」

と、ちょっと、時代がかった喜び方をした。

「杉浦重夫と関係のあった人間のことは、何かわかったか？」

十津川が、きくと、田口は、

「とにかく、杉浦のマンションへ、一緒に行ってくれ。そうすれば、彼が、北海道で、どんな仕事をやっていたか、わかるから」

「令状を貰って来なくていいのか？」

「大丈夫だよ。杉浦の妹さんが、留守番をしている筈だ」

と、田口が、いった。

杉浦のマンションは、中野にあった。田口が、いったとおり、杉浦の妹の真理が、ドアを開けて三人を、招じ入れた。

二十五歳で、商事会社で働いているというOLだった。兄の杉浦に似て、細面で、眼の大きな女性である。

「お兄さんが、何の用で、北海道の根室に行っていたか、わかりますか？」

と、十津川が、真理に、きいた。

「この雑誌の仕事で、行っていたんです。編集者の方にも、電話して、確かめました」

真理は、一冊の雑誌を、十津川に、見せた。

「月刊トピックス」という月刊誌である。

編集責任者の名前は、有田祐一郎となっている。

十津川は、電話を借りて、その雑誌に、連絡してみた。

編集長の有田を、電話口に、呼び出して貰い、警察の人間だというと、

「杉浦君のように、才能のある人間を、あんなことで、失って、がっかりしているんですよ。ずっと、うちの雑誌のために、働いて貰いたかったんですからね」

と、有田は、いった。

「そちらの仕事で、根室へ行っていたそうですね？」

「そうなんです」

「どんな仕事か、教えて貰えませんか」

「電話では、簡単にいえません。会って、お話ししたいんですが」

と、有田は、いう。

十津川は、会う場所を決めて、電話を切った。

夜になって、十津川は、亀井を連れて新宿で、有田と、会った。

有田は、四十歳前後の背の高い男だった。彼は、名刺をくれてから、

「杉浦君には、一人の男のことを、調べて貰っていたんですよ」

「どういう男ですか？」

「この男です」

と、有田は、ポケットから、写真を取り出して、十津川と、亀井に見せた。

一枚は、四十五、六歳の男の大きな顔写真で、もう一枚は、新聞記事のコピーだった。

「見覚えのある顔だな」

と、亀井が、呟（つぶや）いた。

有田が、肯いて、

「そうだろうと思いますよ。今年の三月に、殺人の疑いをかけられていますから」

「そうだ。共同経営者を、毒殺した疑いがあるというので、調べかけたんだったね」

と、十津川も、いった。

だが、毒殺の証拠は、見つからず、警察は、手を引いてしまったのだ。

新聞記事は、その時のものだった。

スーパーの経営者、村島専一が、突然死した。医者は、心臓発作と断定したが、家族が、殺されたのだといい、経営権のことで、争っていた共同経営者の本西春男を、告訴した。警察も動いたが、結局、毒殺の証拠は見つからず、事件にはならなかった。

記事は、その時のもので、本西は、M氏になっている。

「なぜ、この男のことを、杉浦さんに、調べさせたんですか？」

と、十津川が、有田にきいた。

「もちろん、本西春男に、疑いを持ったからですよ。警察が、お手あげなら、われわれが、調べてみようと、思いましてね。いってみれば、マスコミに身を置いている者の正義感でしょうかね」

有田は、ちょっと照れたような表情をした。

「杉浦さんが、根室に行ったのは、どんな理由なんですか？」

「東京の事件は、警察が、お手あげだったんですから、民間のわれわれが、クロの証明をすることは、まず、不可能だと思いましてね、本西の過去を調べてみようと、思ったんですよ。そうやって、調べてみたら、本西は、根室に、三年間いたことが、わかったんです。しかも、本西は、その根室時代を、あまり、喋りたがらないこともわかってきました。それで、杉浦君に、取材してみてくれないかと、頼んだんです」

「それで、杉浦さんは、何か、つかんだんですか？」

と、亀井が、きいた。

「それは、わかりません。とにかく、二十二日に、戻って来て、原稿をくれることになっていたんです。原稿と、手に入れた資料なんかをね」

「二十二日と決めたのは、なぜですか？」

「うちの雑誌の締切りです。それで、杉浦君は、二十一日に、根室から、最終で、札幌に出て、朝一番の飛行機で、東京に帰ると、いっていたんですよ」

「十月二十一日の快速『ノサップ』にも、乗る予定だったんじゃありませんか？」

と、十津川が、きくと、有田は、びっくりした顔になって、

「よく、知っていますね」

「やはり、そうだったんですか？」

「実は、十月二十二日に、原稿を貰える筈だったんですよ。それが、直前になって、もう少し、調べたいことがあるので、一ケ月先に、延ばしてくれないかと、根室から、いって来ましてね。それで、あわてて、彼のレポートを、一ケ月、延ばしたんです」

「十月二十一日、それと、十一月二十一日に、杉浦さんが、快速『ノサップ』に乗ることは、どのくらいの人が、知っていましたか？」

と、十津川が、きいた。

有田は、ちょっと考えてから、

「うちの雑誌の売り物になる筈なんで、僕は、ずいぶん、吹聴して歩き廻りましたからねえ。いつ原稿が入るんだと聞かれると、杉浦君が、二十一日の快速『ノサップ』で、根室を発って、帰京するから、二十二日の締切りぎりぎりに入手できることになっているとも、いいましたよ」

「杉浦さん自身が、他人に、いうということは、考えられますか？」

と、十津川は、更に、きいてみた。

「それは、考えられますよ。杉浦君は、優秀なルポライターだから、うちの仕事だけをしていたわけじゃないですからね。根室で、うちの仕事をしている間にも、他の仕事をしていた筈だから、いろいろな出版社などから、いつ、帰京するのかという問い合わせがあったと思うんです。その時には、きっと、二十一日の最終の列車で、帰ると答えたと思いますよ。まさか、その列車が、転覆するとは、考えないでしょうからね」

と、有田は、いった。

「出版社などといわれましたが、出版社以外というのは、どういうところですか？」

「そうですねえ。杉浦君の仕事は、いろいろだったから、テレビ局のために、取材して歩いたこともあるし、業界紙なんかの仕事もしていたと思いますよ」

「つまり、テレビ局や、出版社の人間だといって、彼に、スケジュールを聞けば、二十一日の快速『ノサップ』に乗ることを、教えてくれたということですか？」

「そうです。別に、秘密にすることじゃありませんからね」

と、有田は、いう。

「根室では、何処に泊まっていたか、わかりますか？」

「確か、ニュー根室ホテルだったと思います。もちろん、杉浦君が、そこに、二ケ月間も、泊まっていたわけではなくて、その間に、東京に戻って、別の仕事をしたりもしていますが」

と、有田は、いった。

「本西春男からの妨害は、ありませんでしたか？」

と、亀井が、きいた。

「私のところには、自分のことが出そうだとなってから、顧問弁護士が、電話で、どんなことを書くのか、聞いてきましたよ」

「それで、何と、返事をしたんですか？」

「まだ、原稿が出来ていないんだから、どんな記事になるか、僕にもわからないと、答えましたよ」

「それで、相手は、納得したんですか？」

「まだ、原稿がないんだから、向こうだって、文句をつけようがないでしょう」

と、有田は、笑ってから、

「ただ、弁護士は、いい加減なことを書くと、告訴しますよと、脅してきましたがね」

「杉浦さんが、亡くなったとなると、本西春男のことは、どうなりますか？　記事に出来ますか？」

十津川が、きくと、有田は、

「のせたいですよ。本当に、やりたいんです。しかし、肝心の杉浦君の原稿がなくては、難しいですねえ。いつか、また、調べてと思っていますが、来月号は、別の原稿で、埋めるより仕方がありません」

と、残念そうに、いった。

十津川は、礼をいって、有田と別れると、亀井に、

「君は、本西春男と、彼の顧問弁護士のアリバイを調べてくれないか」

と、いった。

「十月二十一日と、十一月二十一日夜のアリバイですね？」

「そうだ」

「警部は、どうされるんですか？」

「根室に行ってくる。向こうでは、杉浦が泊まったホテルに、私も泊まるつもりだから、

何かあったら、そこへ、電話してくれ」

と、十津川は、いった。

「気をつけて下さい」

と、亀井が、いう。

「道警と、ＪＲ北海道のことかい？」

「そうです」

「せいぜい、向こうさんの感情を害さないようにするよ」

と、十津川は、いった。

9

翌朝、十津川は、同行するという中央新聞の田口と、飛行機で、千歳(ちとせ)に向かった。

ひょっとすると、千歳空港は、雪かも知れないので雪なら、引き返しますというアナウンスを聞きながらの飛行だったが、実際には、雪は止(や)んでいて、無事に、着陸することが、出来た。

「さすがに、北海道は、寒いねえ」

と、田口は、白い息を吐いた。

耳が痛いのは、風が冷たいせいだろう。

二人は、新千歳空港駅から、一〇時一一分発の特急「おおぞら3号」に、乗った。釧路まで、四時間余り。その先は、普通列車で、行くことになる。

田口は、座席に腰を下ろし、売店で買った駅弁を広げながら、

「君は、本西春男が、犯人だと思うのか？」

と、十津川にきいた。

「本西は、現在、年商百億といわれるスーパーマーケットの社長だ。それを失うくらいなら、殺人ぐらいやるかも知れない。そう思うがね。問題は、杉浦重夫が、根室で、何を見つけたかだよ。それが、本西にとって、致命傷となるようなものなら、本西が、本命になるがね」

「違う可能性もあると思っているのかね？」

「今のところ、君と同じで、本西以外は、ちょっと、考えられないがね」

と、十津川はいった。

定刻の一四時三〇分に、列車は、釧路に着いた。

二人は、ホームで、ひと休みしてから、一五時二六分発の普通列車で、根室に向かった。

二両編成の気動車である。

二回目の脱線転覆が起きた辺りに差しかかって、窓の外を見ると、線路の傍に、花束が

二つばかり、置かれているのが、眼に入った。そんな景色の中に置かれた小さな花束は、どんよりした曇り空で、海も、荒れている。いかにも、寂しく思えた。

しかし、十津川のそんな感傷も、あっという間に、視界から消えてしまった。

根室に着いたのは、一七時五一分。すでに、駅の周囲は、夜の暗さに包まれていた。

根室本線の終着駅にしては、小さな構えだった。最果ての駅という感じがする。屋根に、何本も、煙突が出ているのは、寒い国の駅舎のせいだろうか。

もちろん、駅の待合室にも、ストーブが、焚かれている。

駅前の広場に出ると、やたらに、根室名物花咲ガニの看板が、眼につく。冬は、カニの季節なのだ。

駅前にとまっていたタクシーに乗って、二人は、ニュー根室ホテルに向かった。

五階建ての真新しいホテルだった。が、今日は、泊まり客が少ないとみえて、ロビーは、がらんとしていた。

十津川は、田口に、杉浦のことを聞いておいてくれと頼んで、自分は、ロビーにあった公衆電話で、亀井と、連絡をとった。本西と、彼の顧問弁護士のアリバイのことを、一刻も早く知りたかったからである。

「どうだったね？」

と、十津川が、きくと、亀井は、

「それなんですが――」

と、弾まない声を出した。

「アリバイありか？」

「本西春男ですが、十月二十一日と、十一月二十一日には、完全なアリバイがあります。会社の幹部五人を連れて、二十日から二十一日にかけて、熱海の旅館で、重役会議を開き、二十二日に、帰京しています。毎月一回、泊まりがけで、重役会を開くそうです」

「二十一日は、間違いなく、本西は、熱海の旅館にいたのかね？」

「二十日は、来月の方針を決めて、二十一日は、慰労会だそうで、芸者を呼んでいます。調べてみましたが、間違いなく、本西は、この慰労の席に出ています」

「顧問弁護士の方は？」

「十一月二十一日は、東京弁護士会の仲間二人と、夕食をとり、そのあと、銀座のクラブで、飲んでいます。これは、確認がとれました」

「十月二十一日は？」

「この方は、夜は、自宅で過ごしたということで、確証はありませんが、翌二十二日は、午前九時に法律事務所に出ていますから、まず、アリバイは、成立とみていいと思いますが」

「二人とも、アリバイ、ありか」

「そうなんですが、本西の方は、少しおかしいんですよ。毎月、熱海で、重役会を開くのは本当なんですが、九月までは、二十五日から二十六日にかけて、やっていたのが、十月から、急に、二十日、二十一日に、変わっています。本西は、ただ単に、商売上の都合と、いっていますが」

「二十一日のアリバイ作りか？」

「その可能性もありますね」

「しかし、本西が、十月二十一日と、十一月二十一日の夜、熱海にいたことは、間違いないんだろう？」

「それは間違いありません。向こうの警察にも、確認して、貰いました」

「すると、自分のアリバイを、しっかりと作っておいて、誰かに、杉浦を、殺させたかな？」

「その可能性が、強いですね」

「しかし、殺人だからねえ。誰かにやらせれば、その人間に、脅迫される心配がある。よほど信頼できる人間にやらせたんだな」

「本西の懐刀（ふところがたな）みたいな人間がいたかどうか、これから調べてみます」

と、亀井は、いった。

電話をすませると、田口が、寄って来て、

「杉浦は、このホテルに、十月十一日から十一月二日まで泊まって、いったん、チェック・アウトし、次に、また、十一月十三日にやって来て、二十一日まで、いたそうだ」

と、いった。

「この根室で、どんなことを調べていたか、わかるといいんだが」

「全部は、わからないが、彼が、フロントに、この地方の地方新聞のことをきいていたということだ。『ねむろ新報』という新聞を教えたと、フロント係は、いっている」

と、田口はいう。十津川は、すぐ、

「じゃあ、その新聞社へ行ってみよう」

と、いった。

10

「ねむろ新報」社は、根室駅近くにあった。

三浦というデスクは、十津川の質問に対して、

「その人なら、何回か、来ましたよ」

と、肯いてくれた。

「何をききに来たんですか？」

「最初は、五年前の古い新聞を見せてくれと、いうことでした」

「五年前のですか？」

「五年前に、この根室で、大規模な取り込みサギが起きたんです。杉浦さんは、その事件について、調べに来たようですね」

「どんな事件ですか？」

「通りの向こうに、七階建ての貸ビルがあるんですよ。その一階から三階までを借りて、極東交易という会社が、出来たんです。五年前の四月です。会社は、品物を大量に注文しましてね。高価な品物が多かったですね。久しぶりの大量注文ということで、業者は喜んで、納入したわけです」

「それを、極東交易は、安値で、叩き売った？」

「そうです。古典的な取り込みサギですよ」

「なぜ、業者は、信用して、納入したんですかね？」

と、田口が、きいた。

「社長が、この地方の名士だったからです。黒川秀一郎という人で、副知事も務めたことがあります。それで、信用したんですね。ところが、黒川さん自身、社長にまつりあげられて、利用されたんです。その時八十歳で、正直にいって、相当、頭の働きが、鈍くなっておられたんですよ。それで、いいように、利用されたんだと思いますね」

「それで、どうなったんですか？」

「黒川さんを利用した人物は、大金を持って逃げてしまい、黒川さんは、損をした業者に責められて、自殺してしまいましたよ」

「黒幕の名前は、本西春男ですか？」

「それが、よくわからないんですよ。原田功（はらだいさお）と名乗っていましたし、姿を消したあとの消息が、つかめませんでしたからね。似顔絵は、作りましたが」

と、三浦は、いい、五年前の新聞を、持って来てくれた。

それに、「取り込みサギの黒幕は、こんな顔」とあって、サングラスをかけ、鼻の下に、ひげをたくわえた中年の男の似顔絵が、のっていた。

「サングラスは、一日中かけていたそうですよ」

と、三浦がつけ加えた。

本西の顔写真を、十津川は、見ているが、似ているようでもあり、似ていないようでもある。本西は、サングラスをかけていないし、ひげもなかったからだ。

「この男は、どのくらいの金を手に入れたと、思われるんですか？」

と、田口が、きいた。

「当時の金で、十五、六億円じゃないかと、いわれています。ただ、こういう事件は、警察も、力を入れて追及しないと、一般の市民も、簡単に忘れますからね」

三浦は、肩をすくめて見せた。

「杉浦は、この根室で、どんなことを、調べていたんでしょうか？」

と、十津川が、きいた。

「わかりませんね。杉浦さんは、何も、われわれに話してくれませんでしたから。ただ、女を追いかけていたんじゃないかという気はしますね」

「女？」

「このサギ師のつき合っていた女です」

「それで、彼は、見つけたんでしょうか？」

「それは、わかりません」

「五年前には、あなた方も、サギ師の女性関係を、調べたんじゃありませんか？」

と、田口が、きいた。

「もちろん、調べました。しかし、これといった女性は、見つからなかったんです」

と、三浦は、いった。

しかし、杉浦が、殺されたところをみると、彼は、重要な証言をしてくれる女を、見つけたのだろう。

翌日、十津川は、釧路警察署に、あいさつに出かけた。事件に対する意見は違っても、解決を求める気持に、変わりはないと、思ったからである。

しかし、捜査本部で、指揮に当たっている三崎刑事部長は、十津川に向かって、意外なことを、口にした。

「実は、十津川さんの考えに同調する意見が、こちらでも、出てきたんですよ」

と、いうのだ。

「なぜですか？」

「事故直後の乗客の証言を、もう一度、読み直してみたんですがね。その中に、何人かですが、車掌が、懐中電灯で、照らしながら、大丈夫かと、ひとりひとりに、声をかけていたと証言しているんです」

「それは、車掌が、一番、軽傷だったからで、職務に忠実だったということでしょう？」

「われわれも、そう思って、見過ごしていたんですが、よく考えてみると、十月二十一日も、十一月二十一日も、車掌は、事故の直後、助けを求めるために、懐中電灯を持って、厚岸駅に、急いでいるんですよ」

「――――」

「となると、懐中電灯で、照らしながら、ひとりひとりに、声をかけていた人間は、車掌じゃないことになってしまうのです。運転士は、二回とも、重傷を負っていて、動けませんでした」

「乗客の一人ですか？」

「いや、乗客が、懐中電灯を持って、乗っていたというのも、変です。たまたま、そうだったとしても、二度ともというのは、考えられない。となると、事故の直後、懐中電灯を持った人間が、近寄って、乗客のひとりひとりを照らしたということになってくるんです。つまり――」

「誰かを、探していたというわけですね？」

「そうです。探して、十一月二十一日に、事故に見せかけて、殺したのではないか。そう考えるようになりましてね」

と、三崎は、いった。

十津川は、ほっとした。それなら、同じ捜査方針が、とれるからである。

十津川は、本西春男のことや、杉浦が、根室で、取り込みサギの男について、調べていたことを、話した。

「それなら、道警も、協力して、杉浦重夫の行動を追ってみましょう。その男の女性関係を、徹底的に、調べてみますよ」

と、三崎は、約束してくれた。

「助かりました。ひとりでは、どうしようもないと、思っていたんです」

と、十津川は、いった。

この日から、道警が、刑事を動員して、サギ師とつき合っていた女を、探してくれることになった。

十津川は、根室のホテルに戻り、もう一度、東京の亀井に、電話した。

「参りました」

と、亀井が、電話口で、小さな溜息をついた。

「本西の手先は、見つからずかね？」

「そうなんです。いくら本西の周辺を調べても、彼のために、人殺しをするような人間は、見つかりませんでした。本西という男は、やり手ですが、人望が、ありませんから」

「なるほどね」

「そちらは、どうですか？」

「こちらは、上手くいきそうだ」

十津川は、道警の捜査方針が、変わったことを告げた。

「杉浦が、何を見つけたかが、わかれば、犯人の動機が、わかりますね」

「だが、本西も、顧問弁護士も、アリバイがあるのでは、犯人が、いなくなってしまうよ」

と、十津川は、いった。

道警が、乗り出したおかげで、問題の女が、見つかった。

「釧路の高級クラブで働いていた、本名、倉本やよいという当時二十五歳のホステスです。彼女に、釧路市内に、マンションを買い与えています。地元の根室で遊んでいては、目立つので、釧路で、女とつき合っていたんでしょう。杉浦重夫と思われる男が、十月十五日に、そのクラブを訪ねています」

と、三崎は、電話で、十津川に教えてくれた。

「それで、彼女は、何を杉浦に話したんでしょうか？」

「ところが、彼女は、五年前に、病死しているんです」

「病死ですか？」

「そうです。この病死にも、疑問があるようですが」

「彼女に、家族は、なかったんですか？」

「それは、今、調べています」

と、三崎は、いった。

翌日になって、再び、三崎から、電話があった。

「倉本やよいの妹が、仙台市内にいることがわかりました。名前は、望月みどりです」

「姓が、違うんですか？」

「生まれてすぐ、親戚に、貰われたそうです」

と、三崎は、いう。

「私の部下が、東京にいますから、すぐ、仙台へ行くようにいいましょう」

と、十津川は、いった。

杉浦は、根室のホテルをチェック・アウトしたあと、多分、仙台へ行ったのだろう。十津川は、すぐ、亀井に、仙台へ行くように命じた。

亀井は、次の日の夜おそく、問題の望月みどりを連れて、根室のホテルに、やって来た。

みどりは、杉浦重夫が、訪ねて来たと、十津川にいった。

「死んだ姉から、形見で貰ったものがあれば、見せて欲しいと、いったんです」

「それで、何か見せたんですか？」

と、十津川は、きいた。

「姉の日記があったので、それを見せましたわ。そしたら、貸して欲しいといったんです」

「それで、貸した？」

「ええ。一緒に、根室にも行きました」

「なぜですか？」

「姉の日記には、根室のことも、出てくるんです。それで、一度、根室へ行ってみようと思って、杉浦さんと一緒に行きました」

「いつですか？」

「十一月の十三日だったと思いますわ。私は、仕事があるので、二日だけいて、仙台へ帰りましたけど、杉浦さんは、まだ、しばらく、根室にいると、おっしゃって」

「お姉さんの日記には、どんなことが、書いてあったか、わかりますか」

と、十津川は、きいた。

「いろいろな人の名前が、書いてありましたけど、私には、さっぱりわかりません。とにかく、死ぬ前一年間ぐらいの出来事とか、つき合っている人のことが細かく、書いてありましたわ」

と、みどりは、いう。

十津川は、彼女を、釧路署の三崎にも会わせた。

「杉浦重夫は、その日記に書かれていることの裏付けをとるために、根室を歩き廻り、釧路にも行き、十一月二十一日まで、記事の原稿を書いていたんだと思いますね。そして、原稿と、日記を持って、二十一日の快速『ノサップ』に乗ったんです。これに乗れば、二十二日の午前中に、東京について、雑誌の締切りに間に合うからです」

と、十津川は、いった。

「転覆した車内から、そうした原稿や、日記は見つかっていないので、何者かが、持ち去ったとしか、思えませんね」

三崎が、いった。

「つまり、彼を殺した犯人が、持ち去ったということです」

「しかし、犯人と思われる人間には、アリバイがあるんでしょう?」

「そうです。本命と思われる本西にも、彼の顧問弁護士にも、確固としたアリバイがあります」

と、十津川は、いった。

「それでは、どうなるんですか? 全く、別の理由で、杉浦重夫は、殺されたことになりますか? それとも、列車が、脱線転覆したために、頭部を打って死亡したということですか?」

「いや、これは、個人的な殺人です。犯人は、杉浦だけを殺したかったんですよ。だから、運転士の眼を眩(くら)ませ、急ブレーキをかけさせたんです。スピードが落ちてから、脱線すれば、死者は出ないと、計算したんでしょう。負傷させておいて、殺す気だったんです」

「しかし、犯人にアリバイがあったとなると、行き詰まってしまいますね」

「いや、もう一人、容疑者がいるのを、すっかり、忘れてしまっていたんです」

と、十津川は、いった。

「誰ですか?」

「杉浦に原稿を頼んだ雑誌の編集長ですよ」

と、十津川は、いい、言葉を続けて、

「最初から、おかしいと、思うべきだったんですよ」

「怪しい点がありましたか？」

　と、亀井が、きいた。

「今から思えばね。第一に、有田という編集長は、杉浦のことを、惜しい才能を失ったといいながら、根室に飛んで行こうとしないし、原稿を頼んでおきながら、遺品の中に、原稿がなかったか、問い合わせても、いないんだ。編集者としては、おかしい態度だよ。第二に、杉浦から、どんな原稿になるのか、全く知らされていなかったといっている点だよ。杉浦は、この日記を手に入れ、その裏付けもとったんだ。大変なニュースだよ。嬉しがって、寄稿する雑誌の編集長に、連絡するのが、自然じゃないかね？」

　と、十津川はいった。

「犯人は、有田ですか？」

「杉浦重夫のことを、全く知らない人間が、犯人なら、原稿と、日記が、消えてしまう筈がないんだよ。彼のことを知っている人間でも、原稿と日記の値打ちを知らなければ、持ち去る筈がない。とすれば、犯人は、値打ちを知っている人間なんだよ。その中、本西には、アリバイがある。残るのは、有田だけだ。むしろ、有田が、杉浦から、日記の値打ちを聞いていたとすれば、本西より、欲しがったかも知れないね。それは、打出の小槌みたいなもので、いくらでも、本西から、金を引き出せるんだ」

と、十津川は、いった。

「これから、どうされますか？」

と、釧路署の三崎が、きいた。

「すぐ、東京に戻ります。多分、もう、有田は、本西に対して、金をゆすっている筈です。有田が、本西に、二十一日のアリバイを作っておくように、いったんだと思いますね。だから、まず、その報酬を要求し、次は、倉本やよいの日記を、売りつけるでしょう。杉浦重夫の書いた原稿もありますから、途方もない金額になりますよ。多分、われわれが、追いつめなくても、彼等の間で、自壊作用を起こすと、私は、期待しています」

十津川は、三崎に向かって、ニッコリと、笑って見せた。

第2話　ＪＲ東日本　北への列車は殺意を乗せて

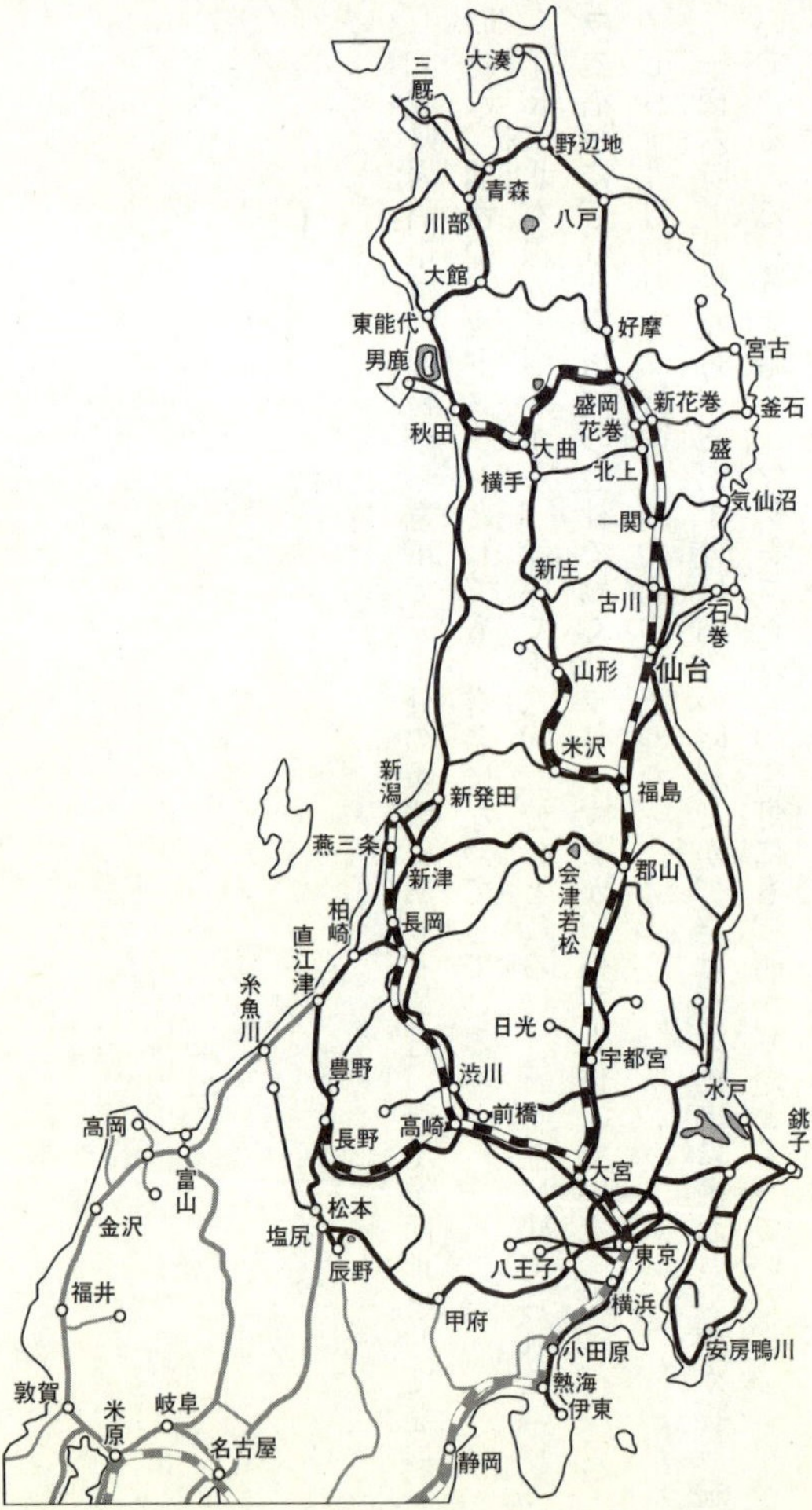

1

宮城県岩沼市は、仙台から電車で二十分の距離にあり、最近、軽工業団地として発展し、同時に、仙台のベッドタウンとしても、有名になってきている。

JR東北本線の岩沼駅から、歩いて十二、三分のところに、三年前に建てられた「ヴィラ岩沼」にも、仙台市内の会社で働くサラリーマンが、何人か住んでいた。

七月十九日の夕方、梅雨末期の雨の日だった。

午後六時。普通なら、まだ十分に明るい時刻だが、空は重い雨雲に蔽われ、雨が振り続いているので、うす暗く、マンション近くの街灯にも、明かりがともっていた。

住人の多くがサラリーマンなので、まだ帰宅していなくて、静かである。

その静けさが、突然、大音響で破られた。

五階の一室が、爆発したのだ。建物全体が震動し、窓ガラスが砕け散った。天井や壁は崩れ落ち、すぐ火災が起きた。

同じ五階に住む主婦が、あわてて一一九番し、消防車が駆けつけた。

火災は、すぐ消し止められた。が、爆発した１ＤＫの五〇一室から、中年の男の死体が発見された。

爆発のすさまじさを示すように、男の右腕が付け根から吹き飛び、胸には何かの破片が無数に突き刺さっていた。

消防からの連絡で、宮城県警の刑事たちも飛んで来た。

殺人の疑いも、起きていたからである。

死んだ男の身元は、すぐわかった。

仙台市内のセントラル電機の営業課長、工藤良治、四十歳だった。

セントラル電機は、東京に本社があり、工藤は、仙台支社へ単身赴任して来ていた。

東京には、同じ年齢の妻杏子と、高校二年の長男、中学三年の長女がいることもわかった。

夜になって、現場から、小さな目覚まし時計の破片が見つかった。どうやら、時限爆弾が爆発したらしい。

爆発物は、ダイナマイトとみられた。

翌日、県警の本田と岩下の二人の刑事は、仙台市の東一番町にあるセントラル電機仙台支社へ出かけていった。

二人は、死んだ工藤良治の上司である白井という部長に会った。

白井は、暗い表情で、

「ニュースをきいて、びっくりしているんですよ。なぜ、あんなことになったのか、まったくわかりません」

と、刑事にいった。

「東京の家族には、連絡されましたか？」

と、本田刑事がきいた。

「ええ。しました。午後に、こちらに着くそうです。どう事情を説明したらいいのか、困惑しています」

「昨日の工藤さんの行動を、話してもらえませんか」

と、今度は岩下刑事がきいた。

「べつに、特別なことはありませんでしたよ。いつものとおり、午前九時には出勤して、いつものとおり、仕事をしていました。ただ、頭痛がするといって、三時に早退しましたが」

と、白井はいう。

「頭痛で、早退ですか」

「ええ。中間管理職というのは、ストレスがたまりますからね。そのせいでしょう」

「工藤さんというのは、どういう人ですか？」

と、本田刑事がきいた。

「そうですねえ。まじめで、優秀な社員でしたよ。本社から単身赴任してきて一年ですが、この支社の売り上げを、三〇パーセントは増やしたんじゃありませんかね。彼一人の働きではありませんが――」

「人に恨（うら）まれるようなところは、ありましたか？」

「いや、そんなことは、考えられませんね。少なくとも、会社では、ごたごたを起こしたことはありません。部下の面倒もよくみますしね。プライベイトなことはわかりませんが」

と、白井はいう。

「工藤さんは、単身赴任ですが、それで、何か、問題があったということはありませんか？」

と、本田刑事がきいた。本田は、ちょうど四十歳で、死んだ工藤と同じ年齢である。それだけに、身につまされるものがあった。彼自身は、現在、単身赴任ではないが、難しい事件で、何日も泊まり込みということも、珍しくなかったからである。

白井は、困惑した表情になった。

「不自由だったとは思いますが、工藤君にしても、覚悟して来ていたわけですからね。ノイローゼから自殺したとは、思えませんが」

「自殺？」

「刑事さんは、その可能性もあると、思われているんでしょう？」

「いや、あんな面倒な自殺は、ないと思っていますよ。この支社の中では、敵はいなかったとして、ライバル会社との関係は、どうだったんですか？　営業の仕事だとすると、他社の営業担当と競り合うことが多いと思いますが」

と、若い岩下刑事がきいた。

白井は、肩をすくめて、

「うちのライバルというと太陽電機ですが、向こうさんは日本一の大会社で、比べようがありませんよ。シェアがぜんぜん違います。今のところ、向こうさんは、こちらを歯牙にもかけていませんから、うちの社員を殺すなんて考えられませんね」

「しかし、今、売り上げを、三〇パーセントも伸ばしたといわれましたよ」

「向こうさんも伸ばしていますから、同じことです」

と、白井はまた肩をすくめた。

二人の刑事は、工藤の部下にもきいてみた。

工藤は、多少クセのある男だったようだが、部下に憎まれている気配はなかった。

若い女子社員の一人は、内緒にしてくださいと断わってから、

「課長さんは、ケチだったわ」

と、小声で本田たちにいった。

「ケチねえ」

「こちらに来てから、もう一年でしょう。その間、私たち、課長さんからご馳走になったことありませんもの」

と、彼女はいった。

「前の課長さんは、おごってくれたのかな？」

「ええ。ときどきね。まあ工藤課長は、大学受験の息子さんや、高校へあがる娘さんがいるから、生活が大変だったと思いますけど」

と、彼女はいった。

だが、それが殺された理由とは、思えなかった。ケチでは、部下の評判はよくなかったかもしれないが、だからといって、それで上司をダイナマイトで殺す社員がいるとは、思えなかったのだ。

「プライベイトなことでの怨恨だな」

と、本田刑事は岩下刑事に向かっていった。

県警では、工藤が仙台へ単身赴任してきてから一年間の生活を洗う一方、東京での生活を、警視庁に調べてもらうことにした。

工藤は、東京生まれの東京育ちである。となれば、三十九年間の東京生活があったことになる。

仙台・岩沼の生活は、たかが一年にすぎない。殺される理由が、この東北にではなく、東京にあっても、おかしくはないのである。

2

岩沼警察署に、捜査本部が設けられた。

消防と協力して、現場の調査に当たっていた爆発物処理班から、捜査本部に報告が届けられた。

使用された工業用ダイナマイトは、三本と思われる。

革製品の一部が、引きちぎられた形で幾片か残っていた。それから考えて、S社の革のボストンバッグに、時限爆弾が仕掛けられていたものと思われる。

爆発の時刻は、午後六時であり、時限爆弾は、その時刻にセットされていたと考えられる。

使用された目覚まし時計はK社製で、定価千二百円である。

県警では、すぐ、同じS社のボストンバッグを、市内で購入した。

定価八千円で、国産の中ぐらいのボストンバッグである。

もちろん、犯人は、このボストンバッグに、むき出しでダイナマイトを入れておいたとは思われない。他のものを入れて、隠しておいたのだろう。

「これを、犯人は、どうやって、工藤のマンションにもぐり込ませたのかな？　当然、本人のものじゃないから、怪しむだろうに」

と、本田刑事は、自分より十歳年下の岩下刑事を見た。

「犯人が、手渡したんじゃありませんか」

と、岩下がいう。

「どうやってだ？」

「犯人は、工藤と顔見知りだったと思います。それで、ちょっと預かっておいてくれとかいって、ボストンバッグを渡したんじゃありませんか。工藤は、まさか時限爆弾が入っているとは思わないから、自分のマンションに持ち帰った。そして、爆発した。こんなところじゃありませんか」

「工藤は、昨日は、午後三時に会社を早退している。そのあと、犯人と会って、このボストンバッグを渡されたということになるんだが」

と、本田はいい、もう一度、眼の前のボストンバッグに眼をやった。

「その早退も、臭いですね」

と、岩下はいった。

「仮病だというわけかね？」

「ええ。仮病を使って、誰かと会った。相手は、そのとき、時限爆弾入りのボストンバッグを渡したんですよ。それを持ち帰った。三時に会社を出て、誰かに会い、岩沼のマンションに帰ったとすれば、六時に爆発が起こっても、だいたい時間的に合いますよ」

「しかし、いきなりボストンバッグを渡されたら、その場で中身を調べるんじゃないかね」

と、本田はいった。

「親しい相手だったら、べつに中身を調べずに、自宅マンションに持ち帰るんじゃありませんか。相手の話を信用して」

「工藤は、仙台に赴任して、まだ一年だよ。そんなに親しい人間が、こちらでできたとは、思えないんだがね」

と、本田はいった。

「女じゃありませんか？」

「女ねえ」

「こっちへ来て、女ができたんじゃありませんか。工藤は、セントラル電機という一流会社の課長ですからね。女ができたとしても、おかしくはありません。女のほうは夢中になったが、工藤のほうは東京に妻子がいて、遊びのつもりだった――」

「それで、女が怒って、殺したか？」

「そうです。話があるといって、三時過ぎに工藤を呼び出し、女が工藤のマンションまでついていく。ボストンバッグは、女が持ってです。バッグの中には、午後六時にセットした時限爆弾が入っていたわけです。六時少し前に、女はちょっと用を思い出したといって、マンションを出る。工藤は、女が置いていったボストンバッグを見つけて、何が入っているのだろうかと思って開けた。そのとたんに、爆発した。こんなところじゃありませんか？」

若い岩下は、得意げに喋（しゃべ）った。

「こちらに女がいれば、君の説も有力だがね」

と、本田は慎重（しんちょう）にいった。

3

東京の警視庁では、宮城県警の要請を受けて、工藤良治の周辺を洗うことになった。

「時限爆弾で爆殺するというのは、珍しいですね」

と、亀井刑事が十津川警部にいった。

「そうだね。面倒な殺し方をしたものだと思うよ。ダイナマイトや雷管、目覚まし時計などが必要だし、仕掛けた時刻にうまく爆発させなければならないからね」

と、十津川もいった。

五、六人を同時に殺す場合なら、ダイナマイトを使うのも自然だが、たった一人を殺すのに、こんな面倒なことをするというのは、あまり聞いたことがない。

ナイフで刺殺、ロープで首を絞める、あるいは毒殺と、いろいろと手段があるのに、なぜ、今度の犯人は、時限爆弾を使ったのか。

セントラル電機の本社に聞き込みに行っていた西本と日下の二人の刑事が、帰って来た。

「セントラル電機では、全国六ケ所に支社があって、社員は、必ず支社に行くことになっているそうです。支社に三年から五年いて、本社に戻って来る。工藤良治も、それで仙台支社に行ったそうです」

「単身赴任だということだが」

「子供が二人、高校と中学で、東京でそのまま勉強させたいと、工藤も奥さんも、考えたからのようです」

と、西本がいい、それに続けて、日下が、

「奥さんが、もう仙台に向かっています。二人の子供も、あとから行くことになっているそうです」

と、いった。

「工藤の勤務ぶりは、どうだったんだ？」

「まじめで、優秀な社員だったようです。会社の上層部は、それを評価していたといわれています」

「四十歳で、支社の課長というのは、どうなんだろう？」

「セントラル電機では、まあまあのところらしいです。何年か支社にいて、本社に戻ると、本社の課長になるそうです」

と、西本がいった。

「工藤のプライベイトな面は、どうなんだ？」

と、十津川がきくと、日下が、

「それなんですが、女がいました」

と、いった。

「どんな女なんだ？」

「くわしいことはまだわかりませんが、その女のことで、もめたことがあったようで、会社にも押しかけて来て、そのせいで、あれだけ働いているのに、思ったほど出世しなかったんだという話も聞きました」

「その女のことを詳しく知りたいね。アリバイもだ」

と、十津川はいった。

西本と日下は、すぐまた、飛び出していった。

「三角関係のもつれなんですかね」

亀井が、半信半疑の顔で、十津川にいった。

「女が男を殺すのに、時限爆弾を使うかね？」

と、十津川も首をかしげた。

「普通は、毒殺でしょう。それでなければ、ナイフで刺すとか」

と、亀井はいった。

西本たちは、今度は、なかなか戻って来なかった。

二人が帰ったのは、午後八時を過ぎてからである。

「女が、わかりました」

と、西本が十津川に報告した。彼は、手帳を見ながら、

「問題の女は、名前が広川友子（ひろかわともこ）、三十九歳です。新宿のクラブ『リベラ』で、ホステスをやっています」

「ホステスか」

「工藤とは、三年前からの付き合いで、彼女のほうが、熱をあげていて、いろいろと工藤に貢いでいたようです」

「工藤のほうは、どうだったんだ？」

「同僚のホステスなんかの話では、工藤は、もてて喜んでいたようですが、家庭をこわす気は、全くなかったみたいですね」

「貢がせていても、奥さんと別れる気はなかったということだね？」

「そうです。それで、広川友子は、カッとして、会社に押しかけたりしたんだと思いますね」

と、西本がいい、日下が、

「工藤ですが、ちょうど金のかかる子供が二人いますからね。大学受験の高校二年の息子と、中学三年の娘です」

「なるほどね」

「それで、工藤は、喜んで、広川友子に貢がせていたんだと思います。自分の自由になる小遣いは殆どなかったみたいですから。友子にしてみれば、これだけ貢いだのにということで、怒ったんだと思いますね」

「それで、彼女のアリバイは、どうなんだ？」

と、亀井がきいた。

西本は、それに対して、やはり手帳を見ながら、

「昨日ですが、午後七時に店に出ています。これは、店のマネージャーや同僚のホステスの証言で、間違いありません」

と、いった。

「しかし、工藤は、仙台の支社を午後三時に、頭痛といって早退している。そのあと、仙台市内で広川友子と会ったとする。午後三時から四時の間としようか。会って、時限爆弾を入れたボストンバッグを渡す。そのあと、東北新幹線に飛び乗れば、午後七時に、新宿のクラブに入れるんじゃないのか」

と、亀井はいった。

「六月から、東北新幹線は、東京駅まで乗り入れていますから、新宿に出るのもらくになりました。東京から新宿まで、快速に乗れば十五分で着きますから。仙台から東京まで、新幹線で二時間あれば大丈夫です。午後四時に、仙台で工藤にボストンバッグを渡したあと新幹線に乗っても、午後七時には新宿のクラブに出ることができます」

と、日下はいった。

「それなら、広川友子には、アリバイはないいんじゃないの？」

と、十津川がきいた。

「それが、午後四時に、自宅近くの、行きつけの美容院に行っているんです。中野駅近く

の美容院です。従って、彼女は、仙台で、午後三時から四時の間に、工藤に会うことはできません。三時に会ったとしても、午後四時に、中野の美容院へは行けませんから」

と、日下はいう。

「午後四時に、その美容院に行ったというのは、間違いないのかね？」

と、亀井が疑わしげにきいた。

「調べてみましたが、間違いありません。広川友子はいつも、午後四時ごろやって来るそうで、美容院をやっている女性が、昨日も、同じ時刻に来たと証言しています」

と、日下はいった。

「顔馴染(かおなじ)みだから、広川友子に頼まれて、嘘の証言をしていることも、考えられるんじゃないのかね？」

「その時刻、美容院には、他に四人の客がいまして、その一人が、広川友子と顔馴染みで、髪をやってもらいながら、二人でお喋りをしたと、証言しています。昨日の午後四時に、広川友子が中野の美容院にいたことは、間違いないと思います」

と、日下はいった。

「それでは、アリバイありか」

亀井は、小さな溜息(ためいき)をついた。

取りあえず、十津川は、調べたとおりのことを、宮城県警へ電話で報告した。

十津川の連絡に応答したのは、この事件を担当している原田（はらだ）という警部だった。

「昼過ぎに、被害者の奥さんが、こちらへ到着しました。いろいろと質問したいことがあるんですが、なにしろひどいショックなようで、質問を控えているところです」

と、原田はいった。

「しかし、少しは、きかれたんでしょう？」

と、十津川はきいてみた。

「二、三、質問はしてみました。まあ、心当たりはないかといった、常識的な質問ですが」

「それで、被害者の奥さんは、何といっているんですか？」

「心当たりはないと、いっていますね。これも、常識的な返事で、本当のことをいっているかどうか、わかりません」

と、原田はいった。

被害者の妻が心当たりがないというのは、嘘だろう。広川友子は、会社にまで押しかけているのだから、工藤の妻が、彼女の存在に気付いていないはずがないと思ったからである。

「工藤良治の奥さんのアリバイも、調べる必要があるね」

と、十津川は亀井や西本たちに向かっていった。

「夫が、女を作ったことに腹を立てて、殺したということですか」

と、亀井がきいた。

「広川友子にアリバイがあるとすれば、怪しいのは、当然、工藤の妻ということになるからね」

「工藤の奥さんのアリバイを調べてきましょう」

と、亀井が立ち上がり、西本刑事を連れて出ていった。

4

県警の原田警部は、やっと少し落ち着いた被害者の妻、工藤杏子から、くわしく話をきくことにした。

殺された工藤と同じ年齢だというが、突然の夫の死で、ショックを受けているせいで、四十歳という年齢よりも老けて見えた。

「さっき、心当たりはないといわれましたが、私としては、本当のことをききたいんです。そうでないと、犯人を見つけられません」

と、原田は杏子にいった。

「本当のことを、お話ししていますわ」

杏子は、涙の乾いた顔で、原田にいう。

「ご主人には、女がいましたか？」

「いいえ」

「奥さん。本当のことを話して下さいと、お願いしているんですがね。ご主人には、広川友子という女がいたはずですよ。新宿のクラブのホステスです」

「――――」

「ご存じだったんでしょう？」

と、原田がきいた。

「ええ」

と、やっと杏子は肯いた。

「とすると、ご夫婦の間は、ぎくしゃくしていたと思うんですが」

原田がきくと、杏子は、青白い顔で、きっぱりと、

「そんなことはありませんわ。主人は、あの女が怖い女だと気付いて、別れたんです。私もそれがわかって、主人と仲直りしました。前よりも、信頼し合っていたと思いますわ」

と、いった。

「奥さんは、昨日の午後は、どうしていらっしゃいました？」

原田がきくと、杏子は、険しい眼になって、

「私を、疑っていらっしゃるんですか？」

「とんでもない。ただ、殺人なので、関係者全員のアリバイを、きいているわけです」

「私より、あの女のことを、調べて下さい」

「広川友子のアリバイも、もう調べましたよ。昨日、七月十九日には、完全なアリバイがありました。午後四時に、自宅のある中野で、美容院に行っています。そして、午後七時には、新宿の店に出勤していますから、彼女は、シロです」

「でも、あの女は、主人を憎んでいましたわ」

「たぶんそうでしょう。しかし、憎んでいたから、殺したとはかぎりません。ところで、まだ、奥さんのアリバイを聞いていませんが」

と、原田はいった。

「午後四時半ごろ、夕食の支度をするので、近くの商店街に、買い物に行きましたわ。ライスカレーを作るので、お肉屋さんと八百屋さんに行きました。よく行くお店だから、私がその時間に行ったことを、証言してくれると思いますけど」

「ご自宅の近くの商店街ですか？」

「ええ。京王線の調布にある商店街ですわ。お肉屋さんと八百屋さんの名前も、いいましょうか？」

「ええ、教えて下さい」

と、原田はいい、杏子のいう店の名前を手帳に書き止めた。

あとで、警視庁に電話して、確認してもらうためである。

「ご主人は、ときどき東京のご自宅に、帰っておられましたか？」

と、原田は手帳を閉じて、杏子にきいた。

「ええ。一週間に一度は、帰っていましたわ」

と、杏子はいった。

「セントラル電機は、週休二日ですから、金曜日の夜、帰られて、日曜か月曜日に、仙台に戻られるんですね？」

「ええ」

「すると、最近では、十三日の土曜日と十四日の日曜日に、ご主人は、東京の自宅に帰っておられるわけですね？」

「ええ」

「今日は、二十日だから、六日前ですが、そのときのご主人の様子は、どうでした？　普通でしたか？　それとも、何かを怖がっているようでしたか？」

と、原田はきいた。

「普通でしたわ。落ち着いていましたわ」

と、杏子はいった。

「ご主人は、バクチに手を出すとか、大きな借金をしていたということは、ありませんでしたか？」

「主人は、そういう人じゃありませんわ」

「ご主人は、東京の大学を出ていましたね？」

「はい。Ｓ大です」

「そのＳ大の同窓生と、ごたごたを起こしていたということは、ありませんか？」

「いいえ。そんなことは、ありませんわ。主人は、世話好きで、同窓会の世話役をしているくらいですから」

と、杏子はいう。

「今日は、ここまでにしておきましょう。わからないことがあったら、またおききします」

と、原田はいった。

そのあと、原田は、東京の警視庁に電話をかけ、十津川を呼んでもらった。

十九日の工藤杏子のアリバイについて、原田は、十津川に話し、調べてくれるように頼んだ。

それがすんで、ぼんやりしているところへ、聞き込みに行っていた本田と岩下の二人の刑事が、帰って来た。

「工藤が住んでいたマンションの住人や、近所の食堂の人間に、会って来ました」

と、本田はいった。

「工藤のことを、どういっていたね？」

「会えば挨拶をするし、物静かで、好感を持たれていたようです。近くに小さな食堂があるんですが、そこの主人は、土、日の休みの日に、工藤が一人で食事に来るのを見ると、可哀そうにと思っていたそうです」

「ちょっと待ってくれないか。土、日に、工藤は、食堂に食べに来たというのかね？」

「そうです。必ず、休みには、食べに来ていたそうです。それも安い定食を」

「おかしいな。奥さんの話では、毎週、土、日は、東京の家に帰っていたというんだ」

と、原田はいった。

「いや、それは違うと思いますね。今の食堂の主人の他に、休みの日は、工藤が近くの公園を、つまらなそうに散歩していたと、証言する人もいるんです」

「じゃあ、工藤は、土、日には、家に帰らなかったというのかね？」

「そうです。マンションの同じ階に住むサラリーマンがいて、彼も単身赴任なので、工藤とは気が合って、よく話をしたそうです。そのとき、一ケ月に、どのくらい東京に帰るかという話になって、工藤は、帰りたいが、金がかかるので、殆ど帰っていないと、いったそうですよ。二人の子供に金がいるので、節約しなければと、いつもいっていたということです」

と、岩下がいった。

自然に、原田警部の表情が険しくなっていった。

どうやら、杏子は嘘をついたらしい。見栄で、毎週、工藤が帰京していると、いったのだろうか？　しかし、これは、殺人事件なのだ。本当のことを話してくれないと困る。

（彼女が、犯人だから、嘘をついたのだろうか？）

とも、原田は考えた。

夫婦仲は、冷え切っていたのではないか。それを知られると、殺人の動機にされかねない。だから、土、日には、毎週、自宅に帰っていると、いったのか。

（何か、おかしいな）

と、原田は思った。

（十九日のアリバイ次第だ）

とも、原田は、考えた。もし、アリバイがなければ、心証は完全にクロになる。

東北新幹線を使って、東京に帰ると、往復で二万円を超す。一ケ月に四回、往復すれば、九万円近くかかる。

工藤は、その運賃を節約していたらしい。

今のところ、工藤が、バクチに手を出したり、多額の借金をしていた形跡はない。

だから、借金のために節約していたのではなく、二世帯の生活になっていることや、子供二人に金がかかるためだろう。

いってみれば、普通の家庭の節約なのだ。

原田警部は、そう思ったが、同時に、普通でない点にも眼を向けていた。

その一つは、工藤には、女がいたことである。

工藤が、一時、広川友子というホステスに、のめり込んでいた気持ちは、同じ中年の原田にはよくわかる。

子供が二人いる平凡なサラリーマン。べつに財産があるわけでもなく、特別に美男子でもない。女にもてる要素のない男が、突然、クラブのホステスに惚れられた。

広川友子にしてみれば、かえって、平凡な工藤に魅力を感じたのかもしれないし、工藤のほうは、もてたい一心で、妻と別れるぐらいのことは、いったのではないか。

友子は、金のない工藤のために、腕時計やネクタイなどをプレゼントしたらしい。

工藤は、きっと夢心地だったろう。男というのは、特に家庭のある中年の男の夢は、水商売の女にもてることだからだ。いわゆる顔の利く店があることは、嬉しいからである。

しかし、もともと小心なサラリーマンの工藤だから、友子に、家庭を捨てて一緒になってくれといわれて、狼狽してしまった。

工藤に、そんな気はなかったからだ。あわてて逃げ廻る。

友子のほうは、今まで貢いでやったのにと、カッとする。

（だが、広川友子には、アリバイがある）

原田は、そこまで考えて、溜息をついた。

簡単な、三角関係の清算のように見えたのに、犯人と思われる女のほうに、アリバイがあったとなると、他にどんなケースがあるのだろうか？

本田と岩下の二人の刑事が、改めて聞き込みに出ていったが、戻って来ると、

「妙なことが、わかりました」

と、原田に報告した。

「妙なことって、何だね？」

「十九日に、工藤は、頭痛がするといって、早退しているわけですが、この他にも、月に一、二回の割合で早退しているんです。それも、同じ午後三時にです」

と、本田がいう。

「いつだね？」

「最近では、六月十三日と七月三日の二回です」

「曜日は、同じじゃないね？」

「違います」

「早退の理由は？」

「六月十三日は、今回と同じく頭痛で、七月三日のほうは、一身上の都合と、届けには書いてありますが、部長には、東京から大事な友人が訪ねて来るのでと、いったそうです」

「それは、本当だったのかね？」

「わかりません」

「問題は、同じ時刻に早退したことだな」

と、原田はいった。

「そう思います」

「工藤は、よく休暇をとるほうだったのかな？」

と、原田がきくと、岩下刑事が、

「逆です。セントラル電機は、年間二十日間の有給休暇がとれますが、工藤は、いつも五、六日は余すそうです。それで、この三日間の早退ですが、一日休暇をとってもかまわないわけです。それをしなかったのは、根がまじめだからじゃないかと、上司の部長がいっていました」

と、いった。

原田は、黒板に、六月十三日、七月三日、七月十九日と、月日を並べて書いた。

「これより前は、どうなんだ。午後三時に早退した日を教えてくれ」

「四月九日、四月二十五日、五月十日、五月二十九日、六月十日です。その前も、今いったように、月に一、二回、早退していますね。全くない月もあります」

「新しい女でも、できたのかな？」

原田は、呟いた。

頭痛や、友人に会うというのは、嘘だろう。

何か、秘密めいているからである。考えられるのは、女だった。

広川友子から、逃げるみたいに、仙台に赴任したのだが、こちらで、また新しい女ができたのか。

（しかし、それなら、きちんと午後五時まで勤めてから、ゆっくり会えばいいのではないのか？　それとも、午後三時に早退しないと、会えない相手なのだろうか？）

「この、早退した日の工藤の行動を、何とかして知りたいね」

と、原田は二人の部下にいった。

5

宮城県警からの知らせは、十津川にとっても、奇妙に感じられた。

工藤が午後三時に早退した日を、十津川も黒板に書き並べておき、亀井たちを集めた。

「この日の広川友子と工藤杏子の行動を、調べてもらいたいんだ」

と、十津川はいった。

「午後三時以降の行動ですね？」

と、西本がきく。

「もちろんだよ。被害者は、午後三時まで、会社で働いているんだからね」

「全部、ウィークデイですね」

と、日下がいう。十津川は、笑って、

「だから工藤は、早退の届けを出しているんだ」

「いえ、被害者のことじゃなくて、ウィークデイなら、広川友子も店がありますから」

と、日下はいった。

「とにかく調べてみてくれ。特にこの日に、二人の女が、仙台に行っていないかどうかをだよ」

と、十津川はいった。

工藤の妻の杏子は、まだ仙台に行っていて、直接、話を聞くことはできなかったが、広川友子のほうは、簡単にわかった。

「彼女は、毎日、出勤前に美容院に行っています。毎日、パーマをかけるわけじゃなく、髪をちょっと直してもらうだけですが、馴染みの美容院では、店の人が友子のためにメモを作っていました。問題の日は、午後四時に、美容院に行っていますし、クラブも休んでいません」

と、西本が報告した。

「工藤の奥さんのほうは、どうだね？」

「こちらは、よくわかりません。本人は、まだ、帰京していませんし、近所の人たちは、毎日のことは、覚えていないということです」

と、日下がいった。

これで、広川友子が、この日に仙台へ行っていないことだけは、わかったことになる。とすると、妻の杏子が、この日に仙台へ行っていたのだろうか？

「それは、ちょっと考えられませんね」

と、亀井がいった。

「なぜだい？　カメさん」

と、十津川はきいた。

「東京から仙台まで、新幹線で二時間です。夜になってから行ってもいいわけですよ」

「仙台の工藤が、会社を、午後三時に早退する必要はないというわけだね？」

「そうです。奥さんなら、そのくらいの配慮をして、会いに行くんじゃありませんか」

と、亀井はいった。

この日の夜、工藤杏子と子供二人が、仙台から帰京したので、十津川は亀井と二人で、会いに出かけた。

東京に帰って、葬式ということで、近所の人たちも集まっていた。ただ、どの顔も重苦しいのは、工藤の死に方のせいだろう。

十津川は、遺体に向かって頭を下げてから、杏子に廊下へ出てもらった。

「こんなときに申しわけないのですが、調べるのが仕事ですので」

と、十津川は杏子にいった。

杏子は、かたい表情で、

「わかっていますわ」

と、いう。

「実は、向こうで調べたところ、ご主人は、月に一、二回、会社を早退しています。午後三時にです。奥さんに何か思い当たることはありませんか？」

と、十津川はいい、早退した日の月日をメモしたものを、杏子に見せた。

「この日なんですが」

と、十津川がいうと、杏子はしばらく黙っていたが、

「心当たりは、ありませんわ」

と、首を横に振った。

「この日に、仙台へ行っていらっしゃいませんか？　あなたではなくても、二人のお子さんが」

と、十津川はきいた。

「子供たちは、今、勉強で忙しくて、仙台には行けませんし、私が行くなら、土曜日か日曜日に、朝早く行っていますわ」

と、杏子はいった。

「それでは、この日に、ご主人から電話があったとか、手紙が来たということは、ありませんでしたか？」

これは、亀井がきいた。

「いいえ」

と、杏子は否定してから、

「だいたい、主人は筆不精ですし、電話もあまりかけてこない人でしたから」

と、いった。

「それでも、ご主人は、何の用で、この日に早退したと思いますか？　月に、一、二回、なぜ、午後三時に早退していたんでしょうか？」

と、亀井がきいた。

「わかりません。主人は、あまり、自分のことを話さない人でしたから」

と、杏子はいった。

近所の人が呼びに来て、喪服姿の杏子は、部屋に引き返していった。

それを見送ってから、亀井は、

「彼女、知っていますよ」

と、十津川にいった。

「夫の工藤が、午後三時に、早退した理由をかね？」

「そうですよ。警部の質問に、彼女、知らないといいましたが、間がありました。かなりの間です。たぶんあの間に、いろいろ考えたんだと思いますね。正直に話そうか、それとも知らないで押し通そうかと」

亀井は、確信ありげにいった。

「しかし、なぜ、嘘をついたんだろう？」

「なにしろ、工藤が殺された十九日も、彼は、午後三時に会社を早退しているんです。知っているといったら、自分が疑われると思ったんでしょう」

と、亀井はいった。

「なるほどね」

と、十津川は肯いてから、

「すると、カメさんは、工藤が、なぜ午後三時に早退したと思うんだね？」

「それを、ずっと考えていたんです。広川友子と工藤杏子が、この日に仙台へ行っていないかを、調べて来ました。しかし、逆に、この日に工藤が、東京にやって来ていたんじゃないかと、考えたんです」

「工藤が、東京にかね？」

「そうです」

「しかし、土、日にも来ていないのに、ウィークデイに帰京していたというのかね？」

「そうです」

「何をしに、帰京していたことになるんだろう？」

「自宅に帰っていたとは、思えません。それなら、今、警部がいわれたように、休日に帰ればいいんですから。従って、この日には、広川友子に会っていたんじゃないかと思います」

「切れたと思われているのに、本当は、切れてなかったということかね？」

「そうです」

「午後三時に、早退した理由は？」

「午後五時に会社が終わってからだと、当然五時以降の新幹線に乗ることになります。仙台から東京まで、二時間。午後七時を過ぎてしまいます。そうなると、広川友子は、もう店に出ていて、会うのに金がかかります。生活の苦しい工藤には、それができないし、噂にもなります。そこで、店に出る前の友子に会うことにした。それで、早退していたんじゃないかと、思います」

「午後三時に会社を出れば、五時半ごろには東京に着けて、一時間か二時間近く、店へ出る前の友子に会えるわけだね？」

十津川も、ありえないことではないと思い、膝をのりだした。

亀井は、時刻表を持って来て、東北新幹線のページをあけた。

「会社から仙台駅まで、歩いて十分足らずですから、一五時二六分、東京行きの列車に乗ることができます。それですと、東京駅に十七時三二分に着きます。あと中野まで中央快速で行けば、十八時、午後六時には、友子のマンションに着けます」

「一時間足らず、出勤前の彼女と、デイトできるわけか」

「そうです。そして、当日の列車で、仙台に帰っていたんじゃないでしょうか」

と、亀井はいった。

「つまり、妻には切れたといいながら、月に一、二回、内緒で広川友子に会っていたというわけかね？」

「そうです。土、日に会わなかったのは、もし、その日に家族から電話があったとき、弁明がしにくかったからだと思います。ウィークデイの夕方から夜にかけてなら、もし電話があっても、仕事で得意先と飲んでいたといえば、とおりますからね」

と、亀井はいう。

「すると、工藤を殺した犯人は、妻の杏子ということになるんじゃないか？　工藤は、もう友子とは切れたといっていたのに、月に一、二回会っていると知って、カッとして殺したということになるからね」

と、十津川はいった。

「そうです。杏子が、犯人です」

「しかし、問題の七月十九日、彼女にはアリバイがあるよ」

「ええ。だから、時限爆弾入りのボストンバッグは、仙台へ持っていったんじゃなくて、宅配便で送ったんじゃないかと思ったんですよ。今は、朝のうちに頼めば、午後には着くんじゃありませんか。単身赴任した夫に、宅配便で身の廻りの品を送るというのは、よくありますからね。会社から帰った工藤は、それだと思って開けたところ、爆発して、死んだということじゃないかと思いますね」

と、亀井はいった。

「宅配便で、送ったか」

「そうです」

「しかしねえ。君の推理には、三つの問題があるよ。一つは、爆発の時刻が、午後六時にセットしてあったことだよ。六時は、工藤が会社を出る時刻だ。家まで、四十分はかかるんだ。十九日は、たまたま早退して、早く帰宅したから死んでしまったが、早退していなければ、工藤が帰宅する前に、爆発してしまっているね」

「――」

「第二は、カメさんの推理では、午後三時に早退したときは、帰京して、友子に会っていたことになる。問題の十九日だけ、なぜ、そうしなかったんだろう？」

「――」

「第三は、ダイナマイトだ。家庭の主婦である杏子が、ダイナマイトを手に入れるのは、難しいんじゃないかね？　ホステスの友子なら、店の客にはさまざまな職業の人がいるだろうから、なかには建設関係の者もいて、ダイナマイトを手に入れられると思うんだがね」

「たしかに、疑問がありますねえ」

亀井は、急にしょんぼりした顔になってしまった。

十津川は、励ますように、

「とにかく、カメさんの考えが正しいかどうか、まず宅配便について調べてみよう。杏子が、仙台の夫宛に、宅配便を送ったかどうかだ。七月十九日かその前日にね」

と、いった。

刑事たちが、宅配便の営業所を片っ端から調べていった。

だが、七月十九日もその前日の十八日にも、宮城県の岩沼市内の工藤宛に送られた宅配便はなかった。それに、宅配便は、都内から岩沼市に送られるとき、丸一日かかることもわかった。つまり、十九日の午後六時までに送るには、前日の十八日に頼む必要があるということである。それは、十二時間以上かかるということで、時限爆弾をセットするのが難しくなることを意味していた。

「まいりました。考え直さなければなりませんね」

と、亀井はいった。

6

宮城県警の原田は、工藤が午後三時に早退した日の行動を追っていた。

特に、最近の六月十三日と七月三日なら、どこかで、彼を目撃した人間がいるかもしれないと、原田は考えた。

警視庁の十津川たちは、この日に、工藤が帰京して、広川友子に会っているのではないかと、考えているらしい。

それが、正しいにせよ、まっすぐ岩沼の自宅に帰っているにせよ、仙台駅には行ったはずである。

原田は、会社から仙台駅までの間の聞き込みを、徹底的にやることにした。

正直にいって、あまり期待していなかったのだが、意外にあっさりと目撃者が見つかった。

工藤が、営業の仕事をしていたからである。東京の本社から来て、こちらには知り合いが少ないはずなのだが、営業のせいで、セントラル電機の得意先の人々に、知り合いができていたことが幸いだった。

その一人、仙台市内の電器店主が、七月三日の午後四時過ぎに、仙台駅のコンコースで、工藤を目撃したというのである。

原田は、この男、橋本重太郎(はしもとじゅうたろう)に会って、話を聞いた。

「七月三日であることは、間違いありませんよ。あの日、工藤さんに用があって、会社に電話したら、三時に帰ったといわれたんです。そのあと、友人が盛岡から来ることになって、仙台駅に迎えに行きました。午後四時ごろに着いたんですが、友人の列車の着くのが四時四十五分なので、時間がありすぎる。それで、時間潰(つぶ)しに、コンコースの喫茶店に入ったんです。そしたら、そこに工藤課長がいたんですよ」

と、橋本はいった。

「彼は、一人で、そのお店にいたんですか?」

「ええ」

「声をかけましたか？」

「かけようかなと思ったんですが、工藤さんがしきりに腕時計を見ているので、やめました。誰かと会うのだなと、思いましたからね」

「それから、どうしました」

「四時半になったので、友人の出迎えにその店を出たら、工藤さんも立ち上がって、腕時計を見ながら新幹線ホームに歩いていきました。そのあと見失ってしまったんですが、工藤さんも、私と同じで、誰かを迎えに行ったんだと思いますね」

と、橋本はいう。

「彼が列車に乗って、東京に行ったとは、思いませんか？」

と、原田がきくと、橋本は、

「それは、ありませんよ」

「なぜですか？」

「だって、工藤さんは、入場券を買って、新幹線ホームに入っていったんですから」

と、橋本はいった。

橋本の証言は、原田たちに、かえって当惑をもたらした。

七月三日、午後三時に、会社を早退した工藤は、仙台駅に、四時何分着かの新幹線で来る人間を、出迎えに行ったことになる。午後四時に早退しなかったのは、たぶん三時に休憩があり、きりがいいからだろう。

他の日も、そのための早退だったのだろうか？

七月十九日も、仙台に誰かを迎えに行き、その相手に時限爆弾入りのボストンバッグを渡されたのか？

しかし、妻の杏子も広川友子も、午後四時には、東京にいたのである。とすると、犯人は、女二人以外の誰かなのだろうか？

7

十津川は、二つのことを調べていた。

工藤の妻杏子、それに、広川友子以外に犯人がいる可能性があるかどうかということ、杏子か友子が犯人とすると、どちらにダイナマイトや雷管を手に入れる可能性があったかということだった。

第三者が犯人といっても、杏子なり友子なりが、誰かに頼んで殺したということもあり得るから、工藤を憎んでいなくても、犯人になるのだ。

それを、頭の隅に入れておいての聞き込みが行なわれた。

ダイナマイトのほうが、先にわかった。

十津川の予想したとおり、友子の働くクラブの客の中に、建設会社の人間がいたのである。

その会社は、日本各地のトンネル工事、ダム工事などを請け負っている会社で、当然、ダイナマイトや雷管を扱っている。

十津川は、その客、秋山(あきやま)を呼んで、訊問した。

最初、秋山は、広川友子にダイナマイトや雷管を渡したことはないと否定したが、ひょっとすると、殺人の共犯になるかもしれないと脅すと、やっと話すようになった。

秋山の話によると、一ケ月ほど前、長野県内の工事現場に、突然、友子が訪ねて来て、工事事務所に泊まっていったというのである。

「そのあとで、ダイナマイトが三本と雷管が失(な)くなっているのに、気がついたんですよ」

と、秋山はいった。

「それを、長野の建設局に届けましたか？」

と、十津川はきいた。

「ええ。紛失届(ふんしつとどけ)は出しました。しかし、盗難とは、書きませんでした」

「なぜですか？」

「彼女が盗んだとは思わなかったし、盗んだ証拠もありませんでしたからね。だから、紛失ということだけ届けたんです。本当に彼女が盗んだんですか？」

と、秋山は青い顔できいた。

「それは、まだわかりません」

と、十津川はいっておいた。

もちろん、杏子の周辺も調べたのだが、こちらは、ダイナマイトを扱う人間は見つからなかった。

あとは、女二人以外の犯人である。

友子にダイナマイトと雷管を入手するチャンスがあったということで、彼女が誰かに頼んで、工藤を殺すことができたかどうかに、焦点をしぼってみた。

友子が付き合っていた男は、工藤の他にも、何人かいた。

その一人一人について、十津川は、十九日のアリバイを調べさせた。

一人でも、アリバイのあいまいな者がいたら、その男を追及するつもりだったのだが、全員のアリバイが成立してしまった。それに、友子との関係も、クラブのホステスと客の一時的な男女関係で、彼女のために、人殺しを手伝うとは思えなかった。

十津川は、次に、友子と杏子の他に工藤を恨んでいる者はいないかを、調べることにした。

工藤の経歴を調べてみた。

その何処(どこ)かに、犯人との接触があるかもしれない。

高校、大学時代、一言でいえば、目立たない学生だった。まじめで、他人の悪口をいわないほうだった。だから、目立たないが、敵も作らなかった。

卒業後、大学の同窓会で幹事をやった。自分から買って出たというより、面倒な役を押しつけられたというほうが、当たっている。だから、同窓生たちは、彼を重視はしないが、いわゆる、いい奴だと思っている。

卒業後、セントラル電機に入社してからも、工藤のこうした生き方は変わらなかった。まじめに勤め、結婚し、三十二歳で係長になった。その間、敵を作った形跡はない。

出世は、むしろおそいほうだろう。

このままいけば、定年までに、セントラル電機本社の課長にはなれるだろう。有能な課長にである。部長よりも、仕事をよく知っている課長というやつだ。

だが、彼は一つミスをした。それが広川友子との出会いだった。営業の仕事をしている工藤が、接待に使っていたクラブで会ったホステスである。

客とホステスの関係でいればよかったのだが、工藤は、彼女におぼれた。まじめでもてない男が、派手な水商売の女のほうから、熱をあげて来たことに喜んでしまったのだ。

家庭があって、その一方で、一流のクラブのホステスが恋人でいる。これが、中年の工藤の夢だったのだろう。その夢が、突然、現実になった。女のほうが、自分に熱をあげてくれて、プレゼントをしてくれる。

だが、女には打算があった。そろそろ水商売から足を洗って結婚しようと考え、工藤に狙いをつけただけだったのだ。セントラル電機の係長で、自分のいいなりになりそうな男だったから。

だから、彼女は、奥さんと別れて、自分と結婚してくれといった。彼女にしてみれば、当然、家庭を捨てて、自分と一緒になるものと思っていたのに、工藤は、あわてふためいて逃げ出した。これまでに女がプレゼントした品物に対して、礼もいわず、金で返そうともせずにである。

だから、広川友子は、怒った。

「やはり、犯人は、彼女だな」

と、十津川は亀井に向かっていった。

「しかし、彼女には、アリバイがありますよ」

「わかってるよ。宮城県警の原田警部が、面白いことを話してくれた。工藤は、午後三時に早退した日に、仙台駅のコンコースの喫茶店で、時間を気にしながら、コーヒーを飲み、四時三十分に入場券を買って、新幹線ホームに入っている」

「誰かを、迎えに行ったんですよ」

「ああ、そうだ。時刻表をとってくれ。午後四時三十分直後に、仙台に到着する列車を調べたい」

と、十津川はいった。

亀井が時刻表を差し出すと、十津川は、東北新幹線のページを開いた。

しばらく見ていたが、

「面白いね」

「どこが、面白いんですか？」

と、亀井も横からのぞき込んだ。

「いいかい。午後四時三十分、一六時三〇分直後に、東京から着く列車は、ここに書いてある『やまびこ5号』だ。一六時四四分に着く。その前に一六時三四分着の『やまびこ117号』があるが、四分しかないから、間に合わないだろうからね」

「たしかにそうですが、この『やまびこ5号』がどうかしたんですか？」

亀井が、怪訝そうにきく。

「時刻表をよく見てみたまえ。他の列車の時刻表と比べるんだ」

「べつに、おかしなところはありませんが」

「カメさん。他のやまびこは、東京駅を出たあと、上野、大宮、宇都宮、郡山、福島と停車して、仙台に着くが、この列車は東京の次が仙台なんだ」

と、十津川はいった。

亀井は、小さく首をすくめて、

「東海道新幹線のひかりも、東京の次が名古屋なのもあれば、新横浜や静岡、浜松と停車するのもありますよ」

「わかってるさ。だが、東北新幹線の場合は、極端だよ。東京の次が仙台という列車は、一日二本だけなんだよ。午前八時〇〇分東京発と、今いった午後一五時〇〇分東京発で、一六時四四分仙台着の二本だけだ。上野発で、次が仙台という列車が四本あるが、これは季節列車だ。純粋なものは、二本しかない。その一本を、工藤が迎えに行っている。これをどう思うね？」

「偶然じゃありませんか？」

「午後三時に早退した工藤は、いつも仙台駅のコンコース内の喫茶店で時間を潰し、四時半になると、この『やまびこ5号』を迎えに行ったんじゃないだろうか？」

「そうだとすると、東京の次が仙台ですから、東京の人間を迎えに行ったことになりますね」

「だが、工藤杏子も広川友子も、行ってないんだ。七月十九日には、ね。他に、犯人と思われる人もいない」

「ええ」

「東京の次が仙台ということは、何を意味していると思うね？　東京で乗った客は、仙台まで一人も降りないということだし、途中で、誰も乗って来ないということだよ」

と、十津川はいった。

「そのとおりですが――」

亀井は、それがどうしたんですか、という顔をしている。

十津川は、言葉を続けて、

「工藤は、人を迎えに行ったのではなく、荷物を取りに行ったんじゃないだろうか？」

「荷物をですか？」

「そうだよ。工藤は、新幹線を使って、荷物を運んでいたんだ」

「よくわかりませんが――」

「工藤は、金がなくて、土、日に帰京していない。だから、タダで東京から荷物を運ぶことを考えた。東京で、妻の杏子が、列車の網棚に必要なものを入れたボストンバッグをのせておく。工藤には、何号車のどのあたりの網棚かを連絡する。たぶんボストンバッグには小さな印をつけて、工藤の名前が書いてあったろう。工藤は、その列車を仙台駅で待ち、乗り込んで、網棚からボストンバッグを下ろし、何くわぬ顔をして、出ていく。これで、タダで荷物が運べるわけだよ。いや、入場券の料金が要るね」

「しかし、乗客が乗り降りしたら、怪しまれますよ。乗客が降りてしまったのに、その頭上の網棚に、ぽつんと主のない荷物がのっていれば――」

「だから、この『やまびこ５号』なんだよ。東京の次は仙台だ。その間に乗客の乗り降りはない。怪しまれないし、盗まれることもない」

「なるほど」

と、亀井は肯いたが、

「しかし、土、日の休みの日にやれば、ウィークデイに、わざわざ、午後三時に早退しなくても、すんだんじゃありませんか？ 土、日も、この列車は、動いていますから」

「たしかに、そうだよ。工藤は、土、日にもやったかもしれないが、私は、やらなかったほうに賭けるね」

「なぜですか？」

「この列車は、仙台が終着じゃないんだ。盛岡まで行く。仙台に停車している時間は、二分間だ。すいていれば、列車がホームに入って、停車と同時に中に入り、網棚からボストンバッグをとり、またホームに出られるがね。混んでいたら、そうはいかない。仙台で降りる客が、出入り口にかたまっていて、どっと降りてくる。それに逆らって、車内に入っていかなければならないからだよ。車内に入って、網棚からボストンバッグをとって、降りようとすると、今度は、仙台で乗ってくる乗客がいる。まごまごしていると、列車は発車してしまう。発車したら、盛岡まで停まらないんだ」

「なるほど。土、日は、ちょっと危険ですね」

と、亀井は肯いた。

「工藤夫婦は、その逆もやっていたんじゃないかと、思っている」

「逆といいますと、仙台から東京へということですか?」

「そうだよ。こちらは、べつに早退しなくてもいいんだ」

と、十津川は時刻表を見ながら、

「一八時五〇分仙台発の『やまびこ8号』は、次の停車駅が東京で、二〇時三六分着になっている。これが利用できるから、会社を終わってからでも、間に合うからね」

「すると、犯人は、工藤の妻の杏子ということになりますね」

と、亀井はいった。

「杏子か」

「月に一回か二回、この列車を使って、夫の必要な物をボストンバッグに詰め、東京駅から『やまびこ5号』に乗せていた。一五時〇〇分東京発ですから、そのあと引き返せば、午後四時半のアリバイは、作れます。七月十九日、杏子は、とうとう夫を殺すことを考え、いつものボストンバッグに時限爆弾を入れた。爆発する時間は六時にした。工藤が、仙台駅で、そのボストンバッグを受け取り、岩沼市のマンションまで帰る時間を計算して、六時にしたんだと思います。毎月やっていることだから、工藤は、中身について、何の疑いも持たずに、マンションに持って帰った。こういうことじゃありませんか」

「うん」

「杏子の態度は、今から考えるとおかしかったですよ。やたらに、夫が土、日に帰京して、会っていたと強調していたじゃありませんか。あれは、新幹線を使った荷物送りを、われわれに知られたくなかったからですよ。だから、その必要がないことを証明しようと、しきりに、工藤が土、日に帰って来ていたと、主張していたんですよ」

と、亀井はいった。

「それは、ありうるね」

「いつもは、『やまびこ5号』の網棚に、愛をこめて、ボストンバッグをのせていたんだと思います。洗濯した夫の下着とか、夫の好きな食べものとかを、そのボストンバッグに詰めてですよ。だが、七月十九日には、同じボストンバッグに殺意が詰まっていたというわけです」

と、亀井はいった。

「しかし、カメさん。ダイナマイトや雷管を手に入れられたのは、杏子じゃなくて、広川友子のほうだよ」

と、十津川はいった。

8

「それは、そうですが、東北新幹線を使った荷物送りは、妻の杏子のやっていたことですから」

と、亀井はいった。

「ああ、そうだよ。だが、もし、友子がこの定期便のことを知っていたら、どうだろう？　それを利用して、工藤を殺そうと考えるんじゃないかな？」

「しかし、どうして、知ったんでしょうか？」

と、亀井はきいた。

「広川友子は、男好きのする顔をしている。男の扱いだって、なれている。その友子が、腕によりをかけて、工藤を誘惑した。工藤は、案の定、夢中になり、舞いあがってしまった」

「平凡なサラリーマンなら、当然だと思いますよ」

「だが、奥さんと別れて、自分と一緒になってくれというと、工藤は狼狽して、逃げ腰になった」

「ええ」

「そのとき、友子は、どうしたろうか？」

「怒ったでしょうね。いつもは、男から貢がせているのに、彼女のほうから工藤に貢いだ。それなのに、いざとなると、逃げ腰になったんですから」

「ただ、怒るだけではなかったと思うね。友子にとって、不思議だったんじゃないかな。女にもてもての男でもない工藤が、なぜ自分をふったのか、それが不思議だったと思うよ。なぜなのか、その理由を知りたかったんじゃないかな」

と、十津川はいった。

「工藤の妻のことを、調べた——ということですか？」

「ああ」

「しかし、友子には、そんな時間があったでしょうか？　昼まで寝ていて、そのあと、ゆっくり起き出して、美容院に行き、夕方、店に出るんですから」

「今は、金さえ出せば、ちゃんと調べてくれる人間がいる」

「私立探偵ですか？」

「ああ、それを見つけ出したいね」

と、十津川はいった。

再び、広川友子の周辺の聞き込みが行なわれた。

その結果、小林康夫（こばやしやすお）という警察官あがりの私立探偵の名前が、浮かびあがってきた。

ホステスが、よく、お客のことを調べるのに使うという私立探偵だった。

十津川は、亀井と、新宿西口のビルの中にある小林の探偵事務所を訪ねてみた。

五十五歳の小林が、一人でやっている事務所である。

「新宿にあるクラブのホステスから依頼が多いのは、本当ですよ」

と、小林は笑いながらいった。

パトロンが、自分以外の女と付き合っていないかどうか、どのくらいの財産を持っているかなどを調べてくれという依頼が多いという。

「広川友子というホステスからも、調査依頼があったんじゃありませんか？」

と、十津川はきいた。

小林は、眼鏡の奥から、じっと十津川を見て、

「依頼者の秘密は、守らなければなりませんからね」

「依頼者の秘密？」

「そうですよ。職業倫理というやつです。これがなかったら、私のところに、調査を頼みに来る人間は、いなくなりますよ」

と、小林はいった。

「だがね、これは、事件なんですよ。それも、殺人事件なんですがね」

と、十津川はいった。

「私の依頼主が、殺人事件に関係しているというんですか？」

小林は、ちょっと不安げな眼になった。

「そうですよ」

「信じられませんなあ」

「私は、協力してくれと、お願いしているんです」

と、十津川はいった。

「そういわれてもねえ」

「駄目なら仕方がありません。殺人の共犯容疑で、あなたを引っ張っていって、訊問せざるをえない」

十津川は、脅した。

小林は、黙ってしまった。

そのまま、じっと考え込んでいたが、

「何を協力すれば、いいんですか？」

と、きいた。

「広川友子というホステスが、最近、あなたに、調査を頼んだはずですよ」

「広川友子――ねえ。ああ、頼まれたかもしれませんな」

「どんな調査を頼まれ、どんな報告を出したか、それを教えて下さい」

「本当に、彼女が、殺人の容疑者になっているんですか？」

と、小林はまだ眉(まゆ)を寄せて、きいてくる。

亀井が、腹を立てて、

「ぐずぐずいうんなら、この場から連行するぞ」

と、小林を睨(にら)んだ。

「カメさん」

と、十津川は彼を制しておいて、

「話してくれませんか」

と、いった。

9

「広川友子に、頼まれたのは、三ケ月ほど前でしたよ」

と、小林はやっと話し出した。

十津川と亀井は、手帳を取り出し、彼の話を書きとった。

「工藤という男の奥さんのことを調べてくれというんですよ。私は、てっきり、工藤というのは、大会社の部長か中小企業の社長で、彼女のパトロンだと思いましたよ。そのパトロンとの仲が、うまくいかなくなったかして、それで、彼の家庭のことを調べてもらいたくなったんだなとね。よくあるんですよ」

と、小林はニヤニヤ笑った。

「先を続けて下さい」

「それで、工藤の家へ行ってみて、びっくりしましたよ。小さなマンションだったからです。工藤という男も、さえない管理職でね。とてもクラブのホステスのパトロンなんて、柄じゃない。これは、あまり金にならないなと思いながら、とにかく、工藤の奥さん、杏子のことを調べました」

「それで？」

「退屈な仕事でしたね。工藤杏子の毎日の行動が、決まりきったものだったからです。朝、七時に起きて、二人の子供を学校へ送り出す。そのあと、テレビを見ながら、掃除、洗濯。昼は、簡単にすまし、午後四時になると、近くの商店街に夕食の買い物に出かける。それの繰り返しですからね。それが、ある日、急に、ボストンバッグを持って、午後一時半ごろ、出かけたんです。おやっと思って、尾行しましたよ」

「どんなボストンバッグですか？」

「普通の、安物ですよ。ただ、何のためか、赤い小さなリボンがついていましたよ。それを持って、京王線で新宿に出て、新宿から山手線で上野へ出た。東北新幹線が、まだ上野から出ているときです。ああ、これは、仙台に単身赴任している旦那に会いに行くんだなと、思いましたよ。しかし、なぜ、ウィークデイにとは思いましたがね。上野駅に着くと、てっきり、仙台までの切符を買うと思ったのに、買ったのは、百二十円の入場券でした。あれっと思いました。まさか、キセルをやるつもりじゃないだろうなと思いながら、私も入場券を買って、ホームに入りましたよ」

「続けて下さい」

「彼女は、時刻表を気にしていましたね。決まった列車にしたいらしかったな。一五時〇三分発のやまびこ5号に乗ったんです。やっぱり、キセルする気かと思いましたよ。彼女は、グリーン車の中ほどまで入ると、例のボストンバッグを網棚にのせて、ホームに出たんです。新聞か駅弁でも買うのかなと思ったら、さっさと改札口を出てしまったんです」

「そのままを、広川友子に伝えたんですか？」

と、十津川はきいた。

「ええ。そのままを、報告書に書きましたよ」

「それで、広川友子は？」

「引き続いて、調べてくれといわれました」

「それで、調べたんですね？」

「そうです。また十五、六日すると、杏子は、同じボストンバッグを持ち、小さな赤いリボンをそれにつけて、同じ時刻に、上野駅に出かけましたよ。そして、一五時〇三分発のやまびこ5号のグリーン車の中ほどの網棚、それも、同じく進行方向に向かって右側の網棚にのせて、帰宅したんです。六月二十日に、東京駅乗り入れがあったあとで、彼女は、今度は東京駅へ行き、一五時〇〇分発の同じやまびこ5号で、前とまったく同じことをしましたよ」

「工藤杏子が何をしていたのか、わかりましたか？」

と、十津川がきくと、小林は、ニヤッと笑って、

「そりゃあ、わかりますよ。あれは、東北新幹線を利用して、仙台へ単身赴任した旦那に、荷物を運んでいたんですよ」

「それを、依頼人の広川友子にいいましたか？」

「ええ。きかれましたからね」

「そのあとのことを、話して下さい」

「そのあとって、それで終わりですよ。それっきり、広川友子は、調査を打ち切ってくれといってきましてね」

と、小林はいった。

十津川は、険しい表情になって、

「それで、終わりのはずはないでしょう？　七月十九日のことを、話してくれませんか

「七月十九日って、何のことですか？」

小林は、少しばかり青い顔になって、きき返した。

「あなたは、広川友子から、工藤杏子がまたボストンバッグを持って出かけたら、すぐ知らせてくれと頼まれたはずですよ。否定するんなら、署へ来てもらうことになりますがね」

と、十津川は小林を睨んだ。

「わかりましたよ」

と、小林は首をすくめて、

「今、あなたのいわれたとおりのことを、広川友子に頼まれて、私は、毎日、工藤杏子のマンションを張っていましたよ」

「七月十九日に、彼女は、また出かけたんですね？」

「そうです。午後一時半ごろ、例のボストンバッグを持ってね。だから、私は、広川友子に電話で知らせましたよ」

「それで？」

「それでって、それだけですよ。これで、終わりですよ」

「そんなことは、ないだろう」

と、亀井が叱りつけるようにいった。

「そんなことをいわれても――」

「あんたは、詮索好きだ。妙なことになってきたんで、どうなるのか、調べたはずだよ」

「――」

「どうなんだ？」

「わかりましたよ」

と、小林はふてくされたような顔になって、

「どうなるか気になったんで、工藤杏子をつけて、東京駅まで行きましたよ。彼女は、前と同じように、一五時〇〇分発のやまびこ5号のグリーン車に入って、右側の網棚に赤いリボンのついたボストンバッグをのせましたよ。そして、ホームにおりた」

「そのとき、広川友子を見たんじゃないのか？」

と、亀井がきいた。

「ええ。見ましたよ」

「同じ色の、同じ形の、ボストンバッグを持っていたんじゃないのかね？」

「ええ。小さな赤いリボンまでついていましたよ。それで、これは妙だなと――」

「もういい」

と、十津川がいった。

「もういいって――」

「これで、十分ですよ」

と、十津川はいった。

10

「やはり、広川友子が、すりかえたんですね。時限爆弾の入ったボストンバッグと」

と、外に出たところで、亀井がいった。

「そうだよ。そのあと、中央快速(ちゅうおうかいそく)で中野に戻り午後四時に、いつものとおり美容院へ行って、アリバイを作ったんだ」

と、十津川はいった。

「東北新幹線に殺意を乗せたのは、広川友子だったということですね」

亀井が、小さな溜息をついた。

十津川は、逮捕令状をとって、亀井と、中野のマンションに出かけた。

広川友子は、べつに驚きもせずに、十津川たちを迎えた。

十津川が逮捕令状を示すと、友子は、

「すぐ、行かなきゃいけないんですか？」

と、きいた。

「ええ。すぐ、一緒に来てもらいます」

「いいわ。その前に、贈り物のブランディを一口、飲みたいわ。留置場に入ったら、もう、お酒は飲めないんでしょう?」

「もちろん」

「じゃあ、お願いよ」

と、友子はいい、ダンボールの箱から、ブランディの瓶を取り出し、グラスに注いだ。

「それは、誰からのプレゼントですか?」

と、十津川は、きいた。

「セントラル電機の営業からよ。あたしの働いているクラブが、あの会社の接待に使われていたから、お礼にくれたのね」

「宅配便で、送られてきたんですか?」

「ええ。高いお酒よ」

と、友子がいったとき、十津川は、いきなり、彼女の腕からグラスを奪い取った。

「何をするの!」

と、友子は金切り声をあげ、

「お酒ぐらい飲ませてくれたって、いいじゃないの。おとなしく、ついていくって、いってるんだから」

それにはかまわず、十津川は、グラスを持つと、部屋の隅へ行き、そこに置かれた熱帯魚の水槽に注ぎ入れた。

すぐ熱帯魚が苦しみだし、死んで、浮きあがった。

広川友子は、殺人容疑で逮捕された。

そのあと、十津川は、亀井に向かって、

「このあと、どうすればいいと思うね？」

と、困惑の表情できいた。

「工藤杏子のことですね？」

「ああ、ブランディに農薬を入れて、広川友子に送ったのは、杏子だよ。夫の仇を討とうとしたんだ」

「殺人未遂ですね」

「ただ、殺してはいないんだ」

と、十津川はいった。

「そうですねえ」

「どうしたらいいと思うね？　カメさん」

「私と警部が黙っていれば、工藤杏子は、逮捕されませんね」

「そうだ」

「困りましたね」

「ああ、困ったよ」

「彼女には、今、大学受験で大変な息子と、高校にあがる娘がいます」

「ああ、いるね」

「彼女は、逃げたりはしませんよ。だから、もうしばらく、ゆっくり考えてもいいんじゃありませんか？」

第3話　JR東海　イベント列車を狙え

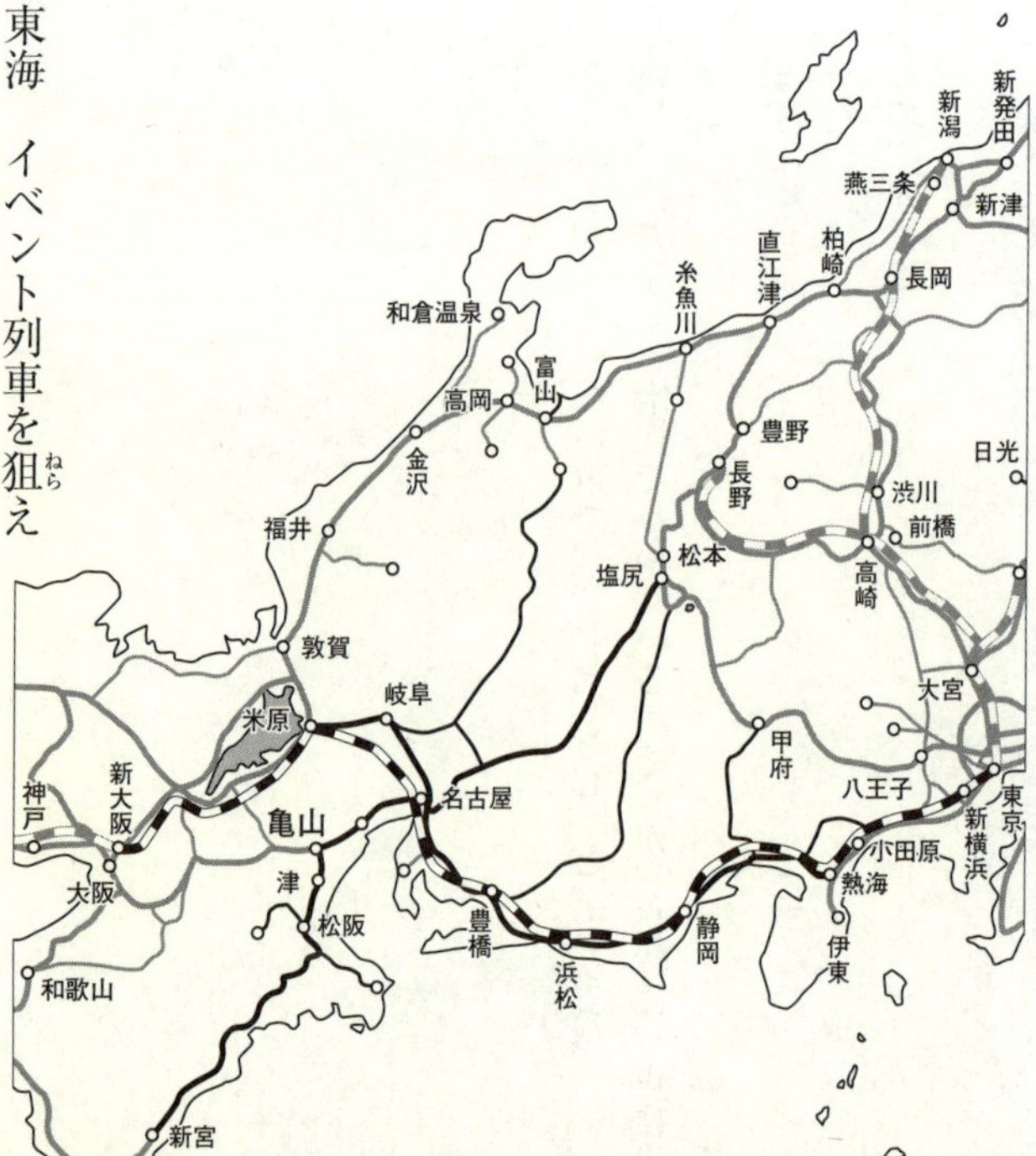

1

電話が鳴った。

井村（いむら）は、受話器を取った。あまり、熱のない声で、「もし、もし」と、いった。

今の仕事は、面白くないし、仕方なく、惰性でやっている。それが、自然に、声に出てしまうのだ。

「井村透（とおる）さん、お願いします」

と、若い女の声が、いった。

ちょっと、意外な気がして、井村は、

「僕ですが」

「森口（もりぐち）ゆかりを、探しているんでしょう？」

と、女がいう。井村は、一瞬、息を呑んだ。

「なぜ、そんなことを――？」

「彼女は、今度の月曜日、十六日に、伊勢詣でのイベント列車に乗るわ」

「なぜ、そんなことを、僕に、いうんです？　君は、誰なんだ？」

「私が、折角見つけてあげたのに、あれこれ、いわないの。十六日から十八日までの二泊三日の旅行だから、休暇を取りなさい」

女は、命令口調で、いった。

「休暇は取れるけど、そんなイベント列車だと、切符を買うのが、大変なんじゃないのか？」

と、井村は、きいた。

「切符は、明日にでも、あなたのマンションに着く筈だわ」

「しかし、君は、なぜ――？」

「そんなことより、森口ゆかりは、かなり顔が変わってるわよ。あなたに見つかるのが嫌で、整形をしたの。でも、右手の甲についている傷痕までは、消えていないわ。名前は、原口みや子と、名乗ってる。イベント列車には、男と一緒に乗ることになっているわ。男の名前は、井上修一郎。あなたと同じように、彼女に欺された男だと思うわ」

「君は、なぜ、そんなことまで知ってるんだ？」

「そんなことより、すぐ、三日間の休暇届を出すことね」

女は、それだけいうと、電話を切ってしまった。

井村は、しばらくの間、ぼんやりとしていた。

森口ゆかりのことは、忘れられない。愛し合っているつもりだったのに、裏切られた。それだけではない。彼女に欺されて、エリート商社員の地位も失ってしまった。

現在、井村が勤めている会社は、トラック五台を持つ小さな運送会社である。そこの事務員で、仕事ばかり忙しくて、給料は安い。組合なんかは、もちろんなくて、いつ馘になるか、わからないのだ。

こんなことになったのも、全て、彼女のせいだと、思っている。

いつか、復讐をと考えてはいたのだが、ゆかりの消息は、全く、つかめなかった。彼女が住んでいたマンションからは、消えてしまったし、彼女の友人に聞いても、わからないという返事しか貰えなかったのである。

一年間、いくら探しても見つからなかったゆかりを、簡単に、探してくれた女がいる。

(本当だろうか？)

と、どうしても、首をかしげてしまう。

だが、今の自分を欺したって、何のトクにもならない筈だとも、思う。今の会社は、いつやめても、惜しくはないし、貯金もない。マンションに住んでいるといっても、１Ｋの中古マンションである。

欺しても仕方がないとすれば、今の電話は、本当の話なのか。

「おい。井村クン！」

と、営業所長が、大声で、呼んだ。

「何ですか？」

「何ですかじゃない。さっきの計算は、まだ出来ないのかね。大学出てても、何の役にも立たんな」

所長が、いつもの文句をいった。井村を、眼の敵（かたき）にするのは、向うが、高校しか出ていないからだろう。

井村は、書類を持って行くと、

「十六日から三日間、休ませて下さい」

と、いった。所長の眼が、じろりと、井村を見て、

「この忙しい時に、何をいってるんだ。三日も休まれて、たまるか。これだから、大学卒の坊ちゃんは困るんだよ」

「それでは、辞めさせてもらいます」

と、井村は、いった。

所長が、眼をむいた。井村は、この会社に勤めてから、初めて、ニヤッと笑った。

「どうせ、退職金は貰えないでしょうが、今日までの給料は頂きますよ」

2

翌日、「速達です」という声に、井村は、起こされた。
今日から、あの嫌な運送会社に行かなくてすむと思い、ゆっくり眠っていたのである。
ドアを開けると、配達員が、白い封筒を、井村に、渡した。
(電話の女が、切符を送ると、いっていたな)
と、思い、井村は、あわてて、封を切った。
中から、切符と、パンフレットが、出てきた。
〈お座敷列車「江戸」で、
二泊三日、伊勢詣での旅〉
とある。
お座敷列車の写真も、のっていた。
そのパンフレットに、ボールペンで、「森口ゆかり（原口みや子）は、3号車」と、書き添えてあった。

井村に送って来た切符は、１号車のものだった。

電話の女のいったことは、ここまでは、本当だったのだ。

封筒の差出人の名前を見てみたが、そこには、何の字も、書かれていなかった。

（なぜ、おれのことを、知っているのだろうか？）

という疑問が、まず、わいてきた。

井村と、ゆかりのことをである。

井村は、大学を出ると、中央商事に入社した。五年目で、係長になった。一応のエリートコースである。

もし、彼女が現われなかったら、今頃は、上司のすすめる見合い相手と結婚し、アメリカ辺(あた)りへ行っていたろう。

そこへ現われたのが、森口ゆかりだった。友人と行ったスナックで彼女と会った井村は、ひと目惚(ぼ)れしてしまった。

彼女は、タレントといっていたが、いわば、売れない女優といったところだったのだ。

しかし、彼女は、美しく、魅力的だった。

井村の上司は、当然のこととして、彼に注意した。あの女は、とかくの噂(うわさ)があるとも、いった。

そうした周囲の忠告や、反対が、かえって、井村の気持ちを、彼女に、傾斜させたということもある。

井村は、彼女と結婚するつもりだった。相手が、誰だろうと、結婚するのだから、誰にも、文句はいわせないという気負いのようなものもあった。

しかし、結婚へとは、いかなかった。ゆかりのほうには、最初から、結婚の意思など、なかったからである。

それだけではない。ゆかりは、彼のCDカードを使って、全額を引き出し、また、彼を保証人にして、一千万円を借りて、姿を消してしまったのである。

運の悪いことに、写真週刊誌に、彼女とホテルから出て来るところを撮られてしまった。

その写真が、ゆかりの失踪直後に、

〈罠にかかったエリート商社員〉

の見出しで、のったのである。

それを苦にして、福島の母が、病気になり、亡くなった。

井村自身も、会社にいづらくなり、ゆかりの借り出した一千万円は、退職金をあてるなどして、何とか、返済したのだが。

（一年前に、あの写真週刊誌を見た人間なら、おれの名前も、ゆかりの名前も、知っている筈だ）

と、井村は、思った。

しつこい週刊誌は、井村が、中央商事を辞めたあとも、追いかけて、記事を書いていた。

〈女のために、エリートコースからはじき飛ばされて〉

という見出しだった。

わざとだろうが、小さな運送会社で働く、井村の後ろ姿を、撮っているのだ。

それも見たとすれば、井村が、どんなに、森口ゆかりを恨んでいるかも、見当がつくだろう。

（それにしても、あの電話の女は、なぜ、ゆかりのことを、知らせたり、こんな切符を送って来たりしたのだろうか？）

あの女も、ゆかりに、恨みを持っているのだろうか？　それで、井村に、彼女を、やっつけさせる気でいるのか？

（まあ、そんなことは、どうでもいい）

と、井村は、自分に、いい聞かせた。とにかく、あの森口ゆかりに、会えるのだ。自分を、エリート商社員から、引きずり下した女にである。

その場で、どうするか、井村自身にも、わからない。

二、三発、殴りつけて、それで、気がすむか、それとも、殺してやりたくなるか、井村自身にも、わからなかった。

3

パンフレットによると、十六日は、朝六時までに、品川駅に集合と、なっていた。

そんなに、朝が早いのは、通常の細かいダイヤをぬうようにして、イベント列車を、走らせるからなのだろう。

井村は、ナイフを買い、それを、ショルダーバッグの中に入れて、マンションを出た。

それで、ゆかりを刺すつもりというより、彼女が、男と一緒と聞いたからである。その男に、邪魔された時、使うつもりだった。

井村は、生れつき、気が小さくて、約束の時間には、いつも、早く、着いてしまう。

今日も、五時半には、品川に着いてしまった。

まだ、夜明けには、間があって、外は、暗い。

しかし、品川駅のホームには、こうこうと、明かりがつき、井村たちの乗るイベント列車、お座敷列車「江戸」は、すでに、入線していた。

ＥＦ65形電気機関車に牽引(けんいん)される形で、六両の客車が、並んでいる。

中間の四両が、畳を敷き詰めたお座敷列車で、前後の二両は、展望室付きである。

最後尾の客車には、版画調の波をあしらった図柄に、「江戸」というトレインマークがついていた。列車名は「江戸」だが、今回の行先きは伊勢なのでイベント列車「伊勢路」ということになる。

そして、各客車には、「鳥越」「湯島」「深川」「花川戸」「向島」「柴又」といった名前が、つけられている。

子供連れの乗客もいて、その子供たちは、カメラを構えて、しきりに、列車の写真を撮っていた。中には、ビデオカメラ持参の子供もいる。

井村は、濃い目のサングラスをかけ、コートの襟を立てて、ホームから、列車を、眺めていた。

井村の乗る1号車は、最後尾である。

森口ゆかりが、男と一緒に、乗ることになっているのは、3号車、「深川」である。

時間が、たつにつれて、ホームには、この列車に乗る乗客が、集って来た。

井村のように、一人で参加した人もいれば、十二、三人の団体客もいる。

井村は、ホームのベンチに腰を下し、煙草を吸ってから、参加者の中に、ゆかりの姿を探した。

なかなか、見つからない。

そのうちに、電話の女がいっていた言葉を思い出した。ゆかりが、整形して、顔を変えているという言葉である。それに、名前も、原口みや子と、名乗っているらしい。

(見つけるのが、大変だな)

と、井村は、思った。

その点、井村は、サングラスをかけているだけだから、ゆかりには、簡単に、見つかってしまうのではないか。

七時〇五分に、伊勢詣でのイベント列車、「伊勢路」は、品川駅を出発した。

次の停車駅は、熱海(あたみ)である。

井村は、1号車の展望室のソファに腰を下して、流れて行く景色を眺めた。

すぐにでも、3号車へ行って、ゆかりが、果して、乗っているかどうか、確かめたかったのだが、それを、無理に、おさえていた。

伊勢で、二泊する三日がかりの旅行である。ゆかりが、乗っていれば、いつでも、何とか出来るのだ。

(あわてることはない)

と、自分に、いい聞かせた。

何しろ、この六両編成の列車には、二百二十四人の乗客が、乗っているのである。ゆかりを、殺すにしろ、慎重にやらなければならない。

1号車「鳥越」の定員は、三十二人である。同じ展望室を持つ6号車も、三十二人で、他の四両は、四十人である。

1号車の三分の二くらいは、畳が敷かれていて、残りの三分の一が、展望室になっていた。

展望室には、赤いソファが、並べられ、大きな窓は、天井(てんじょう)にまで及んでいるので、視界は素晴らしい。

若いカップルや、子供たちが、お座敷から、やって来ては、流れ去って行く景色に向って、写真を撮っていく。

すでに、夜は、完全に明けて、大きな窓ガラス越しに、朝の太陽が、展望室一杯に、射し込んできた。といっても、ブルーのガラスが使われているので、眩(まぶ)しい感じはしない。

八時二〇分に、熱海に着いた。

ここには、十三分停車して、出発した。

中間の四両には、カラオケの設備もあるので、カラオケを始めた客車もあるらしい。

（そろそろ、3号車を見てくるか）

と、思い、井村が、ソファから、腰をあげかけた時、通路を通って、カップルが、展望室に入って来た。

「素敵な景色だわ！」

と、女のほうが、嬉(うれ)しそうに、いった。

井村は、その声に、聞き覚えがあった。忘れられないゆかりの声である。

はっとして、女に、眼をやった。が、そこにあったのは、ゆかりとは、違う顔だった。

しかし、あの声は、間違いなく、ゆかりなのだ。彼女の声を、聞き違える筈がない。

(電話の女のいった通り、整形したのか？)

井村の知っているゆかりは、彫りの深い、鋭角的な顔立ちだったが、今、男と一緒に、並んで、ソファに腰を下した女は、もう少し、柔らかい顔の線をしていた。

井村は、じっと、彼女を見つめた。

背格好は、ゆかりによく似ている。声もである。

男は、三十五、六歳で、仕立てのいい、背広を着ている。中肉中背といったところだろう。

男が、あまり強そうでないことに、井村は、ほっとした。

(手の甲の傷痕だ)

と、井村は、思った。

まだ、ゆかりの正体がわからなくて、恋愛していると、井村が、勝手に考えていた頃のことである。

二人で、ハイキングに出かけ、井村は、果物ナイフで、リンゴの皮をむいていた。その時、手が滑って、ナイフで、ゆかりの右手の甲に、切りつけてしまったのだ。

かなり深い傷だった。その傷痕は、まだ、残っているという。それを見つければ、ゆかりと、確認出来るだろう。

しかし、女も、男も、ソファに、深く身体を沈めて、景色を眺めているので、なかなか女の右手の甲を見ることが、出来なかった。

女と男は、楽しそうに、何か話しているが、井村には、聞こえなかった。

一時間ほど、同じ状態が続いて、二人が、急に、立ちあがった。

井村は、あわてて、視線をそらした。まだ、自分のことを、ゆかりに、気付かれたくなかったからである。

——あたしは、伊勢へ行くのは二度目なの。

——君とのハネムーンは、国内より、ヨーロッパ辺りへ行きたいね。

そんな会話をしながら、二人は、展望室を出て行った。

どうやら、男のほうが、女との結婚を望んでいる感じだった。

だが、そんな会話より、井村は、眼の前を通り過ぎる女の右手に、注目した。

(ある!)

と、思った。

右手の甲に、はっきりと、傷痕が見えたのだ。

4

(やはり、ゆかりだ)

と、思った。

どこか、二人だけになれる場所で、一千万円を手にして、逃げたことを、訊問してやろうか？

しかし、口の上手いあの女のことだから、あれこれ、いい逃れをするに違いない。

いや、欺されたほうが悪いんだと、せせら笑うかも知れない。

それなら、ひと思いに、買って来たナイフで、刺し殺したほうが、気分が、すっきりするだろうか。

だが、殺しても、捕まってしまっては、馬鹿らしい。

なかなか、決心がつかなかった。

十二時少し前に、名古屋に着いた。

ここで、全員に、駅弁と、お茶が、配られた。

井村も、ソファに腰を下したまま、駅弁を広げた。

箸を動かしながら、改めて、パンフレットに、眼を通した。

各車両の見取り図が、のっている。

中間の四両は、同じ型の客車である。トイレと、洗面所があり、通路に面して、畳が敷かれている。

畳は、十六畳である。通路にも、畳が敷けるようになっているが、普段は、これを、はね上げた形にしてある。これを、倒して、つなげれば、全部で、二十二畳の広さになる。

井村が、注目したのは、中間の四両は、談話室があることだった。

二畳ほどの狭い部屋で、カギ形に、ソファが置いてある。

もちろん、3号車にも、設けられていた。

（彼女を、この談話室に連れ込めば、あとは、どうにでもなるだろう）

と、井村は、考えた。

井村は、食事を途中で止め、隣の2号車へ行ってみた。

この車両は、中年の女性の団体客がいるところで、盛んに、お喋(しゃべ)りをしながら、駅弁を食べているところだった。その中には、子供も四、五人いて、畳敷きの列車が珍しいらしく、通路を走り廻ったり、カラオケのマイクを、いじったりしている。

井村は、あの2号車についている談話室を、のぞいてみた。

何のために、こんな部屋を作ったのかわからないほど、殺風景な作りだった。

狭い部屋に、小さな鏡が一つついているだけで、ソファが、カギ形に置かれている。

井村は、中に入り、ソファに腰を下してみた。このソファ自体も、展望室の豪華さに比べると、スプリングもかたくて、粗末な感じだった。窓はあるが、それでも、狭いので、圧迫感を受ける。ゆかりを、問い詰めるには、こんな無愛想な部屋の方が、いいかも知れない。

突然、ドアが開いて、五、六歳の子供が、顔をのぞかせた。

井村が、睨むと、子供は、あわてて、逃げて行った。

列車は、名古屋から、関西本線に入って、亀山に向かって、走っている。

（ショルダーバッグを、忘れて来た）

と、井村は、急いで、展望室に、戻った。

一人用のソファの上に、井村のショルダーバッグが、置かれている。ほっとして、拾いあげて、中に、手を入れて、顔色が、変わった。

自宅近くで買って、持って来たナイフが、なくなっているのだ。

昨日、金物店で買い、今朝、ショルダーバッグに、ちゃんと、入れて来たのである。

（盗まれた――）

と、思い、井村の背筋を、冷たいものが、流れた。

あのナイフには、自分の指紋がついている。あれを、犯罪にでも利用されたら、大変なことになる。

井村は、困惑した。失くなったものが、ナイフだけに、車掌に話して、探してもらうわけにもいかない。

（だが、あれで、誰かが、人を殺したら？）

その不安のほうが、強くなった。

――間もなく、亀山に着きます。亀山着は、一二時五五分で、二十分停車します。

という、車内放送があった。

二十分も停車するのは、亀山から、方向転換して、伊勢に向かうからだろう。

井村は、１号車の車掌室へ行き、今、車内放送をした五十歳くらいの車掌に会った。

「カメラを失くしてしまったんです」

と、井村は、車掌に、いった。

「どこでですか？」

車掌が、きく。

「列車内を、歩いていましたからね。どこで、失くしたのか、わかりません。車内を探してみたいんですが、構いませんか？」

「それは、構いませんが、私は、一人乗務なので、一緒に、探すわけにはいきませんよ」

「いや、ひとりで、探します。ただ、歩き廻るので、妙な眼で見られると困るんです。何か文句が出た時は、他の人たちに、説明して下さい」

と、井村は、頼んだ。

「ああ、いいですよ」

と、車掌は、いってくれた。

列車が、亀山駅に着いた。

5

ここで、牽引（けんいん）する機関車の交換が行われる。

名古屋で、一度、方向転換されているので、元へ戻り、井村の乗る1号車が、また、最後尾になるわけである。そのための二十分間の停車だろう。

井村は、サングラスをかけ直して、1号車から、2号車のほうへ、歩いて行った。

お座敷列車なので、普通の客車にはないものが、設けられている。

給茶器が、各車両ごとにあるし、1号車と6号車には、物置きがあり、各客車には、モニターTVや、VHDカラオケが置かれている。

井村は、そんな機械のうしろや、トイレ、洗面所、そして、談話室も、見て、歩くことにした。

1号車、2号車と、調べていったが、ナイフは、見つからない。

乗客は、うさん臭そうに、井村を見た。

井村は、そんな乗客たちに、

「カメラを失くしてしまって――」

と、いいわけをした。

3号車に入ると、すぐ、ゆかりの姿を探した。というより、ゆかりと思われる女性と、いったほうがいい。

一緒にいた男の姿も、見つからなかった。出入口のドアが開けられているから、ホームにおりて、写真でも、撮っているのか。それとも、反対側の6号車の展望室へでも、行っているのか。

そんなことを考えながら、通路を歩き、3号車の談話室を開けた。

ソファの上に、女が、一人、寝ているのが見えた。

入口に、背を向けた感じで、横になっているのだが、その服や、髪の形に、井村は、見覚えがあった。

ゆかりと思われるあの女だった。

井村は、部屋の中に入ると、入口の扉を閉めた。

（この女が、ゆかりに間違いない）

という気持ちが、井村には、ある。

ナイフを持っていれば、それで、脅してやるところだが、二人だけなら、素手でも、殴りも出来るし、首を絞めることだって、可能だ。

「おい！」

と、井村は、女の肩に手をかけて、強く、ゆすった。

だが、女は、起きあがる気配を見せない。それが、井村には、自分を無視する傲慢な態度に見えた。

「おい！　こっちを向いたらどうなんだ！」

井村は、乱暴に、女の身体を、ソファから、引きずり下した。

どさッと、音を立てて、女の身体が、半回転して、床に落下した。

「うッ」

と、思わず、井村が、呻き声をあげたのは、女の膝の辺りが、血で、真っ赤に、染まっていたからだった。

気がついてみれば、女の横たわっていたソファも、生地が赤紫色なので、はっきりとわからないが、黒っぽく濡れているのは、血に間違いない。

井村の顔から、すうっと、血が引いていく。

何秒間か、ぼうぜんとして、井村は、その場に、立ちすくんでいた。

突然、がくんと床がゆれて、井村は、女の死体の傍に、腰を落としてしまった。

牽引する電気機関車が、反対側に、接続されたのだ。

思わず、片手をついたのが、床ではなくて、死体の腹の辺りで、べたッと、掌に血がついてしまった。

右手の掌が、血で、真っ赤になった。

あわてて、それを、死体の服で、こすった。

なかなか、完全には、落ちてくれない。二度、三度、女の服で、拭いた。それでも、指と指の間の血が、落ちてくれないのだ。

（どうしたらいいのだろう？）

井村は、狼狽しながら、必死で、考えた。

ここで死んでいるのは、ゆかりに違いない。彼女の死体が見つかったら、一番最初に疑われるのは自分だと、思った。動機を、十分に、持っているからだ。

（とにかく、この列車に乗っていて、死体が見つかったら、それで終わりだ）

と、思った。

死体を隠すか、自分を隠すか、どちらかにしなければ、ならない。

この死体を、見つからないところに隠すなんて、出来ない相談だった。

だから、井村は、自分が、逃げ出すことにした。

6

井村は、通路に、人がいないのを見すまして、談話室を出て、ホームに、おりた。

同じ乗客たちが、何人か、ホームで、自分たちの乗って来た列車を、写したりしている。

その中の一人、三十歳ぐらいの男が、

「カメラ、見つかりましたか？」

と、井村に、声をかけてきた。

「カメラ？」

「さっき、カメラを探してたじゃありませんか」

男は、変な顔をして、いった。

「ああ、カメラは、見つかりました」

井村は、あわてて、いった。

「そりゃあ、良かったですね。ああ、もうじき、発車になりますよ」

男は、笑顔でいい、3号車に、乗り込んだ。

井村は、何気ない顔で、といっても、自分では、そうしたつもりで、階段へ向かって歩いて行き、そのあとは、全速力で、階段を駈け上った。

跨線橋にあがって、ほっとした時、イベント列車「お座敷列車・伊勢路」は、ゆっくりと、ホームを出て行った。

ほっとして、改札口のほうへ歩き出してから、井村は、急に足を止めた。

普通の切符を持ってないのだ。イベント列車の切符はあるが、これで、改札を出たら、駅員が、はっきり、彼のことを、覚えてしまうだろう。

井村は、跨線橋の上で、立往生してしまった。

困ったことは、もう一つあった。

あのゆかりは、明らかに、刃物で、腹部を、刺されて、死んでいたのだ。当然、盗まれたナイフのことが、気になってくる。

(あのナイフには、おれの指紋がついている)

と、考えた。

死体に、突き刺さっていなかったし、あの談話室の床にも、落ちてなかった。

(犯人が、持ち去ったのか?)

それは、考えられない。

井村のナイフを、わざわざ、盗んだのだ。それを、死体の傍に放り出しておけば、警察は、井村に、疑いを向けるからだ。

しかし、ナイフは、なかった。

（窓から、外に捨てたのだ！）

と、思った。

このお座敷列車の車両は、急行用の12系客車を改造したものだから、窓は、手で開けられるようになっている。

犯人は、談話室で、彼女を刺し殺してから、窓を開け、ナイフを、外に捨てたに違いない。

理由は、想像がついた。

もし、死体に刺したままにしておくか、傍に転がしておいた時、井村が、最初の発見者だと、持ち去ってしまうのを、恐れたに違いない。

警察は、凶器のナイフが、なければ、窓から外へ捨てたと考える。そして、線路沿いで、井村の指紋のついたナイフが、見つかれば、警察が、どう考えるか、明らかなのだ。

（ナイフを、見つけて、始末しておかないと――）

と、思う。

犯人は、いつ、彼女を殺したのだろうか？

亀山駅に着いたあとで、殺したのなら、ナイフは、駅の構内に、捨ててある筈だ。

着く前なら、途中の線路上に、落ちている可能性が強い。

その場合でも、死体の血は、まだ、完全に乾き切っていなかったから、亀山駅に着く寸前だったろう。

従って、犯人が、窓からナイフを捨てたとしても、範囲は、ごく限られているのだ。

井村は、前のホームへ階段をおりて行った。

幸い、次の列車は、入っていなくて、ホームに、駅員の姿もない。

井村は、ホームを、ゆっくり、端から端へ向かって歩きながら、線路上を、見て行った。

ナイフは、落ちていなかった。

と、すると、亀山駅の手前で、犯人は、ナイフを、投げ捨てたに違いない。

井村は、ホームの端から、線路上におりて、名古屋方面に向かって、歩き出した。

誰かに注意されたら、さっきと同じで、カメラを落としたとでもいえば、別に、咎（とが）められはしないだろう。

そのまま、百五十メートルほど、歩いた時、線路沿いに、ナイフが落ちているのを見つけた。

（あった！）

と、思った。

井村が買ったナイフと、同じものだった。

しかも、刃のところが、赤黒く汚れていた。

（血だ）

と、思った。

やはり、井村の考えたとおり、彼女を殺した犯人は、凶器のナイフを、窓から、投げ捨てたのだ。井村の指紋がついたままである。

(これを、始末してしまえば、死体が発見されても、何とか、いい抜けられるだろう)

凶器が見つからなければいいのだ。

ほっとして、そのナイフを拾いあげた時だった。

「動くな！」

と、背後から、大声で、怒鳴られた。

7

制服姿の警官と、駅員が、井村を、睨んでいた。

井村は、あわてて、手に持っていたナイフを、投げ捨ててしまった。

警官と駅員は、じっと、井村を睨んだ恰好で、近づいて来ると、警官が、ひょいと、砕石の上から、ナイフをつまみあげた。

「血だな」

と、警官は、いい、横にいる駅員に、

「すぐ、みんなを呼んで来て下さい」

と、いった。

駅員が、ホームに向かって、走って行く。

「僕じゃない」

と、井村は、眼の前の警官に向かって、蒼い顔で、いった。

「動くんじゃない」

と、警官は、井村を、睨みすえるようにして、いった。

別の警官と、駅員たちが、ホームから飛びおりて、こちらに駈けて来るのが、見えた。

別の警官は、傍に来ると、ぼうぜんとしている井村に、手錠をかけた。

「何をするんだ？」

と、井村は、かすれた声で、抗議した。

「殺人容疑だよ」

その警官は、ニコリともしないで、いった。

井村は、両側を、二人の警官に、押さえつけられるようにして、駅まで歩かされ、そのあと、パトカーに乗せられて、亀山警察署へ、連行された。

井村は、ただ、動転し、困惑していた。まずいことになったのはわかるのだが、どうしたらいいか、わからないのだ。

和田という三重県警の刑事が、井村の取調べに、当った。

五十歳ぐらいで、一見、柔和な感じの刑事だった。

「まず、君の名前から、聞こうかな」

と、和田は、優しい声で、いった。

井村は、いくらか、ほっとしながら、名前をいい、東京の住所を、いった。

「君のポケットの中に、イベント列車『伊勢路』の切符があったが、あの列車に、乗っていたんだね？」

と、和田が、きく。

あの死体が、見つかったのかどうか、なかなか、いわないのだ。

「ええ」

と、井村は、肯いた。

「なぜ、亀山で、おりて、あんなところを歩いていたのかね？」

「カメラを落としてしまったんですよ。あの列車は、窓が開くんです。それで、窓の外の景色を撮っていたら、外へ落としてしまいましてね。大事なカメラだったんで、亀山駅でおろしてもらって、探していたんです」

「嘘をついちゃいけないな」

と、和田刑事が、急に、厳しい眼になった。

「何のことです」

「君のショルダーバッグを見せてもらったら、中に、カメラが入っていたよ」

と、和田がいう。

（忘れていた――）

と、井村は、唇をかんだ。観光客らしくするため、オートカメラを一つ、持って来ていたのである。

「もう一つ、カメラを、持って来ていたんですよ。一眼レフカメラです」

と、井村は、あわてて、いった。

「もう一台？」

和田は、うさん臭そうに、井村の顔を見た。

「ええ。もう一台です」

こうなると、あとに引けなくなって、井村は、繰り返した。

「血のついたナイフを持っていたのは、なぜなんですか？」

と、和田が、きく。

「あれは、カメラを探していたら、血のついたナイフが、落ちていたんですよ。誰だって、あっと思って、拾うんじゃありませんか。その時、警官に、声をかけられたんです。あの警官こそ、なぜ、あんなところを、歩いていたんですか？」

逆に、井村は、きいた。

「亀山を出てすぐ、あの列車の中で、女の乗客が、殺されているのが、見つかったんだよ。凶器のナイフがなかったから、窓の外へ捨てたと思い、亀山駅の駅員と、警官が、探していたんだ」

と、和田刑事が、いう。

（やっぱり、彼女の死体は、見つかったんだ）

と、思った。

「そうしたら、凶器のナイフを持った君が、いたというわけだよ」

と、和田は、いった。

8

時間が、たつにつれて、井村の立場は、どんどん、悪くなっていった。

亀山署の刑事たちは、線路に沿って、探したが、カメラは、見つからなかった。

見つからないのが、当然なのだが、嘘をついたということで、井村の心証は、すっかり悪くなってしまった。

列車の山下（やました）車掌や、他の乗客の証言も、同じだった。

山下車掌は、和田刑事の質問に答えて、こういった。

「井村さんが、カメラを失くしたから、車内を探したいといったのは、本当です。しかし、あの方が、カメラで景色を撮っていたのは、見たことがありません。第一、今は、二月です。窓を開けて、景色を撮っていたら、他の乗客から、文句が出ますよ」

他にも、井村について、いくつかの証言があった。

子供を連れて、この伊勢詣でに参加していたサラリーマンの伊東は、亀山駅のホームで、井村に、声をかけたと、いった。

「あの時、聞いたら、カメラは、見つかったと、いっていたんです。列車が出るので、僕は、乗ったんですが、あの人は、乗らずに、階段を、上がって行ってしまったんですよ。ひどく、あわててね」

他の証言には、次のようなものがあった。

「あの人と、3号車の出口のところで、危うく、ぶつかりそうになりました。すごい形相で、ホームへ飛び出して行きましたね。列車が、亀山駅に、停車している時です。今から考えると、女の人が殺されていた3号車の談話室から、出て来たのかも知れませんわ」

（3号車の女性）

「1号車の展望室で、あの人を見たよ。それが、変な男の人だったなあ。一人の女性を、じっと見つめてるんだ。殺されていた女の人だよ。サングラスをかけてるんで、表情はわからなかったけど、じっと、見つめていたことは間違いないね。女性が、その男のほうを見ると、あわてて、顔を隠すようにしていた。あの時から、変な男だなって、思っていたんだ。やっぱり、あの男が、殺したんですか？」（1号車の展望室にいた高校生の男子）

「跨線橋の上で、あの男を見ました。立ち止まって、何か考えているようでしたね。改札口に出るのかと思って見ていたら、また、ホームのほうへおりて行きました。イベント列車で、人が殺されていたという知らせがあったのは、その直後です」（亀山駅の駅員の一人）

「なぜ、原口みや子を殺したんだね？」

と、和田刑事が、きいた。その表情には、井村を、犯人と、確信している様子が、はっきりと、出ていた。

「僕は、殺していませんよ」

井村は、必死で、いった。

「しかしねえ。君が、被害者の様子を、最初から、じっと見つめていたことは、わかってるんだ。そして、被害者が殺された直後に、あわてて、亀山駅でおりて、凶器のナイフを探していた。君の右手の指の間から、被害者と同じB型の血液反応も検出されてるんだよ。ナイフには、君の指紋しかついていない。どう考えても、君しか、犯人はいないじゃないか」

「あの女と一緒に、男がいた筈なんですよ。その男が、殺したに違いないんだ」

「確かに、彼女には、連れがいたよ」

「その男が、犯人ですよ」

井村が、いうと、和田刑事は、肩をすくめて、

「違うね。彼は、被害者が殺された頃、６号車の展望室にいたことが、確認されているんだよ」

「どんな男なんですか？」

「ゆかり？　君が、殺したのは、原口みや子だよ。東京の女性だ。とぼけるんじゃない！」

和田は、不快げに、舌打ちした。

「本名は、森口ゆかりというんです」

「じゃあ、やはり、前から、被害者を、知っていたんだな？」

「正直に話します」

と、井村は、いった。

ここまで、追い込まれたら、何もかも話した方がいいと、井村は、思ったのだ。

井村は、森口ゆかりに欺されて、商事会社を、辞めることになったこと、一年後の今になって、突然、見知らぬ女から電話があり、イベント列車の切符を送って来たことなどを、刑事に、話した。

「だから、あの女は、森口ゆかりなんです。殺してやりたいと思って、ナイフを買って、持っていたことも、認めますよ。しかし、僕は、殺していませんよ。殺していないからこそ、犯人にされたら、かなわないと思って、亀山駅でおりて、ナイフを、探したんです」

「ちょっと待て」

と、和田刑事は、井村の言葉をさえぎった。

「じゃあ、信じてくれたんですか?」

「調べて来る」

と、和田は、いい、いったん、取調室を出て行った。

(信じてくれたらしい)

と、井村は、ほっとしながら、待っていた。が、三十分ほどして、戻って来た和田刑事の顔は、前よりも、なお、厳しく、不機嫌になっていた。

「すぐ、連れの男を、逮捕して下さい。アリバイは、インチキですよ」

と、井村がいうと、和田は、突然、

「いい加減なことをいうな!」

と、怒鳴った。

「しかし――」

「今、病院へ電話をしてみた。被害者を解剖した医者に聞いたら、彼女の顔には、整形した形跡なんか、全くないと、はっきりいった。つまらん嘘なんかつかずに、さっさと、白状したら、どうなんだ？」

和田は、まくし立てた。

井村は、ぽかんとしてしまった。

「じゃあ、あの女は、ゆかりじゃなかったんですか？」

「嘘は、やめろと、いってるだろうが」

「僕は、欺されたんだ――」

「何を、ぼそぼそ、いってるんだ。殺したんだろう？ あのナイフで。狙いは、何だったんだ？ 金でも、取ろうと思ったのか？」

「僕は、嘘はいってませんよ。東京で、調べてくれれば、わかります。あの女が、ゆかりじゃなければ、僕には、殺す理由もないんだ」

「もちろん、君のことは、調べるさ」

と、和田は、相変わらず、怒ったような声で、いった。

9

警視庁捜査一課の十津川警部は、亀井が調べて来た報告を聞きながら、首をかしげた。

「一年後に、復讐しようとして、別の女を、刺し殺してしまったというわけかい？」

と、十津川は、きいた。

「そうなりますね」

「信じられるかね？」

「井村が、森口ゆかりを恨んでいたことは、間違いないと思います。彼女のおかげで、一千万円の借金も出来てしまったし、エリート社員の地位も、失ったわけですから」

「亀山署に捕まっている井村は、二月十三日に、突然、女の声で電話がかかって来て、イベント列車に、森口ゆかりが、別の名前で乗ると教えてくれた上、切符を、速達で送って来たといっているようだがね。それは、本当なのかね？」

「郵便局へ行って来ました。確かに、十四日の午前九時半頃、井村宛の速達便を、届けたといっています。しかし、中身は、わからないともいっていますから、それが、切符かどうかは不明ですね。妙な電話の件も、証明は、不可能ですよ」

「ナイフのことは、わかったかね？」

「わかりました。井村のマンションから、歩いて十二、三分、駅の近くに、金物店があるんですが、そこで、十五日の夕方、ナイフを買っています」

亀井は、それと同じナイフを借りて来たといって、十津川の机の上に、置いた。

亀山署からは、凶器のナイフの写真を、電送して来ていたが、それと、全く同じものだった。

十津川は、電話を、亀山署にかけた。

電話口に出たのは、井村を取調べたという和田刑事だった。

「どうも、厄介なことをお願いして、申しわけありません」

と、和田は、いった。

「いや、なかなか楽しかったですよ」

と、十津川は、いい、亀井が、調べて来たことを、和田に伝えた。

「井村がいったことの半分は、本当だったわけですか」

和田は、意外そうな口振りで、いった。

「少くとも、森口ゆかりという女に、恨みを持っていたことと、凶器のナイフを、近所の金物店で、買ったことは、事実のようですね」

「他の点は、どうも、うさん臭いですね」

「妙な女から、突然、電話があったり、切符が、速達で、送られて来たりということですか？」

「そうです。速達の中身も、わからんでしょう」

「そうですね。しかし、井村は、運送会社に、三日間の休暇願を出したら、怒られたので、さっさと、辞めてしまったのも、事実ですがね」

と、十津川は、いった。

和田刑事は、それを聞いても、

「だからといって、井村がシロとは、とても考えられませんよ」

「彼が、嘘をついているとすると、殺人の動機は、どんなことになるんですか？」

「私は、こう思っているんです。井村は、金に困っていた。それで、背に腹は代えられず、強盗を思い立ったんだと思いますね。イベント列車というのは、小金を持った乗客が多いんですよ。伊勢詣でとなれば、なおそうです。そこで、ナイフを隠し持って、列車に乗った。あのお座敷列車というのは、各客車に、談話室という小さな部屋がついているんです。そこへ、金を持っていそうな乗客を連れ込んで、脅して、金を巻きあげようとしたんじゃありませんかねえ。たまたま、獲物（えもの）になったのが、被害者の原口みや子だったと思います。ナイフを出して、金を出せと脅したが、彼女が、騒いだんで、カッとして、刺してしまったんだと、考えているんです。自分を捨てた女に間違えたとかいっているのは、捕まってからのいいわけですよ」

と、和田刑事は、いった。

「ナイフを探していて、捕まったそうですね？」

「はい」

「井村は、なぜ、そんなことをしていたんですかね？　早く逃げればいいと、思うのに」

と、十津川は、きいた。

「それは、こう、考えています」

と、和田は、自信満々に、いった。

「井村は、カッとして、ナイフで、被害者を刺してしまった。ナイフを、そのままにしておいたら、間違いなく、自分が、犯人だと、わかってしまうと思い、あわてて、窓から、投げ捨てたんだと思います。あの列車は、客車の窓が開きますから。まさか、血まみれのナイフを持って、自分の座席に戻れんでしょう。ですから、ナイフを、投げ捨てるというのは、犯人としては、当然の動作だと思います。そうしておいてから、井村は、亀山駅で逃げ出したんですが、その時になって、ナイフに、自分の指紋がついていることを思い出し、あわてて、拾いに行ったところを、捕まったわけです」

10

十津川は、まだ、いくつか、納得できない点はあったが、三重県警の事件である。

電話を切って、煙草に火をつけた時、若い刑事が、面会ですと、いって来た。

名刺を見ると、週刊Ｓの大久保（おおくぼ）という記者になっている。

とにかく、廊下に出てみると、四十二、三歳の男だった。

十津川は、何の用かわからなかったが、相手を、喫茶室に連れて行った。

「イベント列車の中で起きた事件のことなんですがね」

と、大久保は、いった。

「それなら、三重県警の事件ですよ。亀山署に、電話したほうがいいな」

「電話しましたが、ケンもホロロでしてね。こっちのいうことは、全く、取り合ってくれません」

大久保は、苦笑いしている。

「と、いうと、あなたは、捕まった井村の友人か何かなんですか？」

と、十津川は、きいた。

「いや、違います。友人なら、すぐ、亀山に駈けつけていますよ。実は、僕が、彼を、エリートサラリーマンの椅子から、引きずり下したようなものでしてね」

「一年前の事件を、週刊誌に、書いたわけですか？」

「それも、意地悪くです。からかうような書き方のほうが、面白いですからね。うちの写真週刊誌とコンビみたいにして、あの男を、やっつけました。彼が、会社を辞めた時も、別に、良心の呵責は感じませんでしたね。女に甘いのがいけないんだと、思っていましたよ」

「それが、今度の事件を見て、彼に、悪いことをしたと、思い出したんですか？」

と、十津川は、きいた。

「今、思い出してみると、あの男は、純情で、気の小さい、いい奴だったんですよ。女に欺されるなんて、気のいい男の証拠ですからね。テレビのニュースで見たんですが、今度も、また、誰かに欺されて、犯人に、仕立てあげられたんじゃないかと、思いましてね」

と、大久保は、いう。

「すると、彼がいってることは、本当だと思うんですか？　或る日、突然、女の声で電話があって、イベント列車の切符を送って来た。一年前に自分を裏切った森口ゆかりが、乗っていると思い込んで、ナイフを買って、乗った。そういう話を、信じるわけですか？」

「ええ。亀山署では、下手くそな嘘だと、いっていましたがね。あの井村という男は、そんな嘘をつけない人間ですよ」

「しかし、一年の間に、人が変わっているかも知れませんよ」

と、十津川は、いった。が、大久保は、首を横に振って、

「あの男が、そんなに簡単に、変わるとは思えませんね」

「すると、あなたは、彼が、誰かに、はめられたと、思うんですか？」

と、十津川は、きいた。

「そうです。一年前、あの男は、簡単に、森口ゆかりという女に欺されましてね。それと同じだと思っているんですよ。今度も、罠にかけられたんです。一年前より、もっと悪質

な罠にね」

「それで、私に、何をしろと、いわれるんですか？」

十津川は、コーヒーを持つ手を止めて、相手を見た。

「もう、おわかりと思いますが、彼を、助けて欲しいんです。あなたなら、それが出来ると思うんですよ」

「一年前、あなた方が、彼を、エリートコースから、引きずり下したことへの償いとしてですか？」

「僕がやればいいんですが、亀山署が、あんなに、かたくなでは、民間人の僕には、手が出ないんです。何とかしてくれませんか。あの男は、シロですよ。それだけは、よくわかるんです」

「私が、断ったら、どうするんですか？」

「僕には、どうも出来ません。会社は、そんな事件に、首を突っ込むなというし、出版社を辞めてもと、考えたんですが、個人の僕には、何の力もありません。亀山署へ行っても、追い払われるのが、オチですよ」

「相手が、民間人なら、いくらでも、やっつけられた、ということですか？」

十津川は、ちょっと、皮肉をいった。

大久保は、頭をかいて、

「それをいわれると、一言もありませんが」

「あなたが、シロだというのは、単なる勘なんでしょうか？」

「そうです。一年前、彼を追い廻していて、彼という人間が、わかったんです。この男は、人は、殺せません」

「しかし、ナイフを持って、列車に乗ったんですよ」

「一年前に、自分を裏切った女を殺そうとしてね。しかし、あの男に、殺せたとは思えませんよ」

　と、大久保は、いった。

11

　十津川は、自分の部屋に戻ると、亀井に、大久保の話を伝えた。

「それで、何と、返事をされたんですか？」

　と、亀井が、きく。

「ただ、話を聞いただけだ。カメさんは、どう思うね？」

「わかりませんね。ただ、何か、出来すぎている事件のような気がしていますが」

「その点は、同感だね。一つ、殺された原口みや子という女性について、調べてみないか。

「どうせ、亀山署には、彼女のことを、報告しなければならないんだ」

と、十津川は、いい、二人は、警視庁を出た。

原口みや子の住所は、中野のマンションになっている。二人は、地下鉄で行くことにした。

「亀山署は、なぜ、被害者のことに、あまり関心を示さないんですかね？」

と、亀井が、地下鉄の車内で、十津川に、きいた。

「それは、井村の話を、嘘だと思っているからだろう。亀山署の推理では、井村は、誰でもいいから、乗客の一人を脅して、金を奪う気だったというわけだよ。従って、原口みや子は、偶然に、殺されたことになる。彼女の性格とか、仕事や、恋人関係などは、意味がないわけだよ」

「井村の話が事実だとすると、逆に殺された女の人物像が、意味を、持って来ますね」

と、亀井は、いった。

新中野でおりて、五、六分歩いたところにあるマンションだった。

いわゆる豪華マンションで、殺された原口みや子は、月二十万円を払って、２ＬＤＫの部屋を、借りていた。

管理人に、部屋を開けてもらった。

部屋も広いが、調度品も、なかなか、豪華だった。

「原口さんは、何をしていたのかね？」

と、亀井が、管理人に、きいた。

「なんでも、六本木の高級クラブで、働いていると聞きましたよ」

と、管理人は、いった。

「高級クラブね」

「車も、持っていらっしゃいますよ。小型のベンツですが、地下の駐車場に置いてあります」

「パトロンでもいるのかね？」

「さあ、男の人の声は、時々、聞きましたが、顔を見たことは、ありませんね」

「彼女の家族は？」

「いつだったか、身寄りがないということを、聞いたことがありますよ。さっぱりしてて、いいんだって、笑っていらっしゃいました」

「すると、遺産は、どこへ行くのかね？」

「どうなんですかねえ」

管理人も、首をかしげている。

洋ダンスには、毛皮のコートも、何着か入っていた。

「預金通帳や、宝石類が、見当らないな」

と、十津川は、呟いた。

「ゼロというのは、おかしいですね」

亀井がいうと、それを聞いた管理人が、

「近くの銀行に貸金庫を持っていると、おっしゃっていましたよ」

と、いった。

十津川は、腕時計を見た。二時半。まだ、銀行は、開いている。

二人は、駅前にあるM銀行の新中野支店に、走った。

管理人がいったとおり、原口みや子は、貸金庫を、持っていた。

銀行の支店長に立ち会ってもらって、十津川は、貸金庫の箱を、開けてみた。

預金通帳が、二冊入っていたが、金額は両方で、八百万少しだった。

宝石も、何点かあった。

しかし、十津川が見ても、そんなに高価なものは、見当らなかった。

「この他に、彼女は何か、この中に入れていませんでしたか？」

と、十津川は、支店長に、きいてみた。

支店長は、箱の中を、のぞき込んでから、

「生命保険の証書がありませんね」

「彼女は、生命保険に入っていたんですか？」

「ええ。うちの系列に、Ｍ生命がありましてね。原口さんに、入って頂いたんです」

「いくらの保険ですか？」

「五千万円だったと思います」

「受取人は、誰になっていたか、わかりますか？」

と、十津川は、きいた。

支店長は、すぐ、Ｍ生命に、電話を入れて、調べてくれた。

「受取人は、佐々木淳という男の人です」

と、いう。

「その保険は、災害時には、倍になるというものですか？」

「三倍です」

「すると、今度のような場合は、一億五千万円ですか？」

「そうなりますね」

と、支店長はいった。

十津川は、礼をいって、亀井と、銀行を出た。

「保険金目当ての殺人の可能性が、出て来ましたね」

亀井が、眼を光らせて、いった。

「もし、そうなら、井村は、シロだね。彼は、保険金の受取人じゃないからね」

「被害者と一緒に、イベント列車に乗っていた男がいましたね」

「きっと、その男の名前が、佐々木淳だと思うね」

と、十津川は、いった。

警視庁に戻ると、十津川は、すぐ、亀山署の和田刑事に、電話をかけた。

原口みや子について、報告したあと、

「被害者と一緒に、あの列車に乗っていた男が、いましたね。その男の名前を、教えてもらえませんか」

と、十津川は、いった。

「男の名前は、井上修一郎ですよ」

「井上？　佐々木淳じゃないんですか？」

「違いますね」

「その井上の住所は、わかりますか？」

「ええ。東京都大田区久が原のマンションです」

「被害者との関係については、どういってるんですか？」

「単なる友だちだといっていますね。彼女が、汽車で、伊勢詣でに行きたいといったので、つき合って、あの列車に乗ったのだと、いうことです」

「彼は、今、どこにいます？」

「アリバイもありましたし、何よりも、犯人が見つかっているので、東京に帰ってもらいましたよ」

「仕事は、何をしている男ですか？」

「K工業の社員です。身分証明書も、持っていましたね」

と、和田刑事は、いった。

十津川は、亀井と、翌日、新宿西口に本社のあるK工業を、訪ねた。

確かに、井上修一郎という社員がいた。

会ってみると、あまり冴えない感じの男だった。三十五、六歳ぐらいだろう。それも、エリートコースにのっているようには、見えない。

「彼女のことは、全部、向こうの警察の方に、話しましたよ」

井上は、面倒くさそうに、いった。

「しかし、話していないことが、まだ、あるんじゃありませんか？」

「どんなことです？」

「彼女が殺されたのに、あまり悲しそうじゃありませんね？」

「別に、結婚しようと思っていた女性でもありませんからね」

「佐々木淳という男を、知っていますか？」

「佐々木？　知りませんよ」

と、いった。が、井上の顔に、ちらりと、狼狽の色が走ったのを、十津川は、見逃さなかった。

「嘘をつくと、あとで、偽証罪で、逮捕されますよ」

と、十津川は、脅した。

井上は、蒼い顔になって、

「どうなってるんですか？　犯人は、もう捕まっているんですよ。それに、僕は、彼女を殺してなんかいないんだ」

「それは、わかっています。しかし、佐々木という男は、知っているんでしょう？　どうですか？」

「知っているといっても――」

「どこで、知り合ったんですか？」

「新宿のスナックです。向こうから、声をかけて来たんです」

井上は、観念したらしく、素直に、話した。

「それから、親しくなったんですか？」

「銀座や、六本木のクラブへ連れて行ってくれましたよ。彼女には、そこで、会ったんです」

「六本木のクラブで？」

「ええ。僕なんか、ちょっと行けないような高級クラブでしたね」

「今度の伊勢詣では、佐々木に頼まれたんですか？」

「ええ。急用が出来て、自分は行けなくなったから、彼女と一緒に行ってくれと頼まれましてね。美人と一緒の旅行も楽しいと思って、いいよと、いったんです。それが、あんなことになるなんて――」

「なぜ、佐々木のことを、隠そうとしたんですか？」

と、亀井が、きいた。

「亀山で、佐々木に、電話したんですよ。そうしたら、おれのことは、黙っていてくれと、頼まれたもので――」

「じゃあ、彼の家や、電話番号を、知っているわけですね？」

「ええ。三度ぐらい、遊びに行ったことがありますよ。麴町（こうじまち）の豪華なマンションに、住んでいますね」

「何をしている男なんですか？」

「経営コンサルタントをしているといっていましたが、よくわからないんです。ちょっと、得体の知れない男です」

と、井上は、いった。

12

十津川と亀井は、麴町にあるマンションへ行ってみた。なるほど、素敵なマンションである。

半蔵門に近く、一番狭い2DKでも、月三十万円はするという。

佐々木淳は、八階の部屋にいた。窓から、皇居の緑が見えるいい部屋だった。

うすく色の入ったサングラスをかけ、長身で、痩せた、得体の知れない男に見えた。

佐々木は、「経営コンサルタント」の肩書きのついた名刺をくれた。

「ええ。井上君に、頼みました。急に、彼女と一緒に行けなくなったものですからね」

と、佐々木は、うすく微笑しながら、いった。

「どんな急用だったんですか？」

と、十津川は、きいた。

「それが、ヤボ用でしてね。仲間と一緒に、マージャンをやることになっていたのを、つい忘れていたんですよ。あわてましてね。いろいろと、探したんですが、ピンチヒッターが見つからなくて、伊勢行のほうを、井上君に、頼んだわけです」

「マージャンのメンバーを教えてくれますか？」

「どうやら、僕が、疑われているようですね」

と、佐々木は、笑ってから、十六日の朝から、徹夜でやったというメンバーの名前と、場所を、教えてくれた。

「ところで、死んだ原口みや子さんの生命保険の受取人になっていますね？」

と、亀井が、きいた。

佐々木は、ニヤッとして、

「なるほど。それで、疑われているわけですか」

「そのとおりなんでしょう？」

「ええ。しかし、僕が死ねば、彼女が、同じ額の保険金を、受け取ることになっていますよ」

「保険には、どちらが、入ろうといったんですか？」

「僕が、といいたいんですが、彼女のほうなんですよ。彼女、身寄りがなくて、将来、不安だから、お互いに、保険に入って欲しいといいましてね。僕は、あまり、生命保険というのは、好きじゃなかったんですがね」

と、佐々木は、いった。

（どうも、怪しげな男だな）

と、十津川は、思った。が、いったん、警視庁に帰ってから、マージャンのことや、生命保険のことを調べてみると、佐々木のいったことは、事実だった。

十六日の朝から、十七日にかけて、佐々木は、森沢という不動産会社の社長宅で、マージャンをやっていた。

他の二人は、クラブの経営者と、デザイナーの女性だった。

四人とも、いわゆる飲み友達だという。

生命保険のほうも、間違いなく、佐々木は、同じ五千万円の保険に入っており、受取人は、原口みや子になっていた。

「どう思うね？　カメさん」

と、十津川は、きいた。

亀井は、「そうですねえ」と、考えていたが、

「はっきりしたアリバイがありますから、佐々木は、殺してはいないと、思いますが――」

「だが、臭いか？」

「ええ。これは、何かありますよ」

「どうするね？」

「警部は、どうされますか？」

「亀山へ行って、井村という男に、会ってみたいね」

と、十津川は、いった。

13

最初、上司は、十津川の亀山行に、反対した。

理由は、もちろん、三重県警の事件だからである。それは、犯人として、井村が、逮捕されていることもあるだろう。

「実は、週刊誌が、この事件に注目していて、井村は、シロだ、それを勾留しておくのはけしからんと、いっているんです。何とかしないと、冤罪事件として、書き立てられる危険があります」

と、十津川は、週刊Sの大久保の名刺を見せて、本多一課長や、三上刑事部長に、いった。脅したのである。

その結果、一度だけという限定つきで、亀山行を許可された。

十津川と、亀井は、すぐ亀山に向かった。

午後に、亀山署に着くと、和田刑事や署長が驚いて、二人を迎えた。

「井村に、会わせてもらえませんか」

と、十津川は直截に頼んでみた。

署長は、一瞬、迷いの色を見せたが、それでも、許可してくれた。

十津川と亀井は、取調室で、井村に会った。

(なるほど、負け犬の顔をしている)

と、思いながら、十津川は、

「君の話を聞きたい」

井村は、ふてくされたようにいった。

「どうせ、嘘だと思いますよ」

「それは、話してくれなきゃ、わからないね。君は、絶対に、シロだといっている人もいるんだ」

と、十津川は励ました。

井村は、ぼそぼそと、喋(しゃべ)り出した。

前に、和田刑事から聞いてはいたが、やはり、直接、本人から聞くと、初めて知ることも、多かった。

「奇妙な話だね」

と、十津川は、聞き終わってから、井村にいった。

「でも、全部、本当なんです」

「君は、電話の女の言葉を、信じたんだね？」

「ええ」

「なぜ？」

「速達で、切符まで送って来たからです。それに、嘘でもいいと思ったんです。今の生活に、あきあきしていましたから」

「もし、森口ゆかりが、本当に乗っていたらと思って、ナイフを買ったのか？」

「ええ」

「そして、原口みや子を、ゆかりと思ったのかね？」

「ええ。声が似ていたし、右手の甲に、傷痕がありましたから」

「声が似ている女というのは、よくいるんじゃないかね？」

「ええ。でも、ゆかりだと思ったんです」

「電話の先入観があったからだよ」

「そうかも知れませんが――」

「電話の女は、整形していると、いったんだね？」

「ええ。整形しているし、名前も原口みや子といっている。井上修一郎という男と一緒だと、いったんです」

「なるほどね。君が女に名前を聞いた場合でも、いいようにしたわけだ」

「そうかも知れません」

「君は、列車の中を、歩いてみたかね？」

「ナイフが失くなったあと、ざっと、歩きましたが――」

「その時、森口ゆかりを見つけなかったかね？」

「見たら、覚えていますよ」

と、井村はいった。

「彼女の顔は、ちゃんと覚えているわけか？」

亀井が、いくらか、ひやかし気味に、いった。

井村は、ポケットから、女の写真を出して、十津川たちに見せた。

「それが、ゆかりです」

「いつも、持っているのかね？」

「整形しているといわれたけど。一年ぶりに、その写真を持って行ったんです。ここの刑事さんに取り上げられましたが、頼んで、返してもらったんです」

「本当に、乗客の中に彼女は、いなかったのかね？」

と、十津川はきいてみた。

「いなかったんです。いればすぐ、わかります」

と、井村はいった。

十津川と亀井は、取調室を出た。

「彼は、まだ、森口ゆかりを好きなんじゃありませんかね」

と、廊下に出てから、亀井が、ぶぜんとした顔で、いった。

「多分、そうだろうね」

十津川も、肯いた。

「井村は、シロだと、思われますか？」

「シロだよ。大久保という記者がいったように、あの男は、人を殺せないよ」

「そうだとすると、誰が原口みや子を殺したんでしょうか？　彼女と一緒に列車に乗っていた井上修一郎には、車内でのアリバイがあるし、第一、動機がありません。一番、動機を持っている佐々木は、東京でマージャンをやっていた。犯人はいなくなってしまいますよ」

「もう一人、いるさ」

と、十津川は、いった。

「誰ですか？」

「森口ゆかりだよ」

と、十津川は、いった。

14

「ここに、森口ゆかりがいるとして考えてみようじゃないか」

十津川は、亀山署の外に出てから、亀井に、いった。

二人は、近くの喫茶店に入り、コーヒーを注文してから、十津川は、話を続けた。

「人間の性格なんて、一年ぐらいでは変わるものじゃない。とすると、森口ゆかりは、相変わらず誰かを欺して金をつかもうとしていたとしても、おかしくはない。もちろん、これから先は推理でしかないが、間違ってはいないと思うよ。ゆかりは、獲物を探しているうちに佐々木淳と、知り合ったんだ。佐々木は、獲物にしては金もないし、地位もない男だった。ゆかりと同じように、うさん臭い人間だ。そこで、二人は手を組むことにしたんじゃないかね」

「似た者同士というわけですか」

「そうだよ。それに、佐々木は、インチキ人間だが、女にもてた。例えば高級クラブのホステスの原口みや子みたいな女にだ。そこで、ゆかりと佐々木は、相談した。いや、これは、ゆかりの考えだろう。佐々木と、みや子とは、お互いに、保険をかけ合う。そして、みや子を殺して、保険金をせしめる計画だよ」

と、十津川はいった。

コーヒーがきたので、二人は、話を止め、ゆっくりと口に運んだ。

「しかし、佐々木が殺したのでは、すぐ、彼が捕まってしまいますね」

と、亀井がいった。

「そのとおりさ。といって、金で、殺し屋を傭うのも危険だ」

と、十津川がいう。

「それで、井村ですか？」

「ゆかりは、一年前に欺した、馬鹿な井村のことを、思い出したんだ。もう一度、欺して、利用してやろうと考えたんだろう。まず、佐々木に、原口みや子をイベント列車に、誘わせる。その時、他に、二枚の切符を、買っておく。そうしておいて、井村に、電話をかける。森口ゆかりが、顔を整形し、原口みや子と、名前を変えて、男と、イベント列車『伊勢路』に乗ると教え、切符を速達で、送りつけたんだ」

「ちょっと、待って下さい」

と、亀井が、いった。

「何だい？　カメさん」

「森口ゆかりの声は、井村が、よく知っている筈ですよ。その彼女が電話したら、すぐ、わかってしまうんじゃありませんか？」

「その点は、あとで説明するよ。先に、進もう。ゆかりが、考えたとおり、井村は、すぐ、そのエサに、飛びついた。井村は、会社を辞め、問題のイベント列車に、乗り込んだんだ。ひょっとすると、ゆかりを殺すことになるかも知れないと思い、近くの金物店で、ナイフを買ってね」

「犯人は、列車の中で、井村のショルダーバッグから、そのナイフを、盗み出しますね。なぜ、彼が、ナイフを買ったことを、知っていたんでしょうか?」

と、亀井が、きいた。

「森口ゆかりは、電話をかけ、速達で、切符を送りつけておいてから、井村を、監視していたんだと思うよ。彼が、どう出て来るか、わからないからね。彼が、近所の金物店で、ナイフを買ったのを見て、成功を、確信したんじゃないかね。そして、彼女は、多分、同じナイフを買ったと思う」

「なぜですか?」

「井村が、そのナイフを、持って来ない時に、備えてだよ」

と、十津川は、いった。

十津川は、煙草に火をつけた。

「さて、問題の十六日だ。井村は、相変わらず、人がいいので、森口ゆかりが、整形して、顔を変え、原口みや子の名前で、イベント列車に、乗っていると、思い込んでいる。目印は、右手の甲の傷痕(きずあと)だ。一方、森口ゆかりと、しめし合わせた佐々木は、直前になって、原口みや子に向かい、どうしても、マージャンをしなければならないので、よく知ってい る井上修一郎と一緒に、伊勢詣でに、行ってくれないかという。そのために、前もって、井上を、彼女のクラブに誘ったりしておいたんだろう。だから、井上じゃなくても、ちょっと女に甘い男なら、誰でもよかったんだ」

「マージャンは、もちろん、アリバイ作りのためですね？」

「そのとおりだ。列車に乗った井村は、男と一緒にいる、右手の甲に傷痕のある女を探した。1号車の展望室にいた井村は、そこへ入って来た原口みや子を見て、ゆかりだと、信じた。多分、身体つきも似ていたんだろうと思う。そして、何よりも、男と一緒で、右手の甲に、傷痕があった。井村が、ゆかりの手に、傷をつけた痕がね」

「ちょっと待って下さい。井村は、声も、ゆかりにそっくりだったと、いっていますが」

「多少は、似ていたと思うよ」

「多少ですか？」

「多少でいいんだ。井村は、あの列車に、ゆかりが、乗っていると、思い込んでいるんだ。しかも、右手の甲に、傷痕があったんだ。多少でも、似ていれば、ああ、声も、ゆかりに、そっくりだと思うものさ。それに、一年間のブランクがある。よほど、声に特徴があれば別だが、普通の声なら、そんなに、はっきりとは、覚えていないものだよ」

「そのあと、犯人は、井村のショルダーバッグから、ナイフを、盗み出すわけですね？」

「犯人は、というのは、森口ゆかりはということだが、井村が、かっとして、原口みや子を殺すと、考えていたんじゃないかな。一緒にいる男、井上も殺してくれれば、一番いいと、思っていた筈だよ。それで、電話で、井上の名前まで、教えたんだ。しかし、熱海、名古屋と過ぎても、井村が、原口みや子を、殺す気配がない。そこで、計画の二番目、自分で、原口みや子を殺し、その罪を、井村にかぶせることにしたんだ」

「それで、ナイフを、盗んだわけですね」

「ゆかりは、そのナイフで、原口みや子を、刺し殺したんだ。3号車の談話室に、誘い込んでね。そうしておいて、彼女は、血のついたナイフを、窓から外に捨てた」

「そこが、わからないんですが」

「ナイフを、窓から捨てたことかね？」

「そうです。井村の指紋がついているナイフなんですから、そのまま、死体に刺しておいたほうが、良かったと、思いますが」

と、亀井が、いった。

十津川は、首を横に振った。

「二つの理由で、ゆかりは、そうしなかったんだと思う」

「どんな理由ですか？」

「第一は、そのナイフの柄に、井村の指紋がついているかどうか、わからなかったからだ。井村が、きれいに、拭いて、バッグに入れて来たかも知れないからね。第二は、最初に、死体を、井村が、発見した場合だ。彼は、自分のナイフが刺さっているのを見て、それを抜きとり、隠してしまうだろう。それでは、困るからだよ」

「捨てれば、うまくいくと、思ったんでしょうか？」

と、亀井が、きいた。

15

「ゆかりは、賭けたんだよ。自分は、手袋をはめて、自分の指紋がつかないようにして、原口みや子を刺殺し、窓から、ナイフを投げ捨てた。亀山駅に着く寸前だ。彼女の賭けが成功すれば、ナイフに、井村の指紋を、つけられる。ナイフを盗まれたと知った井村は、あわてて、車内を探した。そして、3号車の談話室で、原口みや子が、腹部を刺されて死んでいるのを発見した。彼女を、ゆかりと思い込んでいる井村は、このままでは、自分が疑われると思い、亀山に停車中に、逃げ出したんだよ」

「そのあと、井村は、ナイフを探しに行ったわけですね？」

「そう考えるのが、当然なんだ。ナイフが盗まれ、ゆかりと思い込んでいる女が、刺し殺されていたんだからね。犯人は、彼のナイフで、刺しておいて、そのナイフを、窓から捨てたのではないかと考えた。もし、ナイフが見つかったら、大変だ。彼のマンションの近くの金物店を調べられたら、彼が、ナイフを買ったことが、わかってしまうからね」

「なるほど」

「井村は、ゆかりが、考えたとおり、ナイフを探しに、線路上を歩き出し、見つけて、拾いあげたところを、駅員と、警官に、捕まってしまったんだ」

「タイミングが、よすぎますが——」

「ゆかりは、井村が、亀山駅で、逃げ出したのを見ていたんだ。彼女の推理が当れば、井村は、亀山駅でおりたあと、ナイフを探す。だから、早く、死体を発見させなければならない」

「そのとおりだと思いますが、死体の発見者は、女じゃありませんが」

と、亀井は、いった。

「ゆかり自身が、発見者になるわけにはいかないんだ。いろいろと、きかれるし、彼女は、列車に乗っていないことにしておく必要があったからね。しかし、六両編成の狭い車内だし、子供たちは、通路を、歩き廻っているんだ。談話室を、開けておくだけで、すぐ、誰かが発見してくれる」

「そうですね」

「車内は、大さわぎになり、犯人は、亀山駅でおりたに違いない。そういえば、一人、男の乗客がおりたという乗客も出て来て、車掌は、すぐ、亀山駅に、連絡したんだ。そして、井村が、捕まったというわけだと思う」

「なるほど」

「タイミングが、良過ぎたのは、偶然だろうが、多少、時間がずれても、井村は、線路上をうろついているところを、捕まったと思うね」

「そこまでは、わかりました。あとは、肝心の森口ゆかりですが、井村は、彼女は、乗っていなかったと、いっています」

と、亀井は、いった。

十津川は、笑って、

「一年前に、井村の知っていたゆかりはね。森口ゆかりは、多分、井村だけじゃなく、何人もの人間を、欺したんだと思う。ただ、逃げ廻っていては、すぐ、捕まってしまう。それで、彼女は、どうしたか？」

「整形して、顔を変えた？」

「そうだよ。ただし、原口みや子になったわけじゃなかった。別の顔になっていたんだ」

「声は、どうなんですか？」

「それは、こうだと思う。頬骨（ほおぼね）や、顎（あご）などを、整形すると、声が、微妙に、変わるんじゃないかな。或いは、一年間、悪い生活をしていたので、声が、変わったか」

「手の甲の傷痕はどうです？」

「ゆかり自身は、手術で、傷を消していたんだと思う。今は、そのくらいの手術は、出来ると思うね。一方、原口みや子のほうは、佐々木が、彼女の手の甲に、傷をつけたんだろう。それこそ、果物でもむいていて、果物ナイフが滑ったように見せかけてだよ。それが、自分を殺す小道具になるとは、原口みや子は、気づかなかったと思うね」

「井上という男も、いわば、利用された一人ということになりますね？」

と、亀井が、きく。

「そうだ。井上修一郎は、完全に、佐々木とゆかりに、利用された男だと思うね。今もいったが、ゆかりは、井村が、カッとして、原口みや子と、井上の二人を殺してくれればいいと考えていたと、思うね」

と、十津川は、いった。

「これから、どうしますか？」

「東京に帰って、二つのことを、調べようと思っている」

十津川は、煙草を、もみ消して、亀井にいった。

「一つは、森口ゆかりを見つけることですね？」

「そうだ」

「もう一つは、何ですか？」

「私の推理が正しければ、原口みや子の手の甲の傷は、最近、佐々木がつけたものだ。それを、証明したいね」

と、十津川は、いった。

16

十津川と、亀井は、東京に戻った。

十津川は、亀井に、若い西本刑事をつけて、原口みや子の周囲の人間の聞き込みをやらせた。

その結果、十津川の考えた通りの結果が出た。

みや子と同じクラブで働く同僚のホステスが、彼女が、手の甲を切った時のことを、覚えていたのである。

半月ほど前、みや子が、右手に包帯を巻いて、出勤して来た。

同僚が、きくと、みや子は、笑いながら、

「佐々木さんが、リンゴの皮をむいていて、手を滑らせ、果物ナイフで、切ってしまったのよ」

と、いったという。

同僚のホステスは、もちろん、何の疑いも持たず、

「仲が良すぎるのよ」

「べたべた、くっついているから、手を切ったりするのよ」

と、いって、ひやかしたという。

次は、肝心の森口ゆかりを、探すことだった。

これにも、二つの方法があると、十津川は考えた。

一つは、ゆかりが、どんな顔に、整形されているかを、知ることだった。

十津川は、刑事たちに、森口ゆかりの写真のコピーを持たせて、都内の整形医を、当らせた。

だが、なかなか、ゆかりを整形したという医者は、見つからなかった。

十津川は、この捜査に並行して、もう一つの方法も、とっていた。

佐々木には、亡くなった原口みや子の保険金一億五千万円が支払われる。当然、ゆかりが、自分の分け前を要求して、姿を現わす筈である。

十津川は、日下と清水の二人の刑事に、佐々木を見張らせておいたのである。

M生命が、佐々木に、一億五千万円を支払った三日後である。

佐々木が、急に、動き出した。

愛車のベンツに、大きなボストンバッグを積み込み、自宅マンションを、出発したのである。

日下の知らせを受けて、十津川と亀井も、覆面パトカーで、その後をつけた。

夜の中を、佐々木のベンツは、箱根に向かった。

強羅のホテルに着くと、四七〇号室に入った。

まだ、女は、来ていない。

佐々木は、田原進一の名前で、チェック・インしている。

三十分も、待ったろうか。

タクシーが着き、ミンクのコートを羽織った女が、ロビーに入って来た。

彼女は、まっすぐ、フロントに行くと、

「田原進一という人が、泊まっている筈だけど、何号室かしら？」

と、きいた。

フロントは、「四七〇号室です」と、答えてから、ロビーに待機している十津川たちに、手で合図した。

十津川と、亀井が、女に近づいた。

女は、森口ゆかりの写真に、似ていなかった。

だが、十津川が、

「森口ゆかりだね？」

と、いきなり、声をかけると、彼女は、びくっとして、振り向いた。それが、何よりも、雄弁に、女の正体を、示していた。

亀井が、手錠をかけた。

日下と清水の二人の刑事が、すぐ、四階へ、上って行った。

森口ゆかりと、佐々木が、自供して、井村は、釈放された。

井村は、十津川たちのところに、礼を、いいに来た。

「助かったのが、夢のようです」

と、井村が、いう。

十津川は、そんな井村に向かって、

「助かったのは、あなた自身に、優しさが残っていたからですよ。もし、森口ゆかりに対する憎しみに、凝(こ)りかたまっていて、間違えて、原口みや子を殺していたら、森口ゆかりの罠(わな)にはまったといっても、殺人罪は、まぬがれませんからね」

と、いった。

井村が、帰って行く背中を見ながら、亀井が、いった。

「警部は、あの男の優しさが、彼を助けたんだといわれましたが、あの優しさでは、これから生きて行くのが、大変ですな」

第4話　JR西日本　日曜日には走らない

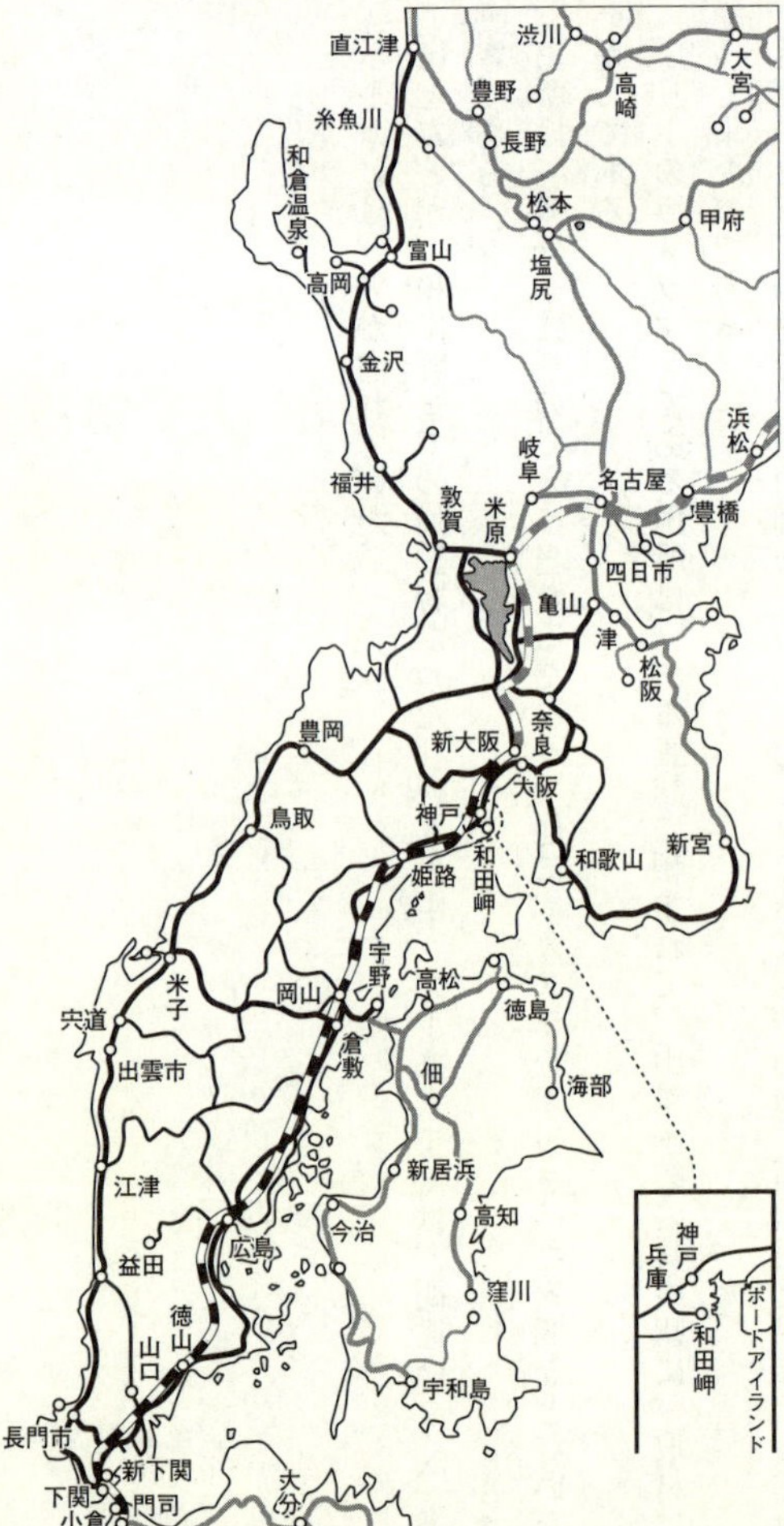

1

ホームには、人が溢れていた。

ほとんどが、和田岬までの通勤客だった。百人の中、九十九人までは、間違いなく、通勤客である。

田所は、多分、残りの一人に当たるだろう。他に、カメラをぶらさげた人間など、いないからである。

フリーのカメラマンである田所は、ある雑誌に頼まれて、山陽本線の兵庫駅に、取材にやって来たのである。

兵庫から、工場地帯の和田岬までの二・七キロを結ぶ線がある。面白いというから、取材して、写真を、撮って来てくれと、頼まれたのである。

60.10.28 訂 補　**兵　庫——和田岬**　（山陽（さんよう）本線）

⧖=【休日と12月29日→1月5日は運休】

営業キロ	列車番号	521	523	525	527	529	531	533	535	537	539	541	列車番号
	運転期日	⧖	毎日	⧖	⧖	⧖	毎日	⧖	⧖	⧖	⧖	⧖	運転期日
0.0	兵　庫発	659	718	738	759	818	1657	1742	1801	1823	1852	2005	ひょうご
2.7	和田岬着	705	724	744	805	824	1703	1748	1807	1829	1858	2011	わだみさき

営業キロ	列車番号	522	524	526	528	530	532	534	536	538	540	542		
	運転期日	⧖	毎日	⧖	⧖	⧖	毎日	⧖	⧖	⧖	⧖	⧖		
0.0	和田岬発	709	729	749	809	829	1730	1752	1811	1838	1909	2023	…	…
2.7	兵　庫着	715	735	755	815	835	1736	1758	1817	1844	1915	2029	…	…

通称、和田岬支線と呼ばれているが、正式には、この盲腸みたいな短い支線も、山陽本線である。

和田岬には、三菱（みつびし）重工を始めとする工場群が、立ち並んでいる。巨大なクレーンが林立するのは、造船所である。

この工場地帯で働く人たちを、兵庫駅から運ぶのが、主な目的の線といってもいいだろう。

田所は、東京から、現地に向かう前に、時刻表を調べてみた。通称和田岬支線の時刻表は、かなり面白いものだった。

田所は、二つのことに、興味を持った。

一つは、朝と夕にしか、列車が、走っていないということである。

昼間は、一本もない。

第二は、日曜日と祝日、それに、暮から正月の五日までの間、十一本の列車の中、実に、九本が運休してしまうことである。

これをもってしても、この二・七キロの線が、通勤客のための線ということがわかる。工場地帯が、休みの時は、走っても、仕方がないのだろう。

田所は、神戸で一泊し、朝のラッシュを見ようと思って、七時半に、兵庫駅に着いた。

山陽本線は、駅舎の上にホームがある。

問題の和田岬支線のホームは、下で、駅舎の横に、そこだけ張り出したような形で設けられていた。

どうも、余分なものがあるという感じのホームである。

兵庫から和田岬まで、六分で着くから、もちろん、途中の駅などはない。

単線で、非電化だから、ローカル線を走っている赤い気動車が、走っているに違いないと思ったのだが、ホームに入って来たのは、ＤＤ13形と呼ばれるディーゼル機関車に引かれた、古ぼけた六両の客車だった。

ディーゼル機関車は、六両の客車の先頭と後尾の両側に連結されている。

兵庫と和田岬の間を往復するのだが、停車時間が三分から四分しかない。

和田岬へ着くと、四分停車で、兵庫に引き返す。兵庫での停車時間は、わずか三分である。

その間に、牽引（けんいん）する機関車を、前後に、付け替えるのは大変だというので、能率をあげるために、最初から、前後に連結してあるのかも知れない。

これなら、単線の線路を、行ったり、来たり出来る。

ホームに待っていた人々が、どっと、乗り込んだ。

田所も、その勢いに押される恰好(かっこう)で、乗り込んだ。

東京のラッシュより、混んでいた。

およそ、二十分に一本しか来ないし、六両だけの客車である。乗り損なったら、二十分待たなければならないのだから、必死になるのも、無理はなかった。

文字通り、車内は、すし詰めだった。

その上、驚いたことに、座席は、一つだけ残して、あとは、全部、取り払われてしまっている。

終戦直後の東京の電車が、乗客を沢山詰め込むために、座席を取り払ったことがあるというのを、田所は、聞いたことがあるが、まさに、この列車が、それだった。

ぎゅうぎゅう詰めのまま、列車は、走り出した。

工場地帯の運河を渡ると、そこが、和田岬の駅だった。

詰め込まれていた人たちが、どっと、吐き出される。

田所は、改札口に向かう人々の流れを、何枚も、写真に撮った。

海岸が近いので、海の匂(にお)いがする。

六両の客車に、詰め込まれていた人々は、あっという間に、田所の視界から消えてしまった。

普通の駅なら、代わりに、今度は、乗ってくる乗客がいるのだが、ここは、見事なほど、いない。

一方的に、兵庫から、この和田岬へ人間が運ばれ、夕方になると、今度は、逆方向に、人間が流れるというわけである。

田所は、和田岬駅の写真を、五枚ほど、撮ってから、また、客車に戻った。

最後尾の客車に向かったのだが、一人も、乗っていなかった。

こちらへ来るときは、すし詰めだったので、それほど感じなかったのだが、がらんとした車内に、一ケ所を除いて、座席がないのは、異様な眺めのものだった。

まるで、これは、貨車だと、思った。

貨車に、吊り革をつけた感じがする。

動き出した車内で、田所は、前の車両へ歩いて行った。

五両目も、四両目も、客は、いなかった。

三両目にも、いない。

二両目に、はじめて、たった一人、乗客がいた。

一ケ所だけ残った座席に、若い女が、腰を下ろしていたのである。

田所は、なぜだか、ほっとした。この線にも、和田岬から兵庫へ通勤する人間が、一人はいたのだと、思ったからだった。

(これは、記事になる)

と、思った。

田所は、女の近くに腰を下ろすと、

「どこかへ、お勤めですか？」

と、声をかけた。

返事がない。

列車は、兵庫駅に近づいて、大きく、カーブを切った。

とたんに、その女は、座席から滑り落ちて、床に転がった。

2

兵庫駅に着いてから、駅員が駈けつけ、公安官もやって来て、最後に、田所は、警察に連れて行かれた。

若い女の死体と、一緒にである。

女のくびには、指で絞めた痕があったと、田所は、山本という刑事から聞かされた。

「君が、殺ったのか？」

と、山本刑事が、真顔で、きいた。

田所は、あわてて、手を振った。

「なぜ、僕が、殺さなければならないんですか？　ぜんぜん、知らない女性ですよ」

「しかし、あの列車には、君と、仏さんしか乗っていなかったんだ」

「僕が、彼女を見つけた時はね。死体だといったほうが、正しいんでしょうね。その時には、確かに、六両の客車の中は、僕と彼女しかいませんでしたよ」

「それなら、君以外に、誰が、殺すんだ？」

「僕は、最後尾から、乗ったんです。その前は、ホームで、何枚も、駅の写真を撮っていたんです。死体があったのは、二両目の客車です。一両が二十メートルの長さだとすると八十メートルは、離れていたんです。他の乗客は、もう全員、改札口を出て行ってしまっていましたよ。犯人は、その空白を利用して、二両目で、彼女を殺し、発車する前に、ホームにおりたに違いありません」

「そんな人間は、誰も、見ていないんだよ」

と、山本刑事は厳しい顔で、いった。

「しかし、僕は、何もしていませんよ」

「君、東京の人間だな？」

「そうです」

「殺された女も、東京の女性なんだ。運転免許証で、わかったよ」

「刑事さん。東京には、一千万人以上の人間が、住んでいるんですよ。たまたま、僕と、あの女性が、東京の人間だからといって、知っていると思われたら困りますよ。小さな町とは、違うんです」

「しかしね、あの列車に乗るのは、ほとんど、和田岬の工場に通う人たちなんだ。百人中百人が、通勤客だと見ていい。その中に、たった一人だけが、他所者（よそもの）で、しかも、東京の人間で、同じ列車に乗っていたのが、果たして偶然かねえ」

「偶然ですよ」

「君は、何のために、あの時間に、あの列車に、乗っていたんだ？」

「取材です。珍しい列車があるから、取材して、写真を撮って来てくれと、頼まれたんですよ。フィルムを調べてくれれば、取材に来たことが、わかりますよ」

「フィルムは、現像されている」

「それなら、すぐ、わかりますよ。東京神田のＳという出版社に頼まれたんです。電話して、確かめてくださいよ」

田所は、Ｓ出版の電話番号を、いった。
五、六分して、山本刑事が、電話をかけ終わった。
「僕のいうとおりだったでしょう？」

と、田所は、難しい顔をしている山本に、声をかけた。

山本刑事は、冷たい眼で、じろりと、田所を見た。

「向こうさんは、君に、そんな仕事を頼んだ覚えはないと、いっているよ」

「そんな馬鹿な！」

田所は、呆然とした。

「ちゃんと、S出版に、電話してくれたんですか？」

「したよ。だが、仕事を頼んだことなんかないといってるんだ」

「S出版の三沢という編集長ですよ、僕に仕事を頼んだのはね。三沢さんに、電話してくれたんですか？」

「ああ、電話に、三沢編集長が、出てくれた。おれは、君のことをきいた。そしたら、今の言葉が、返って来たんだ。苦しまぎれに、嘘をいっちゃいかんな」

「おかしいな」

「何がおかしいんだ？」

「僕に、電話させてくれませんか。あなたの質問の仕方がおかしいか、向こうが、用心して、本当のことを、いわないいんですよ」

他に、考えようがなかった。

田所は、必死だった。このままでは、殺人犯にされてしまうからだ。

山本刑事は、しばらく考えていたが、

「よし。掛けてみろ」

といい、田所を電話のところに、連れて行った。

田所は、受話器を取ると、S出版のダイヤルを回し、三沢編集長を呼んで貰った。

「ああ、私が、三沢です」

聞き覚えのある声が、聞こえた。

山本刑事が、傍へ来て、耳をすませている。

「田所です」

「ああ、君か。今、兵庫警察署から、電話があったよ。君のことで」

「なぜ、嘘をつくんですか？　僕は、今、殺人犯人にされようとしているんですよ。ちゃんと、正直に話して下さいよ。そうしないと、僕は、本当に犯人にされてしまうんです」

「事情はよくわかるが、私だって、本当のことを話してるじゃないか。君には、仕事を頼んだこともある。優秀な人間だとも、思っている。しかし、今度、君に、兵庫へ行って、何とか線の取材をしてくれと頼んだことはないよ。君は助けたいが、嘘はつけない。それを、わかってくれないかね」

「僕は、本当のことを、いってくれと、いってるんです。一昨日、僕に頼んだじゃありませんか。すぐ行って来てくれと。朝のラッシュアワーの写真を撮って、すぐ、帰って来てくれと。覚えてないんですか？」

「頼んでないんだよ。困ったな」

「なぜ、嘘をつくんだ？　なぜ！」

田所は、思わず、大声を出した。

「もう、いいだろう」

山本刑事が、横から、電話を切ってしまった。

「もっと、話させて下さいよ」

田所は、受話器を持ったまま、山本刑事を睨んだ。

「無駄なことは、止めたらどうなんだ。誰も、君の嘘につき合ってはくれんよ。諦めて、本当のことを、話したら、どうなんだ」

「だから、本当のことを、話していますよ。ただ、あなたが、それを信じてくれないだけなんだ」

「当たり前だろう。君のいうことは、嘘だと、S出版では、いってるんだ」

「何か、理由があって、嘘をついてるんです」

「いや、嘘をついてるのは、君だ」

「僕は、犯人じゃない」

「いや、君が犯人だ」

「僕と被害者の女性とは、何の関係もありませんよ。関係のない人間を、殺す筈がないじゃありませんか」

「いや、どこかで、逢っている。それを、見つけてやる」

と、山本刑事は、いった。

3

田所は留置された。

そのまま、一日、放って置かれた。捜査がどうなっているのか、田所には、わからなかった。

翌日、突然、取調室に連れて行かれた。

山本刑事は、黙って、田所の前に、一冊の雑誌を置いた。

S出版で出している『フォト・オブ・ジャパン』という写真を主にした雑誌である。

編集長は、三沢だった。

「やっと、三沢編集長が、認めてくれたんですね」

田所は、嬉しくなった。てっきり、三沢が、仕事のことを、山本刑事に、証明してくれたと、思ったのである。

「この雑誌のために、和田岬支線の取材を頼まれたんですよ」

と、田所は、いった。

「その十五ページを、見てみろ」

山本刑事が、冷たくいった。

田所は、雑誌を手にとって、十五ページを開いてみた。

写真が、のっていた。

〈街角のお嬢さん〉

という、コーナーである。

スタイルがいい、ファッショナブルな若い女性を、勝手に写真に撮り雑誌にのせる。

その女性が、名乗り出たら、二万円の賞金を渡すというコーナーである。

「これが、どうかしたんですか？」

「そこに写っている女の顔をよく見ろ」

「知らない女ですよ」

「嘘をつけ。そこに写っている女が、昨日、死んだ女だ」

「え？」

「びっくりすることはないだろう。君が、写した写真だ」

「とんでもない。僕の撮った写真じゃない。僕の知らない写真だ」

「三沢編集長は、君が撮ったといっているよ」

「畜生！」

田所は、呻いた。

あの三沢編集長は、嘘をいっている。嘘をついて、田所と、殺された女を、結びつけてしまったのだ。

理由はわかってきた。

あの三沢編集長が、犯人なんだ。そして、その罪を、田所に着せようとしている。

「犯人は、三沢ですよ」

と、田所は、いった。

「今度は、三沢という人を、犯人にして、ごまかすのか？」

山本刑事が、うんざりした顔で、いった。

「違うんです。最初から、彼が、犯人だったんですよ。彼は、結婚しているのに、このスナップの女に手を出した。そして、にっちも、さっちもいかなくなってしまったんですよ。それで、彼女を殺そうと思った。しかし、殺せば、自分が犯人とわかってしまう。そこで、僕を利用したんですよ。僕を、和田岬支線に行かせ、あの列車の中で、彼女を殺し、僕に罪をかぶせたんだ。三沢も、ここに、来ていたんですよ」

「しかし、電話した時には、三沢編集長は、東京に、いたんだよ」

「あれは、何時でした。四時に近かった筈ですよ」

「午後三時頃だが、それが、どうかしたのかね？」

「僕は、七時三八分兵庫発の列車に乗ったんです。和田岬には、七時四四分に着いた。三沢は、同じ列車に、彼女と一緒に乗っていたんだ。そして、和田岬におりしなに、彼女を絞殺し、座席に、腰を下させて、自分は、他の乗客と、和田岬で、おりてしまったんですよ」

「それで？」

「だから、三沢が、和田岬におりたのは、八時前です。和田岬で、車か、バイクか、或いは、自転車を盗んで、兵庫に引き返した。兵庫から、今度は、タクシーで、新神戸に向かう。兵庫から新神戸までは、わずか、五キロぐらいです。車なら、十分もあれば着きます。とすると、午前九時には、楽に、新神戸に着く筈ですよ。時刻表を貸して下さい」

と、田所は、いった。

山本は、その勢いに押されたみたいに、時刻表を持って来て、渡してくれた。

田所は、その東海道・山陽新幹線のページを開いた。

「ほら、見て下さい。九時二九分新神戸発の『ひかり２４４号』に乗れば、東京に、一二時五九分に着くんです。S出版は、神田だから、一時半には、楽に、着いてしまいますよ。午後三時に電話して、三沢がいたのは、当たり前ですよ」

田所は、勢い込んでいった。

山本刑事は、ほんの少し、気持ちを動かしたように見えた。

「昨日の午前八時頃、和田岬で、車か、バイクか自転車が、盗まれなかったかどうか、調べてくれませんか？　お願いします。もし、盗まれていたら、少しは、僕のいうことを信じて下さい」

と、山本は、いった。

「しかし、何の証拠もないね」

「――――」

「もし、調べてくれて、ノーの答なら、僕はあきらめますよ」

田所のその言葉に、山本刑事は、今度は、かなり動かされたようだった。

「一度だけ、調べてみよう」

と、山本は、いった。

「一度で、いいです」

と、田所は、いった。一度でも調べてくれれば、自分が嘘をついてないことがわかるだろう。そう思ったのである。

「警視庁に頼んで、三沢編集長と、被害者のことを、調べて貰ってやるよ。それ以上のことは、出来ん」

と、山本は、いった。

4

警視庁では、この事件を、十津川の部下の西本と日下の二人の若い刑事が、調べることになった。

二人とも、まだ、独身だった。

神田のS出版に向かう途中で、

「あの雑誌の〈街角のお嬢さん〉というコーナーは、よく見ているんだ」

と、西本が、いった。

「あそこで、嫁さん探しかい？」

日下が笑いながら、いった。

「想像するのが楽しいのさ。まあ、眼に止まるほどの女性だから、たいてい、恋人がいるんだろうがね」

「まあ、いるだろうね」

「いない女性を、もう一度、出してくれると、楽しみが、倍になるんだがね」

「今日、S出版に着いたら、聞いてみたらどうだ？　今までの女性の中で、恋人募集中の人がいたかどうか。いたら、住所と、電話番号を、聞いてみろよ」

日下が、無責任にいった。

S出版に着くと、まず『フォト・オブ・ジャパン』の三沢編集長に、会った。
三十七、八歳の男である。雑誌の編集長というと、文学青年みたいな姿を、西本たちは想像していたのだが、三沢は、むしろ、運動選手の感じだった。
実際にも、大学時代、ラグビーをしていたという。

「今日、来られたのは、田所というカメラマンのことじゃありませんか？」

と、三沢は、先廻りするようないい方をした。

「そのとおりです」と、西本が、いった。

「彼の証言が、正しいかどうか、一応、調べてくれと、向こうの警察の依頼がありましてね」

「大変ですね」

と、三沢は、同情的な眼をした。

「それで、和田岬への取材を頼まれたことはどうなんですか？」

日下が、きいた。

「その件については、兵庫署の刑事さんにもお答えしたんですが、全く、仕事の依頼はしていないんですよ。田所君のために、有利な証言はしてやりたいですが、嘘はつけませんからね」

「問題の、殺された女性ですが、名前は、何といいましたかね？」

　西本が、わざと、きいてみた。

「有賀めぐみです。昨日から、何回か聞かされて、覚えてしまいましたよ」

　三沢は、肩をすくめた。

「その写真を撮ったのは、田所だそうですね？」

「そうなんです、あのコーナーは、うちで、新人のカメラマンに頼んでいるんですが、その中に、田所君もいたんです」

　三沢は、五人の新人カメラマンの名前をいった。田所の名前も、その中にあった。

「彼が撮ったという証拠はありますか？　もし、あれば、それが、彼の有罪の証拠になると思うんですがね」

「有名なカメラマンなら、ネガは、そのカメラマンが持っていて、それが証拠になりますがね。新人のカメラマンの場合は、ネガごと、買い取ってしまうのですよ。そのネガに、カメラマンの名前は、書いてありませんからね」

「すると、有賀めぐみのネガは、ここにあるんですか？」

「ありますよ」

「見せて貰えませんか」

　と、西本が、いった。

三沢は、封筒に入ったネガ一枚と、焼きつけた写真を見せてくれた。

封筒には、〈街角のお嬢さん〉第二十八回と、書いてあった。

西本は、写真を見た。なかなかの美人だなと、改めて思った。雑誌にのったものより、鮮明なだけに、魅力的である。

「美人ですね」

「だから、田所君も、魅かれたんだと思いますがね」

と、三沢は、いった。

「田所と、彼女が、つき合っているのは、ご存知でしたか？」

「いや、知りませんでした」

「彼女が、ここへ来たことは、ありますか？」

「一度、来ましたよ。名前を教えて下されば、賞金を差し上げますと、書いてありますからね。来てくれた時に、二万円の賞金をあげた筈です」

「その時、田所もいたわけですか？」

「ええ、いましたよ。その時、彼が、彼女を送って行ったんです。それ以来の仲だったんじゃありませんか」

5

西本と日下は、写真を借り、その足で、有賀めぐみの住んでいた成城（せいじょう）のマンションへ廻ってみた。

有賀めぐみは、二十三歳のＯＬだった。

マンションは、１ＤＫの、小さいが、きれいな部屋である。

西本と日下は、管理人に開けて貰って、中に入った。

「きれいな部屋だね」

と、まず、日下が、感心したように、いった。自分の乱雑な部屋と、比べたのである。

二人は、部屋にあった手紙や、写真を、調べてみた。

「妙だな」

と、西本が、いった。

「おれも、同感だよ」

「田所が、彼女を、殺したいほど、思いつめていたとすれば、ラブレターを一通ぐらい出している筈だろう。それが、一通もないというのは、おかしいね」

「写真もないんだ。田所と二人で撮った写真が、一枚もないね」

「彼女が、手紙や写真を、焼き捨ててしまったということはないかね？」

「それほど嫌いなら、一緒に、和田岬支線へ乗りには行かないだろう」

「そうだな」

と、二人は、意見が合った。

次に、彼女が、勤めていた会社に行ってみた。

ＯＬの有賀めぐみは、昨日、休暇をとって、出かけた筈である。その辺のところを調べてみたかったのだ。

新宿にあるＫ石油の東京本社に勤めていたのだが、上司の会計課長に会った。

間違いなく、彼女は、二日間の休暇届を出していた。理由は、「旅行」とある。正直に書いているのだ。

次に、ＯＬ仲間に会ってみた。

「彼女、とても、喜んでいたわ」

と、女友だちの一人が、西本たちに、いった。

「誰と一緒に行くといってたかな？」

「もちろん、彼とでしょう。彼女は、いわなかったけど」

「その彼の名前が、知りたいんだがね」

「私たちも、知らないのよ」

「何でも、打ちあける友だちじゃないのかね？　それとも、彼女は、秘密主義だったのかな？」

「そんなことはないわ。彼女って、明るくてあっけらかんとしているほうよ」

「それでも、恋人の名前は、教えなかった？」

「そうなの。名前どころか、彼の職業も、教えてくれなかったわ」

「なぜだろう？」

「わからないわ。ひょっとすると、不倫の関係じゃなかったかと思ってたの」

「思い当たることがあるのかな？」

日下が、三人の女性の顔を見渡した。

彼女たちは、しばらく黙っていたが、一人が、喋り出すと、他の二人も、急に、また、お喋りになった。

「彼女、ひどく、悩んでいたことがあったわ」

「彼女、占いなんか嫌いなのに、いつだったか真剣に、みて貰ってたことがある。その時、彼の名前はいわなかったけど生れた月日は、いったわ。確か、十月生れだったと思うの。あたしと同じだから、覚えているのよ」

「そういえば、あたしにね、奥さんのいる男性を好きになったことがあるかって、きいたことがあったわ。その時は、何気なく、聞いてたんだけど、あれ、自分のことを、いってたのかも知れないわね」

「彼と一緒にいるところを、見たことはないかね？」

西本が、きいた。

「ないわ」

「あたしもないけど、彼女が、東京駅の構内を歩いているのを見たことがあるわ。彼女のマンションは、成城だから、帰る道順と違うなと思ったわ」

「東京駅でね」

西本は、神田のＳ出版のことを思い出した。

神田なら、東京駅に近い。

三沢と、待ち合わせたのだとすれば、東京駅は、いい場所である。

銀座に行くのも近い。

次に、西本と日下は、Ｓ出版が、〈街角のお嬢さん〉の撮影を依頼している四人のカメラマンに、会ってみることにした。田所をのぞく四人である。

いずれも、若くて、新進のカメラマンだった。

行動力はあるが、金のない連中なので、見つけるのが、大変だった。

若いカメラマンが、よく飲んでいるバーが、渋谷にあるというので、その店へ、夜になってから、行ってみた。

四人の中に、その店で、会うことが出来た。

開店してすぐの時間だったので、三人とも、まだ、あまり酔っていなかった。

西本が、その三人に、有賀めぐみの写っている雑誌を見せた。

「この写真を撮ったのは、君たちの中の誰だね？」

「これ？」

と、三人は、その雑誌を、こもごも、見ていたが、

「違うよ。おれじゃない」

「僕も、知らないね」

「おれ、そのページを、しばらく休んで、アフリカへ行ってたからな」

と、いった。

「五人で、担当していたんだろう？」

日下が、横からいった。

「そう。ここにいるのと、あと、田所と、鈴木だ」

「鈴木という人は、今どこにいるか知らないかな？」

「北海道へ写真を撮りに行ってるんじゃないか。初冬の北海道ってことで」

「じゃ、もう戻って来てる筈だよ」

「じゃあ、アサヒスタジオにいるんじゃないか」

と、三人が、いう。

「そのアサヒスタジオというのは？」

西本がきいた。

「四谷三丁目にあるスタジオで、設備がいいので、時々、借りることがあるんだ」

と、一人が、いった。

西本と日下は、すぐ、四谷三丁目に向かった。

壁が、真っ黒に塗られた、奇妙な建物だった。窓がなくて、白で、ただ「アサヒスタジオ」とだけ書いてある。

西本と、日下は、ベルを押して、入れて貰った。

鈴木というカメラマンはいるかというと、今、北海道で撮って来たフィルムを、現像しているところだという。

西本と日下は、しばらく、待った。

灰色のセーターを着た鈴木が、一時間近くして、出て来た。

一週間、北海道を歩き廻って来たといい、不精ひげだらけの顔で、ニヤッとした。

「この写真を見て貰いたいんだ。君が、撮ったのかね？」

西本は、雑誌を、見せた。

「ふーん」

と、鈴木は、鼻を鳴らしながら、見ていたが、

「僕は、こんな下手くそな写真は、撮りませんよ」

「下手かね？」

「下手だなあ」

鈴木は、大きな声を出した。

日下は、苦笑しながら、

「じゃあ、田所が、撮ったものかね？　他の三人も、違うといっているんで、残ったのは、田所一人なんだが」

「田所？」

「どうかね？」

「あいつでもないんじゃないかなあ」

「なぜ？」

「こういう仕事は、みんな気楽に撮るんだ。小遣い稼ぎにね。でも、それでも、個性が出るもんなんですよ。癖といってもいいかな。その癖が、この写真には、ないんですよ」

「僕には、きれいに撮れてるように見えるがねえ」

西本が、首をかしげた。

「フルオートカメラを使えば、誰にだって、きれいな写真は、撮れますよ」

と、鈴木は、いう。

「もし、これが、田所じゃないとすると、いったい、誰が、撮ったんですか？」

「誰かに、頼んだかな」

「頼んだというと？」

「あそこの編集長に、僕たち五人の若手が、頼まれているんだけど、今度の僕みたいに、北海道へ行って、写真を撮りたくなるようなことがあるんですよ。そんな時、友だちに頼んでおく。これは、三沢さんには内緒だけど、まあ、このページの写真は、きれいに撮れてさえいればいいんですからね。どこか、若者の集まるところへ行って、きれいな女の子が来たら、撮っておいてくれと、頼んでおくんですよ。今もいったように、今は、カメラがいいから、誰が撮っても、ピントの合う、きれいな写真が撮れますからね」

「鈴木さんも、そうしたことが、あるんですか？」

「一度、いや、二度、後輩の学生に頼んだかな。それでも、わからなかったね」

「それでは、田所が、誰かに頼んで、撮って貰い、それを、編集長に渡したということは、考えられますね？」

「それは、あるかも知れませんね」

と、鈴木はいった。

6

一度は、田所が、シロらしく思えたのだが、また、怪しくなってきた。

最後に、西本たちは、田所のマンションを訪ねてみることにした。

京王線の明大前にある古びたマンションだった。

すでに、午後十一時に近い。

管理人の立ち合いのもとで、ドアを開けて、田所の部屋に入った。

1LDKの部屋である。入ったとたんに、西本が、「きたないねえ」と、いった。その声には、ほっとしたひびきがあった。西本自身の部屋も、いつも、ちらかっていたからである。

バスルームが、暗室になっている。その代わり、居間に、簡易シャワー設備が、でんと、置いてあった。

ここでも、西本と日下は、有賀めぐみの写真と、手紙を、探した。

だが、いくら探しても、見つからなかった。写真も、手紙も、ないのだ。

「前もって、捨てたのかな?」

日下が、西本を見た。

「田所が犯人で、最初から殺す気で、出かけたのなら、前もって、二人を結びつけるものを処理してしまうということは、十分に考えられるね」

「しかし、わからんな」

日下が、首をかしげた。

「何がだ？」

「田所という男の行動がさ。なぜ、わざわざ、兵庫まで行って、殺したのかね？　どこででも、殺せたわけだろう？　海で殺して、重しをつけて沈めてもいいし、山で殺して、埋めてもいい。それなのに、わざわざ、兵庫の和田岬まで連れて行って、しかも、他に、誰も乗っていない車内で殺すなんて、正気の沙汰とは、思えないよ」

「殺すつもりはなくて、カッとして殺してしまったとしたら？」

「それなら、この部屋に、有賀めぐみの写真や、手紙が、一枚もないというのは、不自然だよ」

「そういえば、そうだな」

西本も、首をかしげてしまった。

西本自身のことを考えても、不自然だと思う。それほど深い交際でなくても、彼女の写真や、手紙は、二、三枚はあるからだ。それに男は、センチメンタルだから、別れたあとでも、女の写真や、手紙を、持っていることが多い。

西本と、日下は、疑問を持って、警視庁に帰り、十津川に、報告した。

「このまま、向こうに、報告しますか？」

と、西本が、きいた。

「それが、調べたとおりなんだろう？」

「そうです。どうも、田所という男は、犯人らしくないと思いますが、といって、シロだという証拠もないんです」

「それなら、そのまま、君たちの意見を添えずに、報告したらいい。判断を下すのは、向こうなんだ」

と、十津川は、いった。

7

兵庫署の山本刑事は、東京からの報告を受けて、考え込んでしまった。

その報告は、電話と、ファックスで、送られて来たのである。

ファックスの方には、有賀めぐみの同僚の証言や、カメラマン仲間の証言が、書いてあった。

特に山本が、気になったのは、有賀めぐみの相手が、妻子のある男性ではなかったのかった。
日下は、田所が犯人なら、なぜ、わざわざ、和田岬まで連れて行って、殺したのかとい
もう一つは、警視庁の日下刑事の話だった。
という同僚のＯＬの証言だった。

それは、素朴な疑問であるだけに、かえって、重いものになった。

この疑問に対して、どんな答えがあるのだろうかと、考えた。

山本は、もう一度、取調室に、田所を連れて来た。

「調べてくれましたか？」

と、田所は、きいた。

「ああ、警視庁で、調べて貰ったよ」

「それで、僕の無実は、証明されましたか？」

「一つ、ききたいことがある」

「何ですか？」

「君も、あの雑誌の〈街角のお嬢さん〉のコーナーを担当していたことは、事実なんだろう？」

「それは、認めますよ」

「この写真だがね」

と、山本は、有賀めぐみの写っているページを広げた。

「僕が、撮ったんじゃありませんよ」

「すると、他の四人ということになるんだが、東京で調べてくれたところ、四人とも、自分が、撮ったんじゃないといっているそうだ」

「じゃあ、誰が、撮ったんですか?」

「鈴木というカメラマンを知っているかね?」

「知っていますよ。優秀なカメラマンですよ。彼が、どうかしたんですか?」

「彼は、この写真を見て、面白いことをいっているんだ。わかるかね?」

「面白いですって?」

田所は、じっと、雑誌を、手に取って、見ていたが、

「そういえば、この写真は、アマチュアの撮ったものですね」

「君も、そう思うのか?」

「ええ。きれいに撮れているけど、構図が平凡だし、この女性の良さを出していませんね」

「鈴木というカメラマンも、同じ意見らしい」

「それなら、僕は、シロでしょう? 僕は、これでも、プロの端くれですからね。もっと、いい写真を撮りますよ」

「だが、君の無実の証明には、ならないんだ」

「なぜですか？」

「今のカメラは、全自動だから、どんな素人でも、シャッターを押せば、きれいな写真が撮れる。自動焦点なら、ピンボケもない」

「それが、どうかしたんですか？　プロは、そんなカメラは、使いませんよ」

「君は、自分が忙しい時、誰か友人に頼んで、こういうスナップを撮って貰ったんじゃないか。それを、さも、自分が撮ったように、出版社へ持って行ったんじゃないか。そう考えれば、逆に、君が犯人だという証拠になるんだ」

「よして下さいよ」

「君は、忙しい時、友人に頼んで、この写真を撮って貰ったんじゃないのかね？」

「僕は、そんなことはしませんよ。写真は全て、自分で撮ることにしているんです」

「それを証明出来るかね？」

「証明は出来ませんよ。僕の言葉を信じて下さるより他はないんです」

「それは駄目だね。警視庁の報告では、有賀めぐみの相手は、どうも、妻子ある男性だったらしいということだ」

「それなら、僕は、無実ですよ」

「だがその妻子ある男性が、この兵庫へ来て、和田岬行の列車の中で、有賀めぐみを殺したという証拠はないんだ。逆に、君は、彼女と一緒に、車内にいた。この事実は、どうしようもないね」

「僕の撮った写真は、現像してくれましたか？」

「しかし、彼女は、写っていないんだろう？」

「わかりません。とにかく、連写にして、撮りまくっているから、何か写っているかも知れません」

「君は、プロだからね。われわれ素人なら、せいぜい、五、六齣しか撮らないが、君から預かっているフィルムは、三本もあるからね」

「偶然が、いい写真を作ることがあるからです。狙っても撮りますが」

「とにかく、調べてみよう。あまり、期待しないほうがいいね」

「刑事さん」

「何だ？」

「なぜ、急に、優しくなったんですか？」

田所にきかれて、山本刑事は、照れたような顔になった。

「何となく、君が、犯人とは思えなくなって来たからだよ」

と、山本は、いった。

田所の撮ったフィルムを、山本は、専門家に頼んで、引き伸ばして貰った。

兵庫駅と、和田岬で、撮ったものが、ほとんどである。

田所は、五、六回シャッターを押したといっても、連写式だから、簡単に、一本撮れてしまっている。

引き伸ばされたのを見ると、似た写真が、やたらに多い。素人なら、そんな無駄な撮り方はしないだろうと、思いながら、山本は、一枚ずつ、見ていった。

これはという写真は、なかなか見つからない。

ただ、ラッシュ風景が、写っているだけである。

それから、がらんとした車内の風景。こちらは、和田岬へ着いてからの車内だろう。

（無いなあ）

と、山本は呟いた。田所の無実を証明するような写真がである。

もう一度、見直すことにした。

「おやッ」

と、山本が、急に、眼を止めたのは、兵庫駅のラッシュ風景を撮った写真の一枚だった。

狭いホームで、列車を待っている人たちが写っている。

その人の群れから、ちょっと離れたところに、人影が二つ、写っているのだ。その二人は、男と女で、他の通勤客とは、違う感じだった。二人だけ、離れた場所にいるというだけではない。どこか、通勤という雰囲気を、感じさせなかったからである。

小さいので、顔は、はっきりしないが、カラーは、きれいに出ているので、服の色は、よくわかる。

(女は、有賀めぐみだな)

と、思った。

服の色が、同じだからである。それに、髪の形も、同じである。

男のほうは、背の高さは、一七五、六センチだろう。長身といえる。うす茶のコートを羽おっている。ちょっと、右肩が下がっているが、これは、この男の癖なのかも知れない。

山本は、その写真を警視庁に送り、容疑者の一人、三沢編集長と、比べて貰うことにした。

田所は、突然、釈放を、いわれた。

山本刑事は、微笑しながら、

「君の撮った写真に、三沢と有賀めぐみが並んで、写っていたんだ。兵庫駅のホームでね」

「しかし、僕は、二人を撮った覚えがないんです。二人がいたことも、知らなかった」

「そうさ。君は、通勤客の群れを撮ったんだ。人間の眼は、幸か不幸か、見たいものしか見えないが、カメラのレンズは、全部、写してしまうからね」

「やっぱり、三沢編集長が、犯人だったんですか」

「そうだよ」

「すると、雑誌のあの写真は？」

「三沢が、撮ったものさ」

「彼が、自分で撮って、雑誌にのせ、それから、彼女との交際が始まったんですか？」

「違うんだ」

「どう違うんですか？」

「その前から、二人は、いい仲だったんだよ。その中(うち)、彼女が、雑誌に、自分の写真をのせてくれと、三沢にいったんだ。今どきの娘らしく、目立ちたかったんだろうね。それで、三沢は、自分で、彼女の写真を撮って、自分で、雑誌にのせたんだ」

「やらせじゃないですか」

「そうだね。二人の関係がこじれたとき、彼女は、奥さんと別れて、結婚してくれといい、さもないと、写真のことを、Ｓ出版の社長にいうといったらしい」

「それで、三沢は、殺したんですか？　僕を犯人に仕立てて」

「他にも理由があったらしいがね。これからすぐ、東京に帰るのかね？」

「その前に、もう一度、和田岬まで、行って来ますよ。思い出にね」

「しかし、君――」

「いいじゃないですか。行ってみたいんです」

田所は、手を振って、警察署を出た。

兵庫駅へ行ってみた。

だが、がらんとして、列車が来る気配がない。

(今日は、日曜日だったのだ)

と、気付いた。

この時間、列車は、走らないのだ。

田所は、苦笑して、線路を歩き出した。

第5話　JR四国　恋と復讐の徳島線

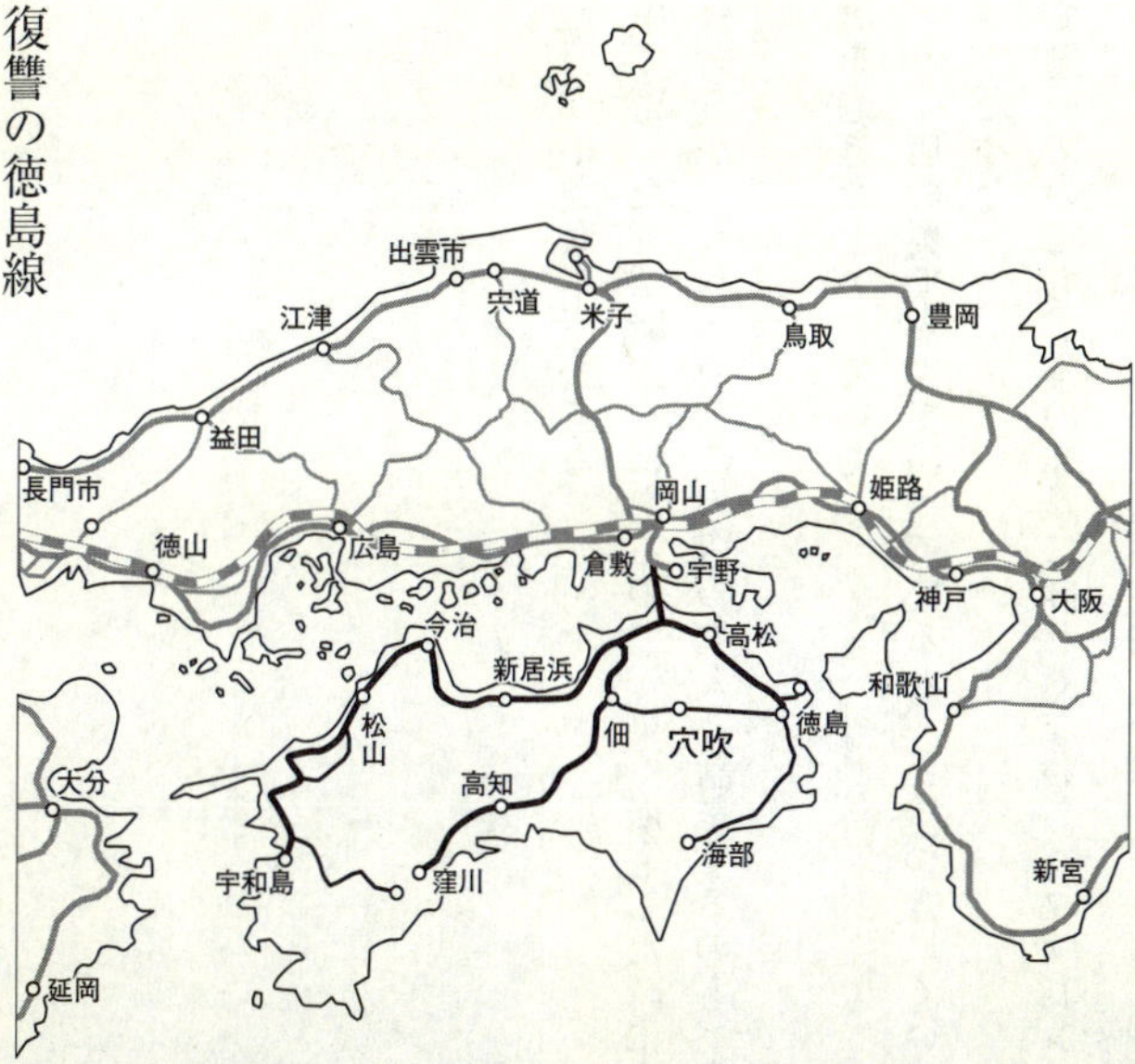

1

十津川の家の近くに、青蛾(せいが)書房という小さな本屋がある。

十津川は、休みの時の散歩の途中で寄ったり、駅近くにあるので、早く帰宅した時に寄ったりしていた。本を探す楽しみもあるが、もう一つ、この店の主人と話をするのも、楽しみだった。

名前は、藤岡正司(ふじおかまさし)。年齢は、還暦を過ぎたといっていた。

小柄で、髪の毛は半白になっている。店の奥で黙って座っていると、とっつきにくい感じだが、話してみると、意外に気さくだった。

それに、最近の若い男女は本屋で働いていても、本の知識に詳しくない。レファレンスが全く出来ないのだ。

その点、若い時文学青年だったという藤岡は、今も読書家で、十津川が欲しいという本をすぐ探し出してくれるし、店になければ注文してくれる。

それだけでなく、じっくりと話し込むと、藤岡の話は、十津川には面白かった。十津川の知らない戦前、戦中の話も楽しいし、藤岡の知っている作家の思い出話も面白かった。

つき合って半年もすると、藤岡のことも少しずつわかってきた。自分のことをあまり話したがらない男なのだが、それでも話の端々に、ちらりと彼の過去がのぞき見出来るのだ。

十津川にわかったのは、藤岡の出身が四国だということ、上京し、最初は会社勤めをしたが、戦後の不景気で失職、貸本屋を始め、その後、現在の本屋になった。その間に、結婚し、子供をもうけたらしいが、今はひとりで生活している。離婚したのか、死別したのかは喋(しゃべ)ろうとしないし、十津川も聞かずにいる。

藤岡は、シャム猫のオスを一匹、飼っていた。藤岡は、二歳ぐらいだろうという。なんでも、去年の正月、突然迷い込んで来て、居ついてしまったのだそうである。シャムはスマートだというが、ここのシャムは藤岡がエサをやり過ぎるのか、太っていてのそのそ歩く。

「あいつは気ままで、ふいといなくなると、二、三日、帰って来ないんですよ」

と、藤岡は、いう。

時には、シャムを見かけないことがあるが、あれは気ままな旅に出ているのだろう。

藤岡のほうは、第一、第三日曜日の定休以外、めったに休まなかった。

「若い時は気ままな生き方をしましたが、この年齢になると、もうこれといって、行きたい場所もありませんしね」

と、藤岡は、十津川にいった。

その藤岡が、六月になって、ウィークデイに店を休んだ。

六月十五日に、いつものように帰りに寄ってみると、店は閉っていて、

〈都合により休ませて頂きます　店主〉

と、貼り紙がしてあった。

翌日、出勤の途中で寄ってみると、貼り紙はそのままになっている。

(まだ、留守なのだろうか?)

と、思っていると、猫の鳴き声がした。裏に廻ってみると、勝手口のところで、あのシャムが戸をガリガリやっている。

その中に諦めたのか、急に走り出して姿を消してしまった。

この日、これといった事件がなくて、十津川は五時に退庁すると、帰りにもう一度、青蛾書房に寄ってみた。

店が開いていて、いつものとおり、奥にはちょこんと、小柄な藤岡が座っていた。十津川は、ほっとしながら奥に入って行き、

「今朝も閉っていましたが、何処かへお出かけだったんですか？」

と、きいた。

藤岡は、いつものようにニコニコ笑いながら、

「それが、鬼のカクランというやつで、夏カゼをひいて熱が出ましてね。二階で丸一日、ウンウン唸っていましたよ。今日の昼になって、やっと熱が下ったので、店を開けたわけです」

「そうですか。大変でしたねえ」

と、いってから、十津川は猫のことを思い出した。

「あのシャム猫は、どうしてました？」

と、きいた。

藤岡は、隅で居眠りをしている猫に、ちらりと眼をやってから、

「ずっと枕元にうずくまっていましたねえ。忠義な奴だと、見直したんですが、あいつにしてみれば、エサをくれなくなったら困ると、それを心配していたのかも知れません」

と、いった。

（ちょっと、おかしいな）

と、思ったが、十津川は、別に咎めることでもないので、

「そうですか。あの猫は、名前を聞いていませんが、何というんですか？」

「名前はありません。あいつとか、うちの居候とかいっていますが――」

「そうだ。今日は、猫の飼い方を書いた本を買っていこうかな」

「猫をお飼いになるんですか？」

「こちらの猫を見ていると、飼いたくなってきましてね」

と、十津川は、いった。

2

十津川は、『猫百科』という千五百円の本を買って、家に帰った。写真が多く、見ているだけでも楽しい本である。それを見ながら、十津川は、なぜ、藤岡が嘘をついたのだろうかと考えた。

今朝見たシャムは、明らかに閉め出されていたのだ。

藤岡は、カゼをひいて熱にうなされていたといった。眠ってしまったあと、猫は外へ出てしまったのではないか。

（だが、それなら、猫は出たところから家の中に戻れる筈である。それなのに、今朝見た

とき、猫は中に入れずに、戸を引っかいていた――）

と、考えてきて、十津川は急に、

（いかん、いかん）

と、頭をふった。どうも刑事根性が出てしまって、詰まらないことを、詮索してしまう。

たかが猫のことで、これは殺人事件に絡んでいるわけでもないのだ。

「何を、ニヤニヤ笑っていらっしゃるの？」

と、妻の直子が、きいた。

「猫を飼おうかと思ってね」

「へえ。猫を？」

直子は傍らに来て、本の写真をのぞき込んだ。

直子は、写真の一枚一枚に、可愛いと声をあげ、結局デパートへ行って子猫を買ってくることになった。

「できたら、シャム猫がいいね」

と、十津川は、いった。

二日して、直子は、可愛いシャムのメスを買ってきた。生れて、三ケ月くらいだという。

首にピンクのリボンを巻き、小さなダンボールの箱の中で、丸くなって眠っていた。

次に、藤岡に会ったとき、十津川は猫のことを話した。

「とにかく、家内が大変です。ちょっと様子がおかしいといっては、獣医さんを呼ぶんです。おかげで、うちの近くに犬猫病院があるのを知りましたよ」

と、十津川がいうと、藤岡は例によってニコニコしながら、

「そのくらいの子猫だと、可愛いでしょう」

「確かに可愛いですねえ。こんな可愛いものがあるとは知りませんでした」

「十津川さんは、子供がいないからかな」

「そうかも知れません」

「子供は、可愛い時期が長いですが、猫はすぐ大きくなってしまいますよ」

と、藤岡は、いった。

「そうですかねえ。なかなか大きくなりそうもなくて、気になるんですが」

「一年もしたら、成猫ですよ。そうなるとさかりがついて、すごい声で鳴きますよ」

と、藤岡は、脅かすようにいった。

「そうなったら、どうしたらいいんです？」

「子供を生ますか、不妊手術をしたらいいんじゃないですか」

「その時には、藤岡さんの猫と夫婦にさせて下さい」

「どうぞ、どうぞ。ただ、うちのあいつは、迷い込んで来た猫で、血統書つきというわけにはいきませんよ」

と、藤岡は、いった。

その猫が、十六日の朝閉め出されて鳴いていたことをきいてみたいと思ったが、やめてしまった。藤岡のプライバシイに入り込むのがはばかられて、好奇心をおさえたのである。

藤岡も、十津川のことをほとんどきこうとしなかった。十津川自身が、刑事であることを話したから、それは知っている筈だが、彼の家庭のことを詳しく聞いたこともない。

むしろ、十津川のほうが、藤岡のことを、あれこれ聞きたがった。一番気になるのは、藤岡の家族のことである。よく藤岡は天涯孤独だというのだが、そうなった経過を知りたかったのだ。

「本当にご家族はいないんですか？」

と、十津川は、きいたことがある。病気の時に困るのではないかと、思ったからだった。

その時も、藤岡は笑って、

「家族がいたって、死ぬ時はひとりですからね」

と、いった。それをどういう意味でいったのか、十津川にはわからなかった。比喩としていったのか、それとも本当に天涯孤独で、ひとりで死んでいく気でいるのか、わからない。

「私とこうやって話している時、藤岡さんが倒れたら、誰に知らせたらいいんですか？」

と、きいたこともある。

その時だけは、さすがに笑わずに、

「誰もいませんよ。本当に、天涯孤独ですから」

と、藤岡は、いった。

「たいした財産もありませんから、私が死んだら、あいつに残してやりますよ」

と、藤岡は、笑ったこともある。あいつというのは、居候のシャムのことだった。

もちろん、十津川は、そんな話ばかりしていたわけではなかった。昔の作家の話、本の話、それに世の中のことが話題になり、楽しかったのだ。

一週たった六月二十三日に、また、

〈都合により休ませて頂きます　　店主〉

の貼り紙が出た。

この時、猫のことが心配になって、十津川は翌朝、自分の家のエサを持って青蛾書房に寄ってみたが、猫の鳴き声はしなかった。

二階を見上げたが、窓には白いカーテンが下りていて、中の様子はわからない。

心配になったが、声をかけるのもプライバシイに踏み込むようで、十津川はそのまま出勤した。

その日、帰りに寄ってみると、この間と同じように、店は開いていた。

顔をのぞかせると、藤岡が奥から出て来て、

「どうも――」

「また、夏カゼですか？」

と、十津川がきくと、藤岡は、十津川を座敷にあげ、お茶をいれてくれながら、

「最近、腰のあたりが痛かったりするので、温泉に行って来ましたよ。野沢温泉にね」

と、いった。

「いいですねえ。私も時々、ひとりでゆっくりと温泉につかって来たいと思うことがありますよ」

と、十津川は、いった。それは本音だった。

「野沢温泉には、よく行かれるんですか？」

と、十津川がきくと、藤岡はお土産に買って来た野沢菜を出してくれながら、

「いいですよ、あそこは。私は昔風の温泉が好きなんです。今はやりの変な医療施設みたいになっていないのがいいですね。クアハウスとかいうんですか。ああいうのは嫌いでしてね」

と、いった。

「日本の温泉はあくまでも温泉らしく、ということですか？」

「そうですよ。私なんかは温泉自体も楽しいですが、その温泉町のもっている風情も楽しみたいですからねえ」

と、藤岡は、いった。

「同感ですね。地方で昔の風情がなくなっていくのは悲しいですからね」

と、十津川は肯きながら、頭のどこかで、

（おかしいな）

とも、思っていた。

野沢温泉について、誰かに別の感想を聞いたのを思い出したからだった。

青蛾書房を出て、自宅に向かって歩いている中に、それが妻の直子だったと気付いた。

夕食の時に、十津川は、

「君は、今年の一月に、野沢温泉に行ったね？」

と、きいた。直子は、子猫を膝の上で遊ばせながら、

「ええ。大学時代のお友だちと四人で。このミーがいるから、これからは長い旅行は出来ないわね」

「ミー？」

「この子、平凡だけど、ミーコって名前にしたのよ」

「野沢温泉だけど、クアハウスがあったって、いってたね？」

「ええ。トレーニングルームがあったり、温泉プールがあったり、いわば多目的温泉といったところね。名前は確か、クアハウスのざわ、といった筈だわ」

「野沢では、目立つ存在なのかね？」

「大きく宣伝していたわ」

「そうか。やっぱり」

「野沢温泉が、どうかしたんですか？」

と、直子が、きいた。

「いや、何でもないんだ」

と、十津川は、あわてていった。

十津川は、どう考えたらいいのだろうと、悩んでしまった。

藤岡は、野沢温泉へ行っても、クアハウスの存在に気がつかなかったのかも知れない。

野沢温泉では、若者に来てもらうためにクアハウスを始めたのだろうし、大きく宣伝もしているのだろう。しかし、だからといって、野沢に行った人が必ずクアハウスのざわの存在に気付くとは限らない。行きつけのホテルか旅館があれば、タクシーでまっすぐそこへ行ってしまい、クアハウスのざわのことなど関知しまい。

だが、藤岡が、昨日野沢温泉に行っていなかったら？

クアハウスなど無かった頃の野沢温泉しか知らずに、あんなことをいい、野沢菜は東京駅の各県名産品売り場か、デパートで買って来たのかも知れない。

そこまで考えてきて、十津川は、自分が嫌になってきた。藤岡が嘘をついたとしても、別に犯罪ではないのだ。それに人間というやつは、時々嘘をつくものだ。

3

翌日、出勤してすぐ、徳島県警から協力要請がきた。

電話して来たのは、県警の若木という警部である。

「岩崎伸という男のことを調べて頂きたいのです。所持していた運転免許証によると、年齢は二十五歳で、住所は東京都杉並区××町のヴィラ高山４０６号室になっています」

と、若木は、いった。

「殺人ですか？」

「殺人の可能性が八〇パーセント、残りの二〇パーセントは事故死です。徳島線の鴨島という駅から、車で二十分のところに、御所温泉というのがあります。この近くに渓谷がありましてね。そこにうどん屋があり、岩場でうどんを食べさせるんです。岩崎伸は、そこでうどんを食べていたんですが、渓流に落ちて死亡しました。誤って落ちたのか、或いは突き落されたのかは、まだ断定できずにいます」

と、若木は、いう。

「しかし、県警としては、他殺の線で動いているわけですね？」

「そうです。事件が起きたのは、一昨日、二十三日の午後四時頃で、男が、渓流に落ちて死んでいるのが発見されました。その時点では、誤って岩場から落ちて溺死したと思われたのですが、その後、後頭部に裂傷があること、溺死ではなく、頭蓋骨陥没によるものとわかりましたので、他殺の線が濃くなったわけです」

「午後四時に死んでいることが発見されたとすると、死亡したのはもう少し前ですね？」

「午後三時半頃だと見ています。岩崎伸の顔写真と、現場の写真を送ります」

と、若木警部は、いった。

その二つが、電送されてきた。

顔写真のほうをコピーして、西本と日下の二人の刑事に持たせて、自宅マンションに行かせてから、十津川は四国の地図を広げてみた。

徳島線は、土讃線の佃から、徳島に向かうルートである。四国第一の吉野川に沿って走るルートといってもいい。

いくつかの駅の中には、受験生に人気のある「学」駅もある。この駅の入場券を五枚持って、「五入学」というわけである。

県警の若木警部がいった鴨島駅は、学駅の三つ手前である。徳島から数えると九つ目の駅である。

地図で見ると、鴨島駅から国道318号線を北に向かうと、御所温泉の文字がある。どうやら、現場はこの辺りらしい。

送られて来た写真によると、岩場の多い渓谷が写っている。この岩場で、うどんを食べさせるのか。

「景色のいいところみたいですね」

と、亀井刑事が、のぞき込んだ。

「観光案内によると、近くに霊山といわれる剣山があったり、吉野川の浸食作用で生れた土柱の景観が見られるそうだよ」

と、十津川は、いった。

「土柱ですか？」

「もろい土質の山が削られて、何本もの土の柱が出来ているそうだ。国の天然記念物になっているらしいよ」

「岩場のほうはこの上で、うどんを食べさせるんですか？」

「たらいにうどんを入れ、つゆをつけて食べるんだそうだ。たらいうどんといって、この地方の名物らしい」

「しかし、この岩場から突き落されたら、死ぬかもしれませんね」

と、亀井は写真を見て、いった。

西本と日下の二人が帰って来たのは、二時間ほどしてからだった。

「岩崎伸ですが、Ｓ電機の管理部に勤めるサラリーマンです。生れは徳島市内で、高校まで、地元の学校に通っています」

と、西本は手帳を見ながら、十津川に報告した。

「徳島の生れなのか」

「そうです。部屋には、阿波(あわ)おどりや鳴門(なると)の渦潮の写真なんかが、貼ってありました」

「家族は、まだ徳島にいるのかね？」

「いえ。東京にいるようです」

と、日下がいい、彼のマンションから持って来た手紙の一通を、十津川に見せた。

差出人の名前は、岩崎アキになっている。住所は、多摩(たま)市になっていた。

　電話ではなかなかつかまらないので、手紙を書きます。
　まずお礼から。大学入学のお祝いをありがとう。ティファニーのオープンハートは、前から欲しかったの。無理させたんなら、ごめんね。高かったでしょう？　次は、両親からの伝言。たまには家に寄ってくれっていってるわ。旅行好きのくせに杉並から多摩まで来られないのかって。今年の夏は、郷里の徳島へ行き、阿波おどりに参加しません

か？　妹じゃ詰らない？　アキ

「この多摩市の電話番号を調べてかけてみたんですが、誰も出ませんでした。多分、四国へ行っているんだと思います」

と、西本が、いった。

「岩崎伸という男の評判は、どうなんだ？」

亀井が、二人の若い刑事にきく。

「マンションの中での評判は、よくも悪くもありませんね。大人しい青年だという人もいれば、あいさつをしないという人もいます。管理人は、普通の若い男だといっています」

「会社のほうへは、行って来たのか？」

「上司の課長と、同僚に聞いてきました」

「それで、岩崎伸については、どういっている？」

「課長は、一応、頭のいい、よく働く青年だといっていましたが、本音は違っているようです」

「どんな風にだ？」

「ちらっと本音が出たんですが、仕事が忙しい時でもどんどん休暇をとって、好きな旅行に出かけてしまうというのです。権利だから仕方がないが、協調性に欠けるみたいないい方をしていましたよ」

と、西本が、いった。

「同僚の間での評判は？」

「背が高くて、ちょっと甘い顔立ちなので、女性にはもてたということで、女子社員の中に、関係の出来た者がいるらしい様子です。ただ、男子社員の中に、一人だけ、こんなことをいう者がいました。岩崎は、一見すると優しくスマートに見えるが、高校から大学にかけてボクシングをやっていて、いざとなると怖いというのです。なんでも、一緒に飲みに行ったとき、別のサラリーマングループと、バーで、口論になったそうです。ママの仲裁で仲直りしたんですが、岩崎は急に黙って店を出て行くと、先に出ていた相手の三人をめちゃくちゃに殴りつけたそうです。相手は血まみれになって、道端で呻いていたということです」

「仲直りしたのに、やっつけたということか？」

「そうです。同僚が、なぜそんなことをしたか聞いたところ、岩崎は、気に食わない連中だったからとだけいったそうで、それ以来、岩崎という男が怖くなったと、いっていました」

「事件にはならなかったのかね？」

「やられたほうがはずかしくて、訴えなかったようです。三人が、一人にやられてしまったわけですから」

「まさか、その三人に殺されたということは、ないんだろうね？」

と、十津川が、きいた。

「偶然、徳島で、また出会ったというのなら、可能性はありますが」

と、日下が、いった。

「念のために、その三人の身元を調べ出してみてくれ」

と、十津川は、いった。

彼はそのあと、徳島県警の若木警部に電話をかけ、わかったことを伝えた。

「両親と妹さんは、今こちらに来ています」

と、若木が、いった。

「本籍が徳島だそうですね？」

「そうなんです。三年前まで、徳島に住んでいたようです」

「家族は、犯人に心当たりはあるといっているんですか？」

「全くないといっています。物静かで優しい子だったから、絶対に他人に恨まれる筈がないと両親はいいますし、大学生の妹は、あんな優しい兄を殺す人がいるなんて信じられないと、泣いています」

「家族としたら、そうでしょうね」

「今、十津川さんのいわれた話を聞かせたら、きっとショックだと思いますよ。三人の男を叩きのめしたという話をです」

と、若木は、いった。

「その三人について何かわかったら、また電話しますが、そちらで何か、前進はないんですか？」

と、十津川は、きいた。

「一つだけ、前進がありました」

と、若木は、嬉しそうな語調になって、

「事件のあった午後三時から四時にかけて、現場で、挙動の不審な男がいたことが、わかったんです。年齢は六十歳前後で、小柄で、サングラスをかけていたと、目撃者はいっています」

「ただ単に、うどんを食べていた観光客の一人ということは、考えられないですか？」

「かも知れませんが、実は、前に起きた事件でも、似たような男が目撃されているんです」

と、若木は、いう。

「前の事件ですか？」

「ええ。六月十五日の午後五時頃ですが、徳島市内、眉山近くのホテルの五階の部屋から宿泊者が転落して、死亡しているのが発見されました。最初はベランダから誤って落ちたのではないかと思ったのですが、後頭部に裂傷が見つかりましてね。殺人の可能性が強いということになったわけです。この時も、実は、フロント係が、六十歳前後でサングラスをかけた男を、その時刻頃、目撃しているんですよ」

「ホテルで殺された人というのは、東京の人間ですか？」

「いや、静岡県の下田に住む二十八歳の女性で、名前は五十嵐杏子です」

「今度の被害者と、何か関係があるんですかね？」

「その点を、岩崎伸の両親と妹に聞いてみました。もし関連があれば、犯人も同一人の可能性が出て来ますから」

「六十歳前後で、小柄で、サングラスをかけた男ですね」

「そうなんです。ところが、両親も妹も、全く知らないといっていましてね。少しがっかりしているんですよ」

と、若木は、いった。

「十五日の事件について、くわしいことを知りたいんですが」

と、十津川は、いった。

「何か、心当たりでも？」

「いや、岩崎伸の家族が嘘をついているのではないかと思いましてね。こちらで調べてみれば、何か関連が出て来るかも知れません。それに、東京から下田も近いですから」

と、十津川は、いった。

「ぜひ、お願いします。もしこちらの予想が当たっていれば、二つの事件が同時に解決できますから」

と、若木は、嬉しそうにいった。

4

受話器を置いたあと、十津川は、ぼんやりした表情になって、宙に視線を泳がせていた。

亀井が、心配そうに、

「何か、気がかりなことでも、おありですか？」

と、十津川に、声をかけてきた。

「いや、別に何もないよ。徳島県警に協力できればいいと思っているだけだよ」

十津川には、珍しく、あわてた様子でいった。

だが、亀井は疑わしげに十津川を見て、

「何かあるのなら、話して頂けませんか」

「いや、何もないよ」

と、十津川は、同じことをいった。

三十分ほどして、徳島県警から、六月十五日の事件について、詳しいメモがファックスで届けられた。

被害者、五十嵐杏子の顔写真も添えられている。

二十八歳だというが、四、五歳、若く見える顔立ちである。独身で、職業は、今はやりのスタイリストと書いてある。

旅行好きで、車を自ら運転して出かける。

六月十五日も、愛車のベンツ190Eで徳島に来ていた。

十四日の午後、眉山近くのSホテルに、チェック・インしている。

伊豆下田には、母親と住んでいて、母親は土産物店を経営していた。

東京、横浜などで仕事をしていたが、その時にも、自分で車を運転して出かけていたという。

多少わがままだが、スタイリストとしての腕は良く、各地のファッションショウで活躍していた。年収は一千万から二千万円で、優雅な独身生活を楽しんでいたと思われる。

特定の恋人はいなかったが、ボーイフレンドは何人かいた模様である。家族は母親だけで、母親は、早く結婚してくれていたらと、嘆いている。Sホテルでは東京に三回電話しているが、全て仕事関係である。滞在予定は、十六日までになっている。十五日当日は、朝食のあと車でホテルを出発しているが、行先は不明である。

わかったことを要約すると、こんな具合だった。

殺人の原因になりそうなものは、わがままな性格というところと、何人かいるボーイフレンドぐらいのものだろう。

しかし、二十代で、成功している独身女性となれば、多少わがままなのは当然だろうし、今の社会は、そうしたわがままが、許容される社会なのだ。

何人かのボーイフレンドというのも、今は普通だろう。

と考えていくと、この二つが殺人に結びつく感じはない。だからこそ徳島県警は、現場で目撃された六十歳前後の小柄な男を、重視しているに違いない。

そこまでは、十津川にもわかる。十津川が徳島県警の刑事なら、同じように考え、何とかしてこの不審な男の身元を明らかにしようとするだろう。

さらに、六月二十三日に、殺された岩崎伸の事件でも、同じような男が目撃されたとなれば、なおさらである。

（参ったな）

と、十津川は呟き、さらに、

（まさか――）

と、呟いた。

十津川の頭の中には、青蛾書房の主人の顔が、浮んでは消えている。

六十歳前後で、小柄な男という点で、一致する。もちろん、その二点が一致する男は、何人、いや何十人、何百人といるだろう。

だが、青蛾書房は、同じ六月十五日と、六月二十三日に、臨時休業しているのだ。

まだ他にも気になる点がある。

何かの拍子に、藤岡が四国の生れだと洩らしたのを、十津川は覚えていた。

それに、六月十五日に臨時休業した時、藤岡は夏カゼをひき、熱が出て唸りながら二階で寝ていたと、十津川にいった。だが、あれは嘘だと、十津川は思っている。

藤岡は優しい心の持主だと思う。居候のシャム猫に対する態度を見れば、それがわかる。いわゆる猫可愛がりをしているわけではないが、彼の傍に、自然に猫がいるという感じなのだ。

そのシャムが、家に入ろうとして戸を引っかいていたのを、十津川は見ている。もし藤岡が本当に家にいたのなら、すぐ戸を開けて中に入れてやったろう。いや、猫が入れるだけの隙間（すきま）を、最初から作ってやっていた筈なのだ。

それを考えると、あの日、藤岡は家にいなかったのではないかと、十津川は思う。外出する時、猫が外にいたので、仕方なく閉めて出かけてしまったのではないのか？

六月二十三日にも、同じことがいえる。

野沢温泉へ行って来たというが、あっさりとは信じられないのだ。

十津川は、ひとりで警視庁の建物を出ると、皇居のお濠に沿って、ゆっくりと歩いてみた。

ついこの間まで、寒さにふるえていたと思うのに、今日は強い初夏の陽射しになっている。

十津川は、あの藤岡という男に、好感を持っていた。ぼそぼそした話し方なのだが、温かみがあるし、誠実な喋り方だった。つい帰りにあの本屋に寄ってしまうのは、彼と話をするのが楽しいからである。

その藤岡を疑うのは、辛い。ことに、殺人事件について疑うのは、なおさらだった。

十津川の横を、小柄な老人が走り抜けて行った。一瞬藤岡と錯覚したが、藤岡より年上の、七十歳くらいの老人である。勢いよく走って行く。続いて二、三人がジョギングして、走り抜けて行った。

（私は、刑事だ――）

と、十津川は、思う。

怪しい男がいる以上、調べるのが刑事の仕事である。

しかし、一度調べ始めたら、刑事としての本能で、とことん追及してしまうだろう。

(あの主人と、もう、自然な態度で接することが出来なくなってしまうな)

と思い、十津川には、それが辛いのだ。

いつの間にか、日比谷の交差点まで歩いて来てしまい、ゆっくりと引き返しにかかると、向こうから見覚えのある顔が近づいて来た。亀井が、探しに来たのだ。

傍へ来ると、亀井は、笑った。

「やっぱり、ここでしたね」

「まるで、子供だね。私は」

と、十津川も、苦笑した。

「子供ですか?」

「私はね、子供の頃、困ったことがあると、いつも同じ神社の裏へ行って、ひとりで悩んだものさ。今はそれが、皇居のお濠端に変わっただけなんだ」

と、十津川は、いってから、

「何か、急用かね?」

「徳島での二つの殺人事件で目撃された男の件ですが、今、ファックスで似顔絵が送られて来ました。目撃者の証言で作られたもので、よく似ているそうです」

と、亀井はいい、ポケットからその似顔絵を取り出して、十津川に見せた。

十津川は、二つに折られている似顔絵を、広げて見た。

（似ていないと、いいんだが――）

と、思いながらである。

一瞬、似ていない、こんな怖い顔ではないと感じて、ほっとした。

だが、よく見れば、似顔絵の顔が怖く見えるのは、黒いサングラスのせいなのだ。

サングラスを手で隠してしまうと、顔の輪郭や口元、それに頭の恰好は、藤岡によく似ている。

（藤岡にも、濃いサングラスをかけさせると、こんな怖い顔になるのだろうか？）

と、十津川は、思った。

そんな十津川を、亀井がじっと見つめている。

「わざわざ、これを持って来てくれたのは、なぜなんだ？」

と、十津川は、亀井にきいた。

「別に深い意味は、ありません」

「そうかね。何か二人だけで話したくて、わざわざ持って来てくれたんだと思うんだが」

「強いていえば、久しぶりに警部とお濠端を散歩したくなったんですよ」

と、亀井は、十津川にいった。

十津川は、笑って、

「じゃあ、歩こうか」

と、いい、二人は肩を並べて、桜田門方向に歩き出した。

さっきの小柄な老人が、また十津川の横を元気よく走り抜けて行った。

「私の推理では――」

と、亀井が、歩きながらいう。

「うん」

「警部は、その似顔絵によく似た人を、知っているんじゃありませんか？　それも、親しい人に」

「カメさんは、八卦もやるのかね」

と、十津川が、苦笑すると、

「四十五年生きて来たし、それに警部とは、もう長いこと一緒に仕事をして来ました。それだけのことです」

と、亀井は、いってから、

「私のいったことは、当たっていませんか？」

「残念ながら、当たっているよ」

「やはり、そうですか」

「ただ、いましばらく、私自身で何とかしたいと思っているんだよ。カメさんには、悪いが」

「その人を、信用されているんですか？」

「信用というのとは、少し違うんだ。正直にいうと、彼の私生活については、ほとんど知らないといってもいいんだよ。だが話していて、とても楽しい気分になってくる。安らかな気持ちになれるんだ。そういう貴重な人を、失いたくなくてね」

と、十津川は、いった。

「そういう人のことを、あれこれ質問しないほうがいいようですね」

と、亀井が、いった。そんなところが、亀井のいいところだ。

「時が来たら、何もかも話して、カメさんに助けて貰うよ」

と、十津川は、いった。

5

十津川は、青蛾書房に寄るのをしばらく止めようかとも思ったが、そうしたらよけい気になることは、わかっていた。

だから十津川は、帰りにまた藤岡に会いに、青蛾書房に寄った。

二人ほどいた客が、いなくなってから、十津川は奥に行き、

「カゼは、大丈夫ですか？」

と、藤岡に声をかけた。

藤岡は、十津川を座敷に招じ入れてから、

「カゼって、何です？」

「前に、夏カゼをひいて、店を休まれたことがあったでしょう」

「ああ、あれですか。あの時もいいましたが、鬼のカクランでしてね。カゼは、めったにひかないんですよ」

と、藤岡は、笑った。

「それなら、安心ですが」

「カゼということで、思い出しましたが——」

と、藤岡は、カゼについて、有名人たちがいった言葉を、いくつかあげた。

「南国育ちの方は、カゼに弱いですかねえ」

と、十津川は、いった。

藤岡の背後の襖を、シャム猫が、手と頭を使って、開けて入って来た。そのまま、藤岡の膝の上にのっかって、身体を丸めた。

「南国育ちって、私のことですか？」

と、藤岡は、猫の頭をなでながら、きき返した。

「前に確か、四国の生れだと、おっしゃった筈ですが」

「そんなことをいいましたか」

と、藤岡は、小さく笑って、

「もう、ずいぶん昔のことですよ。確かに、私は四国の生れでしてね。育ちも四国です。しかし、昔のことです」

「懐しいと思われることは、ありませんか？」

「いや、そういう感情はありませんな。正直にいうと、私は、四国という土地があまり好きじゃないのです」

「もったいない」

と、十津川は、いった。

「もったいないですか？」

「そうですよ。私は、東京の生れ、育ちです。浅草（あさくさ）や、神田（かんだ）といった特徴のある土地の生れならいいんですが、東京でも、新興住宅地なんです。最近行ってみましたが、ビルが建っていて、昔の面影なんか何処にもない。つまり、私には故郷と呼べるものがないんですよ。その点、あなたが羨（うらや）ましくて、仕方がありません。四国という故郷があるんだから。なぜ嫌がるのかわからないし、もったいないと思ってしまうんですよ。私は一度、四国へ行ったことがありますが、海も山もきれいで、よかったですよ。こんな場所が、自分の故郷だったらいいなと思いましたね」

「そうですか」

と、いったが、藤岡の顔は、笑っていなかった。

（故郷の四国に、何か、苦い思い出があるのだろう）

と、十津川は思い、そう思うことが、彼の気持ちを暗くした。それが、四国で起きた二つの殺人事件につながっていることにも、なりかねないからである。

それでも、刑事である以上、引き退ってしまうことは出来ない。

「最近、四国に帰られましたか？」

「いや、ここ五、六年は全く帰っていません」

と、十津川は、きいてしまった。

と、藤岡は、いってから、

「私は、十津川さんが羨ましいですよ」

「なぜですか？」

「故郷なんか、無いほうがいいですよ。本当ですよ」

藤岡は、もうその話は止めにしましょうという感じで、いった。その感じがわかって十津川は黙ってしまったが、おやッと思ったのは、彼の膝の上で、シャム猫の居候が苦しがっているのに気付いたからだった。藤岡が強く猫の頭を押さえつけていて、猫がその手から逃れようともがいているのだ。

「猫が」

と、十津川が遠慮がちに声をかけると、藤岡は照れたような眼になり、コツンと猫の頭を叩いた。

シャム猫は、鳴きながら、部屋を飛び出して行った。

十津川は、何となく気まずくなって、いつもなら話し込むところなのに、腰をあげてしまった。

そのあと、自宅まで歩きながら、十津川は悩み続けた。

今日、自分は藤岡を試した。探りを入れて、相手の反応を見たのだ。刑事としては当然のことをしたに過ぎないのだが、心が痛むのは、藤岡という男が好きだからだ。彼が殺人犯であって欲しくない。いや、殺人犯ではないかと疑うこと自体に、心が痛む。

（だが、おれは刑事として、藤岡を追いつめていくのではないか）

その予感が、また、十津川に重くのしかかってくるのだ。

6

翌日は、藤岡のことを思うと辛かったが、それでも藤岡のことを調べる義務感から、区役所に行き、彼の住民票を見せて貰った。

やはり、本籍は徳島県脇町になっていた。その住所を手帳に書き留めて戻ると、上司の本多一課長に、徳島へ行く許可を求めた。

「徳島で起きた例の事件のことだね?」

と、本多が、いう。

「そうです」

「徳島県警に電話して、向こうで調べて貰うわけにはいかんのかね?」

と、本多が、きく。当然の質問だった。

「これはどうしても、私自身で行って調べて来たいんです」

と、十津川は、いった。

多分、かたい表情をしていたのだろう。本多は、それ以上質問はせず、許可してくれた。

十津川は、亀井には行先をいい、向こうへ着いたら電話するといっておいて、羽田へ急いだ。

徳島まで、JASに乗る。徳島空港に着いたのは、一一時〇五分である。空港の案内所で、手帳に書いて来た住所を見せると、徳島線の穴吹で降りたらいいと教えてくれた。

十津川は、空港からバスでJR徳島駅まで行き、駅構内の食堂で昼食をすませたあと、一三時四九分発の列車に乗った。二両編成の、気動車である。

細かい雨が降っていた。走り出すと、左手に眉山がかすんで見えた。

（眉山の麓のホテルでも、一人殺されていたんだ）

と思いながら、十津川はしばらく眉山に眼をやっていた。

すぐ、次の佐古駅に着く。そこで高徳線と分れ、列車は四国山地を左に見ながら阿波池田に向かう。

車両は、すいていた。梅雨が明けないと、観光客は来ないのだろうか。

前に四国へ来た時は、土讃線を走り、大歩危、小歩危といった険しい景観を楽しんだのだが、この徳島線にはそうした奇観はなかった。なだらかな平野部を走る。野菜畠が広がり、列車の走り方ものんびりしている。

阿波川島を過ぎてから、国道１９２号線は、左から右手に廻り、その向こうには吉野川がゆっくりと流れている筈だった。

受験で有名になった学駅を通り、穴吹駅に着いたのは、一四時五二分である。

ホームに降りると、山肌が間近に迫っていた。

駅前から、脇町へ行くバスが出ている。十津川は、それに乗った。バスは吉野川にかかる橋を渡り、十分ほどで脇町に着く。

町は、吉野川の支流である大谷川をまたぐようにして、広がっていた。

この町は、白壁の町として有名らしいが、そうした古い建物の中に、ショッピングセンターの大きなビルが混っていて、四国の中央部の町にも、現代化の波が押し寄せていることを感じさせた。

雨は、いぜんとして降り続いている。が、細かい雨だし、気温が高いので、濡れても苦にならなかった。

大谷川の川岸にある町役場に行き、十津川は、手帳の住所を見せ、この家が今どうなっているかきいてみた。

「藤岡正司さんのところですか」

と、戸籍係の若い男は、帳簿を調べていたが、

「どなたも住んでいませんね。今は、東京に住んでおられる筈ですよ」

「東京に移ったのは三年前だと思うんですが、なぜ急に、東京に引越したんですかね？」

と、十津川は、きいた。

若い職員は、わからないという眼をしてから、奥にいる五十歳くらいの係長に、ききに行った。

係長は、十津川のほうを見てから、立ってカウンターのところまでやって来た。

「藤岡さんのところは、三年前に、焼けたんですよ」

と、係長は、十津川にいった。

「焼けた？」

「ええ、三年前の夏です。ちょうど、阿波おどりの時でしたね」

「焼けたら建て直せばいいのに、なぜ東京へ引越してしまったんでしょう？」

「なぜ、そのことをおききになるんですか？」

と、係長が、きく。

十津川は仕方なく、警察手帳を相手に見せた。係長は、びっくりした顔になって、

「やはり、あの火事に疑問を持たれたんですか？」

「まあ、そんなところです」

と、十津川は、嘘をついた。

係長は、十津川に、自分の傍の椅子をすすめてから、

「実は、私は、藤岡さんと幼なじみでしてね。あの家にも遊びに行ったことがあるんです。藤岡さんのところは、昔は旅館でした。十人ぐらいしか泊れない小さな旅館でしたがね。それが、一人息子さんは東京へ出てしまうし、奥さんが亡くなって、三年前には旅館をやめていました。藤岡さんは、もともと文学青年でしたから、何か文化的な仕事がやりたいといっていましたね」

「火事の様子は、どうだったんですか？」

「それが、ひどい話でしてね。あの時、東京に出ていた一人息子さんが、結婚したばかりの奥さんを連れて帰っていたんです。今もいったように、阿波おどりの時でしたから、息

子さんは奥さんに、見せたかったんじゃありませんかね」

「藤岡さんは、喜んだでしょうね？」

「そりゃあねえ。あの時、藤岡さんに会ったらニコニコして、おれは間もなくおじいさんになるんだと、いっていましたからねえ」

「じゃあ、息子さんの奥さんは、妊娠していたんですか？」

「確か、三ケ月だったんじゃないですかね」

「それで、火事のほうは？」

「八月十三日でしたね。夕方、藤岡さんは、吉野川に鮎を釣りに行っていたんです。その間に火事になりましてね。猛烈な火災で、二階にいた一人息子さんと奥さんは、焼死してしまったんです」

「ちょっと待って下さい。二階にいて焼死というのがわからないんですが、火事は一階で起きたんですか？」

「ええ。消防の調べでは、そうです」

「じゃあ、一階に、誰かいたんですか？」

「そうなんですよ」

「誰がいたんです？　旅館はもう、やっていなかったんでしょう？」

「あとでわかったことなんですが、拝み倒され、一日だけということで、泊めていたらしいんです。何しろ、阿波おどりの最中で、徳島市内のホテル、旅館はどこも満員だし、この脇町の旅館も満員でした。それで、困った旅行客が頼み込んだんでしょう。昔、旅館でしたから、外から見るとまだ旅館をやっているように見えたんじゃありませんかね」

「その泊り客の人数や、どこの人間かはわかっているんですか？」

と、十津川は、きいた。

「男二人に女二人の四人で、東京ナンバーの車に乗っていました」

「それは、藤岡さんが、話したんですね？」

「いや。なぜか藤岡さんは、消防と警察にきかれても、何もいわなかったようですね。よく知っている筈なのにね。道路の向かいの雑貨屋の主人が、覚えていたんです。藤岡さんの家の前に、東京ナンバーの車がとまっていて、一階で四人が騒いでいるのを見ているんですよ。雑貨屋の主人は、危ないなと思ったそうです」

「なぜですか？」

「一階の台所から煙が出ているので、のぞいたら、肉を焼いていたというんです。それも、バーベキューみたいな恰好で。脂が燃えてるし、煙が出ているので、注意したら、パンツ一枚の恰好の若い男に、逆に怒鳴りつけられたそうです。その直後に、火事になったんです」

「そして、二階にいた若夫婦が、焼死した」

「ええ」

「四人の男女は、どうなったんですか？」

「いつの間にか、車ごと消えてしまっていたそうです」

「藤岡さんは、なぜ、警察にその四人のことを話さなかったんですかね？」

と、十津川は、きいた。

係長は、小さな溜息をついた。

「なぜなんですかねえ。いい人だが、ちょっと変わったところもありましたからね。とにかく、藤岡さんは、突然、東京へ行ってしまったんですよ。銀行預金を、全部おろしてね」

「預金を？」

「ええ。銀行の人が、そういってましたよ」

と、係長は、いった。

そして、東京で、あの本屋を始めたのか。

十津川は、脇町の警察署に廻って、三年前の火事について、きいてみた。

答えてくれたのは、高橋という中年の警官だったが、緊張した顔で、

「正直いって、あの時は困りました。肝心の藤岡さんが、全く非協力的でしたからね」

「なぜでしょうかね？」

「わかりません。われわれは、あの日泊っていた男女の名前や、住所を知りたいのに、藤岡さんは知らないの一点張りでしてね。まあ、息子さん夫婦を突然失ってしまって、呆然としているんだと思い、強くきけなかったんです。そうしている間に、藤岡さんは、突然、東京に行ってしまいましてね。そのままになってしまったんですが」

「四人については、何もわからずですか？」

「残念ながら、わかりません」

「彼らは、阿波おどりを楽しみに来たんでしょうね」

「そうでしょう。彼らが火事を起こしたのは八月十三日ですからね。十二日から十五日まででが、徳島の阿波おどりです」

「すると、脇町を見に来たんじゃなくて、徳島の阿波おどりを見に来て、市内のホテル、旅館が満員なので、脇町まで探しに来たということじゃありませんかね？」

「そうでしょうね」

「そうすると、他の場所でも泊る場所を探していた筈ですね？」

「はあ」

「車で来たとすると、徳島から国道１９２号線を来たことになりますね」

「そうですね」

「その途中で、何軒か、泊れるかどうか、きいているんじゃないかな」

と、十津川がいうと、高橋は眼を輝かせて、

「それを調べてみましょう。三年前の事件ですが、ずっと気になっていたんです。さっそく調べて、わかったらお知らせしますよ」

と、いった。

7

翌日までに、高橋は、国道１９２号線沿いに、徳島まで調べてくれ、その結果を、脇町の旅館に泊った十津川に、教えてくれた。

「ホテル、旅館、それに民宿まで調べましたが、手応えはありませんでした」

「駄目でしたか」

「何しろ、三年前のことですし、あの時は他にも、泊れるかどうか問い合せて来る旅行客は、一杯いたらしいんです。車で来るのも多かったですからね。ただ鴨島近くのガソリンスタンドの人間が、覚えていてくれました」

「本当ですか？」

「ええ。助かりましたよ」

「なぜ、覚えていたんですか？　三年前のことなのに」

「実は、連中が逃げる途中に、そのガソリンスタンドに寄ったからなんですよ。十三日の午後七時頃だといいますから、時間的に合っています」

「しかし、それだけで、スタンドの人間は覚えていたんですか？」

「給油中に、女二人は車に残っていましたが、男二人は外に出て、何かこそこそ話をしていた。それが聞こえたというんです。切れ切れだったが、脇町の旅館が燃えたとか、警察がどうとかいっていた。それで、気になったというわけです。ひょっとして、何か事件に関係してるんじゃないかと思って、四人の顔をよく見ていたそうです。そしたら、九時のテレビニュースで、脇町の藤岡さんのところが燃えて、若夫婦が焼死したというので、これかと思ったといっていました」

「車のナンバーは、覚えていませんでしたか？」

「それが、ナンバープレートにわざと泥をこすりつけて、見えないようにしてあったそうで、東京の車としかわからなかったといっています。ただ、四人の中の女性の一人の名前は、教えてくれました」

「なぜ、その女の名前がわかったんだろう？」

「ガソリン代を支払う段になって、その女性が、お世話になったから私が、といってカードを出したそうなんです。Ｎ信販のカードで、そのカードにあった名前が、五十嵐杏子で、カードのナンバーは、５２７９―４３２２―４２８２―９×××です。これはスタンドの人間が、メモしておいてくれました。というより、メモしたまま、忘れていたんですね」

と、いって、高橋は初めてちょっと笑った。

五十嵐杏子は、六月十五日に、眉山近くのホテルで殺された女ではないか。

とすると、御所温泉近くの岩場から突き落されて死んだ岩崎伸は、四人の中の一人の筈だと、十津川は思った。残るのは、男一人と、女一人になる。

藤岡は、その二人の住所と名前も、見つけ出したのではあるまいか。

彼は多分、三年間の東京生活の間、四人を見つけ出すことに努めたに違いない。

（しかし、岩崎伸と五十嵐杏子の二人が、問題の四人の中にいたのなら、なぜ今年、徳島に出かけたのだろうか？）

と、十津川は、思う。

まさか、殺されるために、徳島へ行ったとは思えない。とすると、何のためなのか？

（藤岡に会わなければならない）

と、十津川は、思った。

その日の中に、十津川は、徳島から東京行の飛行機に乗った。

羽田に着くと、亀井に帰京したことを電話しておいてから、警視庁には向かわず、青蛾書房に向かった。

だが、店の前に行ってみると、戸が閉っていた。臨時休業の札もない。

戸を叩いてみたが、返事はなかった。耳をすませたが、猫の鳴き声も聞こえない。

（まさか、死んでいるんじゃないだろうが）

と、不安になったが、まさか戸を蹴破って、家の中を調べるわけにもいかなかった。

仕方なく家に帰ると、家の中から、やたらに猫の鳴き声が聞こえてきた。

ミーのぴいぴいいう鳴き声とは違うと思いながら、中に入ると、妻の直子が、

「お帰りなさい」

と、いってから、

「藤岡さんという人、知ってます？」

「ああ。駅近くの本屋さんだよ。時々、寄って話をするんだが、藤岡さんが来たのか？」

「ええ。あの猫を置いて行ったわ」

と、直子は、いう。

奥で、あの居候が、ミーと睨み合っていた。なぜか、子猫のミーの方が威勢よく、居候のほうはしきりに鳴き声をあげている。

「藤岡さんは、いつ、来たんだ？」

と、十津川は、二匹の猫を見ながら、直子にきいた。

「今日の昼過ぎだったかしら。突然、見えて、十津川さんと親しくしている者ですが、一週間ほど旅行するので、この猫を預かって下さい。十津川さんは、承知してくれています

というのよ。嘘のつけそうもない人なので、預かっておいたんだけど、いけなかったかしら？」

「いいさ。私だって、預かったと思うからね」

「それから、お預けするのでエサ代を置いていきますといって、封筒を置いていったの。あとで調べたら、百万円入っていたわ。一週間のエサ代にしては、多過ぎると思うんだけど」

と、直子が、いった。

「百万円もか」

と、十津川は、呟いてから、

「一週間というのは嘘で、もう私たちの前には現われないかも知れないね」

「じゃあ、一週間というのは嘘なの？」

「多分ね」

と、十津川は、呟いた。

「よくわからないんだけど、藤岡さんという人は、どういう人なの？」

直子が、真剣な表情で、きいた。

十津川は、ちょっと迷ってから、四国の事件のことから、直子に話して聞かせた。

直子は、黙って聞いていたが、

「じゃあ、今までに四国で殺された二人の人を、藤岡さんという人が殺したと思っているの？」

と、きいた。

「そう考えたくないんだがね」

「でも、焼死した新婚の息子さん夫婦の仇（かたき）を討っているに違いないと、思っているわけでしょう」

「そうだよ」

と、十津川は、肯いた。

「可哀（かわい）そうね」

「何が？」

「新婚で亡くなった息子さん夫婦も、藤岡さんも、殺された二人の方も」

と、直子は、いった。

「そうかも知れないが、あと二人いるんだよ。藤岡さんは、その二人も殺す気でいるんだと思うんだ」

「どこに住んでいる人かもわからないの？」

「わかっていれば、何とかなるんだが」

十津川は、小さく溜息をついた。

「藤岡さんは、知っているのかしら？」

「恐らく、知っていると思うよ」

「じゃあ、明日にでも、残りの二人を殺すかも知れないのね？」

「いや、それはないと思う」

と、十津川は、いった。

「なぜ？」

「もし、明日にでも殺せるんなら、わざわざ、猫を私に預けるようなことはしないだろう。今までどおり、店は臨時休業の札を下げておいて、殺しに行ってくればいいんだ。そして、何気ない顔をしていれば、すむことだ」

と、十津川は、いった。

「じゃあ、何があると思うの？」

と、直子が、きいた。

「わからない。わかっていれば、行動に出られるんだがね。ただ、今もいったように、藤岡さんはすぐには残りの二人を殺すことが出来ない状況なんだと思うよ。何日か、或いはもっと後でなければ、殺すことが出来ない、だが、その間、じっと青蛾書房という本屋を続けているわけにはいかない。だから、彼は店を閉め、私たちに猫を預けて、姿を消してしまったんだよ」

十津川がいうと、直子は、わからないという顔で、

「なぜ、あの人は、そんなことをしたのかしら？　あなたが疑い始めたのを知って、姿を消したということ？」

と、きいた。

「いや、もっと前から、私はそれらしいことを匂（にお）わせていたよ」

「じゃあ、何なの？」

「これは私の勝手な、甘い推理かも知れないんだがね。私が彼に好意を感じていたように、彼も私に、好意を持っていたんじゃないか。だから、私とずっと接していると、最後の二人を殺せなくなってしまうのではないか。それが怖くて、姿を消したんじゃないかと、私は思うんだよ」

と、十津川は、いった。

「そうかも知れないわ」

と、直子は、肯いて、

「だから私たちに、大好きな猫を預けて、いなくなったのかも知れないわね」

「そうだな」

「何だか、寂しそうね」

「あの店の前を通っても、藤岡さんに会えないと思うとね。しかし、いいこともある。彼

の顔を見なければ、感傷を交えずに、事件のことを調べられるからね」

と、十津川は、いった。

8

十津川は、翌日から、徳島県警と連絡をとり、最後の二人探しに全力を傾注することにした。

県警からは、例のガソリンスタンドの人間の証言として、四人が乗っていた車が、ブルーのニッサン・シーマらしいと、いってきた。ガソリンスタンドの従業員なら、車は詳しいだろうから、この証言には信頼がおけるだろう。

しかし、シーマは、ベストセラーの車である。東京ナンバーのシーマを、全て洗い出すということは、至難の業だった。

十津川はむしろ、徳島で殺された岩崎伸と五十嵐杏子の線から、残りの二人の名前がわかることに、期待をかけた。

五十嵐杏子については、静岡県警にも協力して貰った。

この二人の友人、知人の中に、残りの二人がいるという予測だった。

しかし、二日、三日とたっても、いっこうに出て来ないのである。何人か、それらしい人物は浮かびあがるのだが、いずれも、三年前、阿波おどりの季節に、徳島には行っていないことがわかってくるのだ。

幸い、恐れている殺人事件は起きないが、十津川は次第に焦燥にかられていった。

「青蛾書房を調べてみよう」

と、十津川は、亀井にいった。

「不法侵入になりませんか？」

と、亀井が、いう。

「なるだろうが、私は何とか、次の殺人事件を防ぎたいんだよ」

と、十津川は、いった。

二人は青蛾書房に行き、店の戸をこじ開けて、中に入った。

何日ぶりかに見る本棚は、本の匂いがして、妙になつかしかった。

店の奥に、三畳ほどの畳の部屋がある。

「ここにあがって、よくお茶をご馳走（ちそう）になったよ。いろんな話をしてね」

と、十津川は、狭い部屋を見廻した。勝手口は、よくシャム猫の居候が、出入りしていた。

二人は、二階にあがった。

「二階には、あがったことがないんだ」

と、いいながら、十津川は階段をあがって行った。

二階は、六畳、四畳半、それに三畳という作りになっている。どの部屋も、きれいに掃除されていた。それに、調度品らしきものは、何もなかった。

ただ、六畳には、大きく豪華な仏壇が、置かれていた。二階で、それだけが、やけに目立った。

仏壇には、四つの位牌（いはい）が、かざられていた。

そこに置かれてある戒名と没年を、一つずつ、十津川は読んでいった。

一つは、十年前に亡くなった藤岡の妻のものだろう。あとの三つは、全て没年が、三年前の八月十三日になっている。二つは、一人息子とその新妻のものだろう。二十七歳と、二十三歳である。そして、一番小さな位牌は、妊娠三ケ月で死んでしまった孫のものに違いない。男の戒名になっているのは、藤岡が、男の子が生れるに違いないと、信じていたからか。

十津川が線香をあげていると、押入れを調べていた亀井が、アルバムを見つけた。

小さなアルバムで、中は、若い二人の写真ばかりだった。

藤岡が、きっと、東京の息子のマンションに行き、持って来たものだろう。

藤岡によく似た青年の笑顔が、そこにあった。それに、可愛らしい顔の娘がいる。

「恋人同士そのものといった写真ばかりですね」

と、亀井が、微笑した。

「その恋が、突然、終わったのさ」

「三枚、剝がされていますよ」

と、亀井が、いう。

「その三枚は、藤岡が持って行ったんだと思うよ」

と、十津川が、いった。その顔が、厳しくなっている。藤岡は今、何処にいるかわからないが、その三枚の写真を見ては、復讐の念を燃やしているのではないかと、思うからだった。

二人はなおも、部屋を探して廻った。何とか、藤岡の行先を知りたかったからである。それがわからなければ、次に殺される二人の名前と住所を知りたかった。

だが、何も見つからない。

「仕方がない。帰ろう」

と、十津川がいうと、亀井はアルバムを抱えて立ちあがったが、

「私も、お線香をあげていきますよ」

と、いって、仏壇の前に座り直した。

二人は、外に出た。

「藤岡の覚悟のほどが、わかっただけだったね」

と、十津川は、パトカーに戻りながら、亀井にいった。

「岩崎伸と五十嵐杏子の線から、残りの二人が浮かんで来ないのは、なぜなんですかね？」

と、亀井が、きく。

「多分、向こうで知り合ったからだろう。岩崎伸と五十嵐杏子はシーマを持っていなかったから、残りの二人のどちらかが、その車を持っていたんだ」

「その二人は、カップルかも知れませんね」

「夫婦か、恋人同士かということかい？」

と、十津川は、きく。

十津川と、亀井は、車に乗り込んだが、すぐには車を出さず、フロントガラス越しに青蛾書房を見つめた。

電気が消え、主のいない書店は、十津川には、抜け殻のように見えた。

三年前、藤岡は上京し、ここに小さな書店を構えた。客の眼には、本好きで、いつもニコニコしている優しそうな本屋のオヤジに見えていたろう。十津川にも、最初は、そう見えていたのだ。だが、三年間、藤岡はずっと、復讐の炎を燃やし続けていたに違いないのである。

「恐らく、夫婦だと思いますね」

と、亀井が、いった。

「なぜ、そう思うんだ？」

「徳島の脇町で、親切心で泊めてくれた家を燃やし、その上、新婚夫婦を焼死させてしまったわけです。たいていの人間は、自責の念で、参ってしまう筈です。もし、最後の二人がバラバラだったら、どちらかが事件のことを他人に洩らすか、家人に付き添われて出頭して来たと思うのです。他の二人が次々に殺されたあとは、恐怖に襲われて、警察に出頭して来たと思いますね。ところが、それがなかったのは、最後の二人の間のきずなが強くて、お互いに励まし合って、恐怖や不安と戦っているんだと思います」

「同感だな。確かに、夫婦、それも、まだ愛が冷えていない若夫婦の感じが強いね」

と、十津川も、いった。

そうだとすると、自責や恐怖で、出頭して来る可能性は、うすいと見なければならない。シーマの洗い出しのほうも、うまくいかなかった。やはり、数が多すぎるのだ。

藤岡も、何処へ消えてしまったのか、消息がつかめない。

彼が、ひょっとして、自宅のあった脇町に現われるのではないかということで、徳島県警は見張りをつけたし、十津川も青蛾書房に監視をつけた。

だが、どちらにも、藤岡は現われなかった。

いたずらに、日数だけが、過ぎていった。

その間、進行したことといえば、十津川の家のミーと、藤岡の置いていった居候が、いつの間にか仲良くなり、居候のふところにもぐり込んでミーが眠るようになったことだけだった。

「仲良くなったわよ」

と、妻の直子は、はしゃいでいる。ミーが大きくなれば、居候との間に子供が生れるのだろうか。

いつの間にか梅雨が明けて、からっとした真夏の太陽が、連日顔を出すようになった。

相変わらず、藤岡の行方はわからず、最後の二人の身元もわからなかった。

そして、八月になった。

十津川には、八月に、一つの期待があった。

八月十三日から十五日まで、徳島で行なわれる阿波おどりのことだった。三年前、同じ阿波おどりの最中に、あの悲劇が起きているからである。

十津川は、徳島県警に、前もって自分の意見を伝えた。

そして、八月十一日に、十津川自身、亀井を連れて徳島に渡った。徳島市内の県警本部に行き、改めて自分の意見を伝えた。

「明日の十二日から、十五日までの阿波おどりの期間中に、藤岡は必ず、最後の二人を殺そうとする筈です。そのために今まで、待っていたに違いありません」

と、十津川は、本部長や、こちらで捜査の指揮をとる三崎(みさき)警部に向かっていった。

「それは、何か根拠があってのことですか？」

と、三崎警部が、かたい表情できく。

「ありません」

と、十津川がいうと、三崎は険しい表情になって、

「根拠がないんですか？」

「ありませんが、藤岡の息子夫婦が亡くなって、ちょうど三年です。三年目の阿波おどりです。その時に、最後の決着をつけたいと思うのは、自然ですからね」

「それだけですか？」

「それで、十分です」

と、十津川は、いった。

「しかし、十津川さん。阿波おどりといっても、十二日から十五日まで四日間あるんですよ。その何日目に、何処で殺すかもわからないわけでしょう？」

と、三崎は、いう。

十津川は、次第に腹が立って来た。

「そこまでわかっていたら、私一人で次の殺人を防げますよ」

と、強い調子で、いってしまった。

本部長が、当惑した顔で、

「われわれの間でケンカをしても、仕方がない。とにかく、すでに二人の人間が殺されているんだよ。何とかして犯人を捕まえなければ、警察の信用がなくなるんだ。詰らないいい合いは止めようじゃないか」

と、いった。

「わかりました」

と、三崎は、いった。が、警視庁がやって来て、こちらの捜査を引っかき廻さないでくれという気持ちが、その表情に残っていた。

お互いに、連絡を取り合うことだけを約束して、十津川は、亀井と、予約しておいた眉山近くのホテルにチェック・インした。

「藤岡は、本当に、来るんでしょうか?」

と、亀井も、不安気にきく。

「多分、もう徳島に来ていると思うよ」

と、十津川は、いった。

「残りの二人の男女もですか?」

「ああ。来ているね」

と、十津川は、いった。

「その二人は、なぜ、徳島へ来るんでしょうか？　危険だとは、思わないんでしょうか？」

と、亀井が、きいた。

「もちろん、危険は知ってるさ。岩崎伸と五十嵐杏子が殺されているんだからね。それにも拘らず、二人が来るとすれば、彼らが来なければならない地位とか、仕事についているということだと思うんだな、藤岡もそれを知っていて、やって来る」

「どんな地位とか仕事でしょうか？」

「断定は出来ないが、例えば、東京で阿波おどりの会に入っていて、必ず行くことになっているとか、最近の仕事が、阿波おどりに関係していて、どうしても実際の阿波おどりを見なければならないといったことだね」

と、十津川は、いった。

耳をすませると、明日からの阿波おどりに備えて、練習している三味線や掛け声が、聞こえてくる。

阿波おどりには、連と呼ばれるグループがいくつもある。どこかの連が、このホテルの近くで練習しているのだろう。

急に、電話が鳴った。

十津川が受話器を取ると、交換手が、東京からですといい、妻の直子の声に代わった。

「ついさっき、藤岡さんから電話があったわ」

と、直子が、いう。

「本当か？」

思わず、声が大きくなった。

「藤岡ですといったし、声も覚えてるわ」

「それで、彼は、何だって？」

「猫は、元気にしてますかって」

「ふーん」

「元気だから、安心して下さいっていって、今、何処にいるんですかってきいたら、電話を切っちゃったわ」

「答えずにか」

「でも、だいたいの想像はついたわ。小さくだけど、三味線と、えらいやっちゃという男の人の掛け声が、聞こえたわ。だから、徳島から、かけてたんだわ」

「阿波おどりの練習だ」

「今も、聞こえてるわね」

「このホテルの近くで、練習してるんだ」

と、十津川は、いった。

十津川が電話を切ると、亀井が緊張した顔で、

「藤岡は、やはりもう来てるんですか？」

「ああ、来ている、彼の泊っているホテルか、旅館の近くで、阿波おどりの練習をしているらしい」

「まさか、このホテルじゃないでしょうね？」

「市内の何処にでも、何とか連が練習してるんだろう」

と、十津川は、いった。

「いつ、藤岡は、殺すんでしょうか？」

「多分、十三日」

と、十津川は、いった。

9

十津川は、電話で、三崎警部に、藤岡がすでに徳島に来ていることを、告げた。

「だから問題の二人も来ていると思いますよ」

と、十津川は、いっておいた。

翌日の夜になると、市内の全ての場所が、イベント会場になった。

踊る人が五万人、それを見に集る観客が百万人を超えるといわれる。

演舞場の両側には桟敷が造られ、その間を、各種の連が業を競う。

その他、いろいろな場所で、踊りが繰り広げられる。

何処の路地でも、編笠姿の女たちと、ゆかたの尻をからげ、手拭のねじり鉢巻姿の男たちが、踊っている。彼らは踊りながら移動して、広場や演舞場に、繰り出して行くのだ。

十津川と亀井も、ホテルを出たが、

「これでは、何処へ行ったらいいのか、わかりませんね」

と、亀井が、悲鳴をあげた。それに、みんな同じような恰好をしているので、藤岡を探すのも難しい。

結局、疲れて、二人はホテルへ戻ったのだが、この日は何事も起きなかった。

翌十三日も、朝から快晴で、猛烈な暑さだった。台風が南方洋上で発生したと、テレビは告げていたが、阿波おどりの終わる十五日まで来そうもない。

十津川は、今日こそと思い、亀井と腹ごしらえをしてから、陽が落ちると、ホテルを出た。

昨夜と同じように、いくつもの連が、踊り狂いながら、ねり歩いて来る。

公園で、自分たちだけで、踊っているグループもいる。

「何処へ行きますか？」

と、亀井が、きく。

「一番、人の集る演舞場へ行ってみよう」

「そこへ、藤岡たちも来ると思いますか？」

「わからないが、例の二人がもし仕事で来ているとしたら、一番賑やかな場所へ行くんじゃないかと思ってね」

「じゃあ、行きましょう」

と、亀井が、いった。

だが、肝心の演舞場の周囲は、人々の波で、なかなか近づけない。

午後七時と九時の二回に、各連が集って来る。演舞場に通じる道路は、彼らに占領されてしまっている。踊り狂いながら、道路を移動し、観客の待つ演舞場に集って来るのだ。

いろいろな連がある。地区の名前をつけた連もあれば、外国人だけの連もある。次から次へと通り過ぎて行くのを、十津川と亀井は、必死で見つめた。

だが、見つからない。何処もかしこも人、人なのだ。この中から藤岡を見つけ出すのは、至難の業だった。

疲れだけが、たまっていく。時間はどんどん経過していき、人いきれと喧噪（けんそう）が、少しずつ消えていく。

踊りつかれた人々は家に帰り始め、観光客はホテル、旅館に帰って行くのだ。

人影がまばらになったが、十津川と亀井は、ホテルには戻らず、歩き続けた。

その時、背後から、けたたましいサイレンの音をひびかせて、パトカーが近づいて来た。

「十津川さん！」

と、呼ばれて振り向くと、パトカーの中から、三崎警部が怒鳴っていた。

二人は駆け寄り、そのパトカーに乗せて貰った。

「Sホテル近くで、死体発見の知らせが入ったんです！」

と、サイレンの音に負けまいと、三崎が大声を出す。

「Sホテルなら、私たちが泊っているホテルですよ」

と、十津川が、いう。

「そして、五十嵐杏子が殺されたホテルです」

「だから私たちも、そのホテルを選んだんですがね」

と、十津川がいっている間に、パトカーは現場に到着した。

Sホテル近くのうす暗い路地に、十津川たちは歩いて入って行った。

制服の警官が、懐中電灯で、手招きする。そこに、ゆかた姿の男が、俯せに倒れていた。傍にカメラが転がっている。それも、二台。
三十二、三歳の男に見える。
三崎が、刑事に指図して、男を仰向けにした。

他の車からおりて来た検死官が、慎重に診ていたが、三崎に向かって、

「死後十五、六分だろうね。死因は、後頭部の傷だ。スパナかハンマーか、鈍器で、少くとも、三回は殴られている」

と、いった。

「ゆかたのマークは、Ｎホテルのものです」

と、刑事の一人が、いった。

「Ｎホテル？」

「そうです。阿波おどりの期間、ホテルでゆかたを貸すんです」

と、その刑事は、いった。

Ｎホテルは、十津川たちの泊っているＳホテルの隣にある。

刑事たちは、すぐ、Ｎホテルに急行した。

フロントで、死んだ男の人相をいうと、

「それなら、東京からいらっしゃった北原ご夫妻だと思います」

と、いい、宿泊者カードを見せてくれた。

そこには、北原整、あき子と、書かれてあった。

「このあき子さんは、何処にいます？」

と、三崎が、きいた。

「ご一緒に、午後八時過ぎに、出かけられました。ご主人が、雑誌の取材で、阿波おどりの取材に来たんだといわれ、カメラを持って、お出かけになったんです」

と、フロント係は、いった。

「いつ、チェック・インしたんですか?」

「十日から、来ていらっしゃいます。ああ、奥さんの方は、テープレコーダーを持って、出かけられましたよ。阿波おどりの音をとりたいとおっしゃって――」

「じゃあ、夫婦で、阿波おどりの取材に来たんですか?」

「そうみたいですね。ご主人は、カメラマンだということでしたよ」

と、フロント係は、いった。

「徳島には、車で来たんですか? それとも飛行機で?」

と、十津川が、きいた。

「車です。地下駐車場に、おいてあります」

と、フロント係はいい、十津川たちを駐車場へ案内した。

だが、フロント係は、急に、

「おかしいな。ありませんね。取材には歩いて行くと、いわれたんですがね」

「車は、ニッサン・シーマですか?」

「いえ、同じニッサンですが、白のスカイラインです」

と、フロント係はいい、車のナンバーを、教えてくれた。

だが、この北原夫妻が、果たして、問題の二人かどうかは、不明だった。二人の部屋を調べたが、それでも断定できるものは見つからなかった。

「とにかく、藤岡を指名手配しましょう」

と、三崎が十津川に、いった。

「そうして下さい」

「十津川さんは、どうされますか？」

「パトカーを一台、貸してくれませんか」

と、十津川は、いった。

「どうするんですか？」

「北原あき子のほうが、行方不明になっています。彼女を探したい」

「しかし、何処にいるか、わからんでしょう。もう、死んでいるかも知れんし――」

と、三崎が、いった。

「そのとおりですが、何とかやってみます」

「運転手はつけますか？」

「いや、車だけで、結構です」

と、十津川は、いった。

10

十津川が、ハンドルを握った。

助手席の亀井に、四国の地図を渡して、

「脇町へ行く道を、見つけてくれ」

と、いった。

「脇町というと、藤岡の家があったところですね？」

「そうだ。藤岡が、北原の奥さんをスカイラインに乗せたとすれば、行先は、多分、脇町だ。そこで、最後の幕を下ろす気だと思うね。私が藤岡だったら、そうするね」

と、十津川は、いった。

亀井が道順を調べ、十津川はパトカーをスタートさせた。

つわものどもの夢の跡といった感じの真夜中の町を通り抜け、国道１９２号線に入った。

あとは、西へ向かって、突っ走るだけだ。

「パトカーが一台、ついて来ますよ」

と、亀井が、バックミラーに眼をやって、いった。

「そうか」

「勝手に行かせたが、私たちが藤岡を捕まえてしまうんじゃないかと、心配になって、三崎警部が、尾行させてるんでしょう」

と、亀井が、皮肉ないい方をした。

「それなら、藤岡を、ぜひ、捕まえたいね。これが、夫婦ゲンカか何かで、奥さんが旦那を殺して車で逃げたんだったりしたら、みっともないからね」

と、十津川は、いった。

「そんなことはないと、思いますが——」

「祈ってくれよ。カメさん」

と、十津川は、半ば本気でいって、笑った。

国道１９２号線は、徳島線の線路と吉野川にはさまれた感じで、延びている。

「脇町へ向かって曲る地点に来たら、教えてくれよ」

と、十津川は、大声でいった。

亀井の合図で、右へ折れる。ライトの中に、見覚えのある脇町の建物が見えてきた。

あとは、楽だった。藤岡の家があった場所に着いた。が、白いスカイラインも、藤岡の姿もなかった。

（間違えたか？）

と、十津川は、一瞬、不安に襲われた。

妻のあき子が夫を殺したのなら、今頃車で、反対方向へ逃げているだろう。

「どうしますか？」

と、亀井も、ややあわてた声を出した。

「探してみよう」

と、十津川は、いった。

再び、車をスタートさせ、脇町の中を走り廻ることにした。

もう一台のパトカーがついて来ないところをみると、向こうは、十津川が失敗したと思ったのだろう。

スカイラインも、藤岡も、なかなか見つからない。

「あれ！」

と、ふいに、亀井が大声で前方を指さした。

川岸に、白い車が、止まっているのが見えた。

スカイラインだった。こちらのライトに映るプレートには、東京のナンバーが記入されている。

だが、その近くに、人影はない。

十津川は、車を止めると、外へ出て、亀井と二人、そっとスカイラインに近寄って行った。

その時、急に、スカイラインの運転席から、小柄な人影が出て来た。

その人間は、スカイラインの後ろに廻り、車を押し始めた。

スカイラインは、ずるずると、川に向かって動き出した。

運転席に、ぼんやり人影が見える。その人間ごと、川に車を沈める気なのだ。

「止めなさい！ 止めるんだ！」

と、十津川は、叫んだ。

スカイラインを押していた人間の手が、止まった。

「藤岡さん、止めるんだ！」

と、十津川はもう一度、叫んだ。

相手は、また、車を押そうとする。十津川は、飛びつき、相手をはね飛ばした。

その間に、亀井が、運転席のドアを開け、そこに座っていた女を、引きずり出した。女は気絶していて、ぐんにゃりとなっている。

十津川は、倒れた男を引っ張って、起こした。

やはり、藤岡だった。

「女は、息があります！」

と、亀井が、大声で怒鳴っている。

「藤岡さん、もう、止めなさい」

と、十津川は藤岡に向かって、声をかけた。

ぼんやりしたうす明かりの下で、藤岡の顔がゆがむのが見えた。

「カメさん。無線で救急車を呼ぶんだ」

と、十津川は亀井にいってから、藤岡に向かって、

「いろいろと調べて、藤岡さんがなぜ復讐する気になったのか、わかりましたよ」

「それなら、あの女も、殺させて下さい。それで、全てが、終わるんです」

藤岡は、かすれた声で、いった。

「私は、刑事ですよ。そんなことを、認める筈がないでしょう」

と、十津川は、腹立たしげにいった。

「そうだ。あなたは、刑事さんでしたね」

藤岡が、自嘲気味(じちょうぎみ)に、いった。

11

救急車で病院に運ばれ、気がついた北原あき子は、次のように証言した。

夫の北原はカメラマンで、八月になると、必ずといっていいほど、阿波おどりの取材を頼まれた。

三年前の八月十三日も、夫婦で車に乗り、阿波おどりの取材に来た。

だが、急にやって来たので、ホテル、旅館に部屋がとれなかった。そこで、徳島線沿いの国道192号線を車で走らせ、泊れる場所を探した。

その途中で、同じように泊る場所を探している男女に出会った。最初は、恋人同士か、夫婦者と思ったのだが、車に乗せてやってから聞くと、徳島へ来る途中で知り合った即成のカップルと、わかった。

脇町まで行って、やっと泊る場所が見つかった。

昔、旅館だったという家である。北原あき子は、夫と、夕食のあと、徳島市内へ車で戻り、阿波おどりの取材に行くつもりだった。

藤岡は、夕食に鮎をご馳走しましょうといって、吉野川に釣りに出かけた。

その留守に、四人は缶ビールを飲み、旅先の気軽さと腹がへったこととで、一階の台所で持っていたとうもろこしを焼いたり、冷蔵庫にあった肉を焼いたりし始めた。少しばかり酔っていたので、煙があがっても、止めずに続けた。

突然、炎が吹きあがった。

たちまち、カーテンやのれんに、燃え移った。そうなると、もう手がつけられない。四人は、車で、逃げ出した。

二階で藤岡の息子夫婦が焼死したのを知ったのは、車のラジオでだった。

もう、阿波おどりの取材どころではなかった。四人は、徳島から、逃げ出した。

その後、八月になると、また阿波おどりの取材を頼まれたが、あき子も夫の北原も、さすがに行く気になれず、断った。

そして、三年目の今年、また、頼まれた。もう断り切れなくなって、あき子たちは車で徳島に出かけた。

＊

「岩崎伸と五十嵐杏子が徳島で殺されたのは、知らなかったのかね？」

と、十津川が、きいた。

「知っていましたわ。でも、その前に、今年こそ阿波おどりの取材に行くと、雑誌社と約束してしまっていたので、行かざるを得ませんでしたわ。それに、岩崎さんと杏子さんを殺したのは誰か、知りたかったんですよ」

と、あき子は、答えた。

今夜は、阿波おどりの取材に夫と出かけ、十一時近くにホテルに戻って来た時、いきなり襲われた。夫は、後頭部を何度も殴られて、倒れてしまった。

あき子が、逃げようとすると、ナイフで脅され、ホテルの地下駐車場に連れて行かれ、車にのせられた。その時になって、初めて相手が藤岡だとわかったと、あき子はいった。

藤岡は、徳島県警で訊問を受けることになった。

彼は、全てを、すらすらと喋った。

十津川は、三崎警部のあとで訊問に当たったが、もう藤岡に聞くことはなくなっていた。

だから、取調室で藤岡に会うと、十津川は自然に微笑してしまった。

「あなたのシャム猫は、元気ですよ。うちのメス猫のミーと、仲良くしています」

と、十津川は、いった。

「一週間だけと、奥さんに嘘をついて、申しわけありません」

と、藤岡は、頭を下げた。

「いや、家内は喜んでいますよ。ちょうどオスのシャム猫が欲しかったところだといってね」

「私は、どうしても許せなくて、こんなことを仕出かしてしまいました」

藤岡は、十津川と亀井に、いった。

「もう終わったんですよ」

とだけ、十津川は、いった。

第6話　JR九州　神話の国の殺人

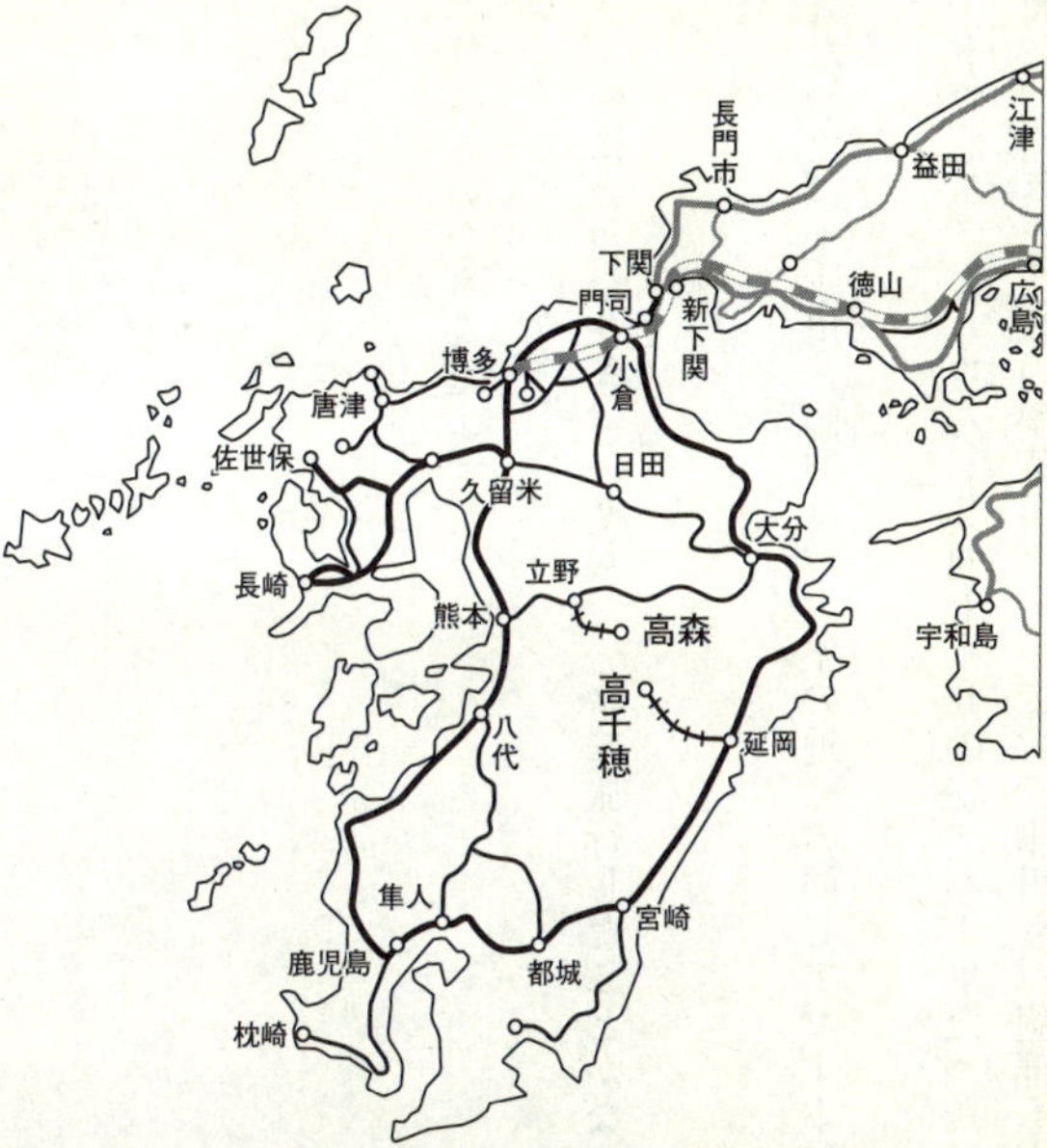

1

「まあ、何というか、カミさん孝行みたいなもんだよ」

と、岡部は、照れ臭そうに、いった。

「奥さんは、喜んでいるだろう？　前に会ったとき、一度も、一緒に旅行したことがないと、ぼやいていたからね」

十津川は、そういって、笑った。

岡部とは、大学時代からの友人だった。十津川と岡部は、大学の近くの同じアパートに住んでいた。

木造モルタルの四畳半のアパートである。もちろん、共同トイレの安アパートだった。

そのアパートから、大学までの間に、洒落た造りの喫茶店があって、十津川も、岡部も、時々、コーヒーを飲みに行った。

「ひろみ」という名前の店で、店の主人が、娘の名前を、そのまま店につけたのである。

小柄で、可憐な感じの娘で、彼女の顔を見るのも、その店へ行く楽しみの一つだった。

十津川も、他のクラスメートも、気付かなかったのだが、岡部と、彼女とは、当時から愛し合っていたらしく、卒業した翌年、突然、二人の名前の書かれた結婚式の招待状を貰って、十津川は、やられたなと、苦笑したものだった。

その後、岡部は、サラリーマン生活をやめて、自分で商売を始め、何度か失敗をしながら、今では、従業員が百人を超すスーパーのチェーン店の社長になっている。

十津川の同窓の仲間の中では、出世頭といえるかも知れない。

ただ、奥さんには、かなり、苦労をかけたらしかった。

商売が、うまくいかなかった頃は、金のことで、苦労をかけ、成功してからは、女のことでである。

十津川が、耳にしただけでも、銀座のホステスや、若い女性タレントなど、四、五人は、いたようだった。

「そろそろ、落ち着いて、奥さんを大事にしろよ」

と、十津川は、忠告したりもして来たのだが、それがきいたのかはわからないが、カミさんを連れて、一週間ばかり、九州を旅行してくると、いう。

「なんでも、カミさんは、学生時代に、ひとりで、九州を周遊したそうでね。それが、楽しかったといってるんだ。ハワイにでも行こうといったんだが、九州一周のほうが、楽しいというわけでね」

「いいじゃないか。奥さんにとって、九州が、青春の思い出なんだろう」

と、十津川は、いった。

「周遊券も、カミさんが買って来てね」

と、いって、岡部は、笑った。

岡部夫婦は、三月二十九日に、東京を出発して、九州に向かった。

十津川は、三月三十一日に、絵ハガキを貰った。

今、別府にいる。今日は、ここのKホテルに一泊し、ゆっくり温泉気分を味ってから、明日、日豊本線経由で、高千穂へ行くことにしている。前から、カミさんが二十年ぶりに、高千穂峡を見たいと、いっていたのでね。おれも子供に返って、神話の世界で、遊んでくるよ。

別府温泉の絵ハガキには、特徴のある小さな字で、そう書いてあった。

翌四月一日、十津川は、その絵ハガキを持って、警視庁に、出勤した。

十津川が、それを傍に置いて、九州の地図を見ていると、部下の亀井刑事が、のぞき込んで、

「別府温泉ですか」

「友だちが、奥さんを連れて、九州一周をしてるんだよ。奥さんを泣かせた罪滅ぼしにね」

「いいですねえ」

と、亀井は、ひとりで肯いてから、

「そういえば、カミさんと、ずいぶん長いこと、旅行に行っていませんね。たまには、温泉にでも行って、のんびりしたいと、よく、いわれるんですがね」

「私の家内も同じことを、いってるよ」

と、十津川が、笑ったとき、電話が、鳴った。

亀井が、受話器を取ってから、

「九州の高千穂警察署から、警部にです」

と、いった。

「高千穂？」

受話器を受け取りながら、十津川が、嫌な予感に襲われたのは、岡部のことを、考えていたところだったからである。今頃は、丁度、高千穂へ行っている筈なのだ。

（岡部が、どうかしたのだろうか？）

と、思いながら、

「十津川です」

「私は、高千穂署の原田といいますが、岡部功という男を、ご存知ですか？」

「知っています。大学時代からの友人ですが、彼が、どうかしたんですか？」

「昨日、殺人容疑で逮捕したんですが、あなたに、連絡してくれと、しきりにいいますのでね」

「殺人容疑って、誰を殺したんですか？」

「奥さんです。妻のひろみ、三十九歳を、天の岩戸近くで殺した容疑ですよ」

「まさか――」

と、十津川は、絶句した。

岡部は、カミさん孝行だといって、一週間の旧婚旅行に出かけたのである。その岡部が、妻のひろみを、殺すなんて。

「岡部は、何といってるんです？」

「否認していますが、他に、彼女を殺す人間がいないのですよ」

「岡部と話せませんか？」

「それは、駄目です。今も、訊問中ですから」

「彼は、昨日、逮捕されたんですね？」

十津川は、事情を知ろうとして、質問した。

「そうです。こちらの調べでは、一昨日、夫婦で、高千穂に着き駅近くの旅館に、泊りました。三十日です。そして、昨日三十一日の午後八時頃、奥さんが、死体で発見されたわけです」

「岡部には、動機がありませんよ。仲良く、旅行に出かけたんですから」

「そのことですが、二人が泊っていた旅館の従業員の証言があるのですよ。それによると、昨日の午後、二人は、ケンカをして、奥さんのほうが、一人で、旅館を飛び出して行ったというのですよ。一時間ほどして、岡部も、出て行き、ひとりで、戻って来た。そして、奥さんが、天の岩戸近くで、死体で、発見されたというわけです」

「その証言は、間違いないんですか？」

と、十津川は、念を押した。

「間違いありませんね。岡部夫婦が、口ゲンカをし、奥さんが一人で、飛び出して行ったのを、二人の従業員が、見ているんです。また、岡部が、一人で、天の岩戸付近を、うろついているのも、目撃されています」

2

十津川は、電話を切ってから、考え込んでしまった。

岡部は、気はいいが、短気な男である。

原因はわからないが、高千穂の旅館で、妻のひろみと、ケンカをしたというのも、事実だろう。

だが、岡部が、彼女を殺したとは、考えられない。何かの間違いに違いないのだ。その岡部が、ＳＯＳを発信しているのである。

助けに行ってやりたいが、凶悪犯罪の頻発している東京の治安を放棄して、九州へ、飛んで行くわけにはいかなかった。

亀井は、心配しないで、休暇をお取りなさいといってくれたが、夕方になって、世田谷で殺人事件が発生し、捜査本部の置かれた世田谷署に移動することになると、岡部を助けるどころではなくなってしまった。

弁護士の小沼が、捜査本部に、訪ねて来たのは、その夜である。

小沼も、大学のクラスメートで、今は、自分の法律事務所を、持っている。

「おれのところにも、岡部から、ＳＯＳが来てね」

と、小沼は、いった。

「君が、高千穂へ行ってくれれば安心だよ」

と、十津川は、ほっとした顔になった。

小沼は、刑事たちが、しきりに出入りする捜査本部の様子を、眺めながら、

「君は、動けそうもないか？」

「この事件が解決するまで、どうしようもないな」

「それなら、おれが、向こうへ行って、状況を報告するから、君が、その報告を聞いて、適切な指示を与えてくれ。それなら、出来るだろう？」

と、小沼が、きいた。

「そのくらいなら、出来そうだ」

「よかった。おれも、弁護は、得意だが、犯人探しは、下手なんでね」

「君が、一人で行くのか？」

「いや、中田も、一緒に行ってくれることになっている」

「中田信夫か。あいつは、大阪支店に転勤になったんじゃないのか？」

と、十津川は、きいた。

中田は、十津川の仲間では、一番出来のよかった男で、卒業と同時に太陽商事に入社している。

この前会った時、四月一日付で、大阪支店の営業部長になるといっていたのだ。

「そのとおりだが、彼も、岡部のことを知ってね。三日間、休暇を取ってくれたんだ。それで、明日、二人で高千穂へ行って来る」

と、小沼は、いった。

「もし、岡部に面会出来たら、私が、行けなくて、申しわけないといっていたと、伝えてくれ」

と、十津川は、頼んだ。

ともかく、小沼と中田の二人が行ってくれれば、安心だと思った。

何といっても、小沼は腕利きの弁護士だし、中田は、頭が切れる。岡部が無実なら、助けてくれるだろう。

こちらの事件のほうは、被害者の身元が、なかなか、割れなかった。

世田谷区成城（せいじょう）に建つマンションが、現場だった。

小田急線の成城学園前近くのマンションは、地上げされて、居住者の三分の二が、すでに引っ越してしまっている。

その空いた部屋で、火災が起き、焼け跡から、黒焦げの女の死体が、発見されたのである。

顔の判別も難しいほど焼けてしまっていたが、年齢は三十歳前後、身長一六五センチと、やや大柄である。

肋骨に、ナイフで刺したと思われる傷痕があったことから、何者かが、刺してから、部屋に火をつけたのだろう。

その部屋の前の持主は、五十五歳と、五十歳の中年夫婦だったから、被害者は、犯人に、この部屋に連れ込まれて、殺されたか、或いは犯人が、殺してから、この部屋に運んで、火をつけたのだろう。

歯型からも、なかなか、身元を、割り出せなかった。

そうなると、持久戦である。被害者の身元が割れないと、捜査上、先に進まないからである。

翌四月二日の午前十一時に、小沼から、電話が入った。

「今、大分だ。大分空港で、中田とも落ち合ってね。これから、高千穂へ行く」

と、いやに張り切った声でいい、中田に代わった。

「刑事の君が来てくれていたら、心強いんだがな」

と、中田は、いった。

「君は、大阪に転勤早々で、会社のほうは、大丈夫なのか？」

それが、心配で、十津川は、きいてみた。

「大丈夫だよ。会社には、事情を話して、休暇を取ったよ」

と、中田は、電話の向こうで、笑った。

十津川は、電話が切れると、机の引出しから、時刻表を取り出して、九州の地図を見た。

大分からは、日豊本線で、延岡(のべおか)まで行き、延岡からは、高千穂線である。

大分から、延岡まで、特急で二時間。その先の高千穂線は、典型的なローカル線だから、普通列車だけで、二時間近くかかる。

(ずいぶん遠くで、岡部の奥さんは、殺されたものだな)

と、十津川は、思った。

「経堂(きょうどう)の歯科医から電話が入りました。一年前に、そこで、歯の治療をした患者らしいといっています」

と、亀井が、いい、十津川は、時刻表をしまって、パトカーで、出かけることにした。

「お友だちのことは、ご心配ですね」

亀井が、車の中で、いった。

「昔の仲間が二人、行ってくれたから、大丈夫だよ。それより、こっちの事件のほうが、大事だ」

と、十津川は、自分にいい聞かせる調子で、いった。

電話をくれたのは、沢木という歯科医だった。

沢木は、一年前のカルテを、十津川たちに見せて、

「この人だと、思いますがね」

「えええ。照会のあった義歯は、私がいれたものに間違いないと、思いますよ」

と、沢木は、いう。

十津川と、亀井は、そのカルテにある住所を、手帳に書き写した。

この近くのマンションだった。

九階建の真新しいマンションの七〇二号室に、「高見」と、小さく書いた紙が、貼りつけてあった。

ドアの郵便受には、新聞が、突っ込まれ、二部ほどが、ドアの前に落ちていた。

管理人に聞くと、高見まり子は、五日ほど前から、姿を見かけなくなっていたと、いう。

銀座のクラブのホステスらしいとも、管理人は、いった。

十津川と、亀井は、管理人に立ち会って貰って、ドアを開け、部屋に入った。

２ＬＤＫの部屋は、いかにも、女性のものらしく、ピンクのカーテンや、花模様のじゅうたんで、飾られている。

白い色の応接セットや、寝室のベッドも、真新しかった。

「誰かが、部屋の中を、調べていますね」

と、亀井が、いった。

洋服ダンスの引出しや、三面鏡の引出しの中が、明らかに、かき廻されているからである。

しかし、ダイヤの指輪や、銀行の通帳などは、残っていた。物盗りが、部屋の中を、探し廻ったわけではないのだ。

「ここを見て下さい」

と、亀井が、バスルームから、十津川を呼んだ。

トイレと一緒になっているバスルームにも、ピンクのタイルが、使われていたが、タイルの継ぎ目のところに、明らかに、血痕と思われるシミが、残っていた。それも、五、六ケ所である。

すぐ、十津川は、鑑識を呼んだ。

部屋の中から、高見まり子だけの写真が、見つかった。

眼の大きな、なかなかの美人である。

「成城の被害者が、この高見まり子だとすると、ここで殺されて、あそこへ、運ばれたかな」

と、十津川は、いった。

「部屋を荒らしたのは、犯人でしょう。多分、彼女と一緒に撮れている写真とか、手帳とかを、探して、持ち去ったんだと思いますね」

と、亀井が、いった。

鑑識が来て、部屋の写真を撮り、バスルームの血痕と思われるものを、採取して行った。

十津川と、亀井は、いったん、世田谷署に戻った。

死体の解剖報告と、消防署の火災に関する報告書が、届いていた。

それによって、いくつかのことがわかった。

死亡推定時刻は、三月二十九日の午後一時から二時の間で、死因は、失血死である。

また、火災現場から、タイマーの破片が見つかったことから、室内に、灯油をまいておき、タイマーを使って、発火させたものと、考えられるという。

火災が起きたのは、四月一日早朝、午前五時である。

と、すると、犯人は、三月二十九日に、殺しておき、三十日か、三十一日に、タイマーをセットして、火災を起こさせたのだろうか？

その日の午後九時を過ぎて、経堂のマンションのバスルームのものが、人間の血で、血液型は、Ｂ型と、わかった。

焼死体の血液型もＢ型である。

これで、被害者は、まず、高見まり子と断定していいだろうと、十津川は、思った。

亀井と、西本刑事に、高見まり子が働いていた銀座のクラブ「ゆめ」に、行って貰ったあとで、高千穂へ行った小沼から、電話が、入った。

「今、いいか？」

と、小沼は、聞いてから、

「岡部には、まだ、会わせて貰えないが、事件の詳しいことは、聞くことが出来たよ。中田と二人で、調べてもみた」

「それで、どんな具合なんだ？」

「正直にいって、岡部は、まずい立場にいるねえ。それを、これから話すから、君の知恵を借りたいんだ」

と、小沼は、いった。

岡部夫婦は、三月三十日の午後五時頃、高千穂の旅館「かねだ」に、入った。

翌、三十一日、朝食のあと、岡部は、いつもやっているジョギングに出かけた。

その頃までは、別に、夫婦の間で、ケンカは起きていない。

夕方、二人は急にケンカを始め、妻のひろみが、午後五時半頃、旅館を、飛び出した。

岡部も、そのあとで、旅館を出て行った。

午後八時過ぎに、天の岩戸近くで、ひろみの死体が、発見された。

「解剖の結果、彼女が殺されたのは、三十一日の午後六時から七時の間で、絞殺だよ」

と、小沼は、いった。

「岡部は、夫婦ゲンカの原因について、何といっているんだ？」

と、十津川は、きいた。

「取調べの刑事には、こういってるそうだ。三十一日の夕方になって、急に、一人で、行って来たいところがあると、彼女が、いった。なぜ、一人で行くのかときいても、頑として、理由をいわない。それで、カッとして、殴り、ケンカになってしまったとね」

「向こうの刑事は、それを、信用しているようかね？」

「わからんね。とにかくケンカがあって、奥さんが、一人で旅館を飛び出し、そのあとで、岡部も、出かけたことは、事実なんだ。旅館の従業員も、見ているしね。警察は、岡部が、追いついて、またケンカとなり、カッとして、絞殺したと、見ているようだよ」

「岡部に、有利なことは、何もないのか？」

と、十津川は、きいた。

「一つだけ、見つけたよ。二人の泊った旅館『かねだ』のおかみさんの証言なんだがね。三十一日に岡部が朝のジョギングに出たあと、男の声で電話が掛って、奥さんが出ているんだ」

と、小沼は、いう。

「それは、面白いね」

「そうだろう。おれも、中田も、ひょっとすると、その男が、岡部の奥さんを、天の岩戸に呼び出して、殺したんじゃないかと、思っているんだがね」

「その証言は、県警も、知っているのかな？」

「ああ、知っていると、いっていた」

「それで、どう考えてるんだろう？」

「その電話は、東京から掛って来たことは、わかっているんだ。ただ、東京のどこからかは、不明だ。午前九時頃にね、東京から掛って来たことだけは、わかっている。そこで、向こうの警察は、こう考えているんだよ。殺されたひろみさんのボーイフレンドが、東京から、電話して来て、それを、岡部が、嫉妬（しっと）して、ケンカになったとね。腹を立てた奥さんが、旅館を、飛び出した。岡部が追いかけて行き、天の岩戸の近くで、絞殺したとね」

「岡部から直接、話は聞けないのか？」

と、十津川は、きいた。

「今のところ、無理のようだね。おれは、向こうの県警に、要求しているんだがね。起訴されれば、当然弁護士として、面会は、許されるが」

「起訴される前に、助けてやりたいね」

「おれも、中田も同じことを考えているんだが、今のところ、岡部に不利だね。真犯人を見つけられれば、一番いいんだが」

と、小沼は、いった。

「君は、朝の電話の男が、真犯人だと思っているんだな？」

「ああ、そうだ。だが朝の九時に東京にいた男が、午後六時から七時の間に、ここまで来て、殺人が出来るかどうかが、問題だし、第一、その男が、どこの誰とも、わからないんだ」

「これから、どうするんだ？」

「それを、プロの君に、相談したいんだよ。おれと、中田で、どうしたら岡部を助けられるかを、教えて貰いたいんだよ」

と、小沼は、いった。

「そうだな。まず何とかして、岡部の話を聞きたいね。彼に何か思い当たることがあるかどうかだ。前から奥さんは、犯人に脅迫されていたのかも知れないしね」

「わかった。もう一度、高千穂署の刑事に、頼んでみるよ」

「もう一つは、現場周辺の聞き込みだ。岡部の奥さんが殺されるのを、誰かが、見ているかも知れないからね。天の岩戸なら、高千穂では、観光の名所になっているんだろうから、目撃者の見つかる公算は、大きいと思うがね」

と、十津川は、いった。

「とにかく、中田と、やってみるよ」

と、小沼は、いった。

3

自分が、現地に行っていないだけに、十津川は、いら立ちを覚えるのだが、こればかりは、どうしようもなかった。

東京の殺人事件のほうは、少しずつだが、進展していった。

殺された高見まり子が働いていた銀座のクラブに行った亀井と西本が、彼女と特に親しかった客のリストを、持ち帰ったからである。

「彼女は、色白で、美人だったので、客には、人気があったようです」

と、亀井は、いった。

十津川は、三人の男の名前と、経歴に、眼をやった。

「これは、店のマネージャーの話ですが、その中の一人と、彼女は結婚を考えていたらしいというんです。間もなく、三十歳になるというので、そんな気になっていたんだろうと、いっていましたが」

と、西本がいうのを聞きながら、十津川は、一人一人の名前と、経歴を見ていった。

白石圭一郎（しらいしけいいちろう）（50）　M生命管理部長

青山豊（あおやまゆたか）（31）　デザイナー

中田信夫（40）　太陽商事営業第一課長

十津川は、三番目の名前を見て、はっとした。

どう見ても、友人の中田に違いないのである。今、大阪支店だが、それまでは、確か、本社の営業課長だった。

「この三人だがね、本当に、被害者と、深い関係があったのかい？」

と、十津川は、眼をあげて、亀井と、西本を見た。

「それは、間違いありません。店のマネージャーだけでなく、ホステスの証言もあります」

と、亀井が、いった。

「じゃあ、一人一人について聞こうか。白石圭一郎とは、どんな具合だったんだ？」

「白石は、重役の娘と結婚していて、資産家です。高見まり子は、そこに眼をつけたんだと思いますね」

「眼をつけたといっても、相手には、奥さんがいるんだろう？」

「だから、彼女は、白石に対しては、結婚を要求していたわけではなく、手切金を、要求していたようです」

「それで、白石は、払ったのかね？」

「本人は、払ったといっています」

「次の青山豊は？」

「彼は、独身ですが、フィアンセがいます」

「それなのに、被害者と、つき合っていたのかね？」

「いえ。高見まり子の方が、フィアンセより先です。フィアンセが出来て、彼は、高見まり子と、別れたがっていたそうです」

「それなら、殺す動機は、十分にあるわけだ」

「そうですが、彼には、アリバイがあります。高見まり子が殺されたと思われる日と、その前後に、彼は、フィアンセと、アメリカに行っているのです」

「すると、青山は、シロか？」

「そうなります」

「三番目の中田信夫は、どうなんだ？」

十津川は、努めて、平静に、きいた。

「今のところ、この男が、一番容疑が濃いように思います」

と、亀井が、いう。

「なぜだね？」

「中田は、客の接待に、銀座のこの店をしばしば使っていたんですが、彼のほうから、高見まり子を、口説いています」

「奥さんがいるんだろう？」

「そうなんですが、妻は愛してないので、すぐ別れると、高見まり子に、いっていたそうなんです」

「たいていの男は、そういって、女を口説くんじゃないのかね？　二十九歳のホステスが、男のそんな言葉を、まともに信じたとは、思えんが」

と、十津川は、いった。

無意識に、中田のために、弁護している感じだった。

「それはそうですが、高見まり子は、店のホステス仲間に、中田さんと一緒になると、いっていたそうです。それも、真剣にです」

と、西本が、いった。

「それで？」

「ところが、その中田が、大阪支店に、転勤になることが決まりました。単身赴任です。高見まり子は、丁度いいから、自分も、店をやめて、一緒に、大阪へ行くと、いったらしいのです」

「それに、中田は、どう答えたのかね？」

「それは、わかりません。が、その直後に高見まり子が、行方不明になり、今度、死体で見つかったわけです」

「それだけでは、この中田という男が、犯人とは決めつけられんだろう？」

と、十津川は、きいた。

あの中田が、殺人など起こす筈がないという気持ちがある。

「確かに、警部のいわれるとおりです」

亀井があっさりいって、少しだけ、十津川を安心させてくれた。

「問題は、この三人、いや、青山には、アリバイがあるから二人ですが、どちらが、あの焼けたマンションのことを、知っていたかということになると思います」

と、西本刑事が、いった。

「そうだな。あのマンションが、地上げで、ほとんど空部屋になっていることを犯人は、知っていたわけだからね」

「それを、調べてみます」

と、西本は、張り切って、いった。

「頼むよ」

と、十津川は、いったが、そのあとで、ふと、前に中田と会った時のことを思い出した。

十津川の顔が、青ざめたのは、その時、中田が、地上げで、空部屋だらけとなったマンションの話をしていたのを、思い出したからである。

（あれは、どこのマンションの話だったろうか？）

十津川は、考え込んでしまった。

確か、中田が、週刊誌を持って来ていて、そのグラビアを、話題にしたのだ。

あの週刊誌は、何という雑誌だったろうか？　考えたが、思い出せない。

一ケ月ほど前の二月末である。二十七日か、二十八日だ。

十津川は、資料室に行くと、その頃に出た週刊誌を、片っ端から、調べてみた。

それが見つかった時、十津川は、また、重苦しい気持ちになった。

廃墟のようになったマンションの写真の下には、「世田谷区成城のレジデンスＳＥＩＪＯ」と、あのマンションの名前が、書いてあったからである。

（参ったな）

と、思った。

中田は、あのマンションについての知識があったのだ。

高見まり子を殺して、死体の捨て場所に困った時、前にグラビアで見た「レジデンスＳＥＩＪＯ」のことを、思い出したのかも知れない。

あの廃墟のようなマンションの空部屋に運び、焼いてしまえば身元は不明に出来ると考えたのではないか。

（いや、そんな筈はない！）

と、十津川は、あわてて、自分の考えを、打ち消した。

その週刊誌は、何十万と売れている筈である。中田以外の人間が、高見まり子を殺したとしても、その人間が、この週刊誌を読んでいる可能性は、相当な高さなのだ。

翌日、昼頃に、小沼から、電話が入った。

「何とか、岡部に、会わせて貰ったよ」

と、小沼は、疲れた調子で、いった。

「それは、よかった」

「ただし、君の名前も使ったぞ。そうじゃないと、高千穂署では、会わせてくれないんだ」

「構わんさ。それで、岡部は、何といってるんだ？」

と、十津川は、きいた。

「三十一日に、ひろみさんとケンカしたことは認めたよ」

「原因は、彼女に掛って来た電話のことか？」

「いや、その時は、電話のことは、知らなかったと、いっていたよ。夕方になって、急に、ひろみさんが、一人で、出かけて来ると、いったんだそうだ。折角、高千穂へ一緒に来たのに、なぜ、一人で、出かけるんだと、岡部が怒ったらしい。ところが、ひろみさんが、何としても、理由をいわない。そこで、岡部は、カッとして、彼女を殴ってしまったんだな。岡部には、彼女のために、仕事を休んで、九州へ来たという気持ちがあったからだろうね。ひろみさんは一人で、旅館を出て行った。岡部は、勝手にしろと、放っておいたが、旅館の人から、彼が、ジョギングに出ている間に、男から、奥さんに電話があったと聞いて、急に不安になって、彼女を、探しに出かけたんだ。いくら捜しても、見つからないので、旅館に戻った。そのあと、突然、高千穂署の刑事がやって来て、逮捕、連行されたわけさ」

小沼は、いっきに、喋った。

「岡部は、自分は犯人じゃないと、いってるんだな？」

「ああ、絶対に、殺してないと、いっているよ」

「奥さんを殺した人間に、心当たりは、ないんだろうか？」

「それも、聞いてみたがね、全くないといっているよ。こうもいっていたね。おれは、ひょっとして、他人に恨まれているかも知れないが、家内は、違う。優しいし、世話好きで、絶対に、他人に恨まれる筈がないとね。おれも、ひろみさんをよく知っているが、あんな気持ちの温かい女性はいないね」

「だが、殺されたんだ」

「そうなんだ。犯人の動機が、わからんよ」

と、小沼は、電話の向こうで、溜息をついている。

「中田は、そこにいるのか？」

「ああ、代わるよ」

と、小沼が、いい、すぐ、中田の声に代わった。

「聞き込みは、はかばかしくないんだ。午後六時過ぎというと、もう、暗くなっていたしね。岡部に有利な目撃者は見つからなかったよ。今日も、もう一度、歩いてみるがね」

「そうしてくれ」

と、十津川は、いってから、

「君は、高見まり子という女を知っているかい？　銀座のクラブで働いているホステスだが」

「タカミ？」

と、中田は、おうむ返しにいってから、

「僕が、東京本社にいた時、接待によく使っていたクラブに、高見まり子というホステスがいたよ。彼女が、どうかしたのか？」

「本当に、知らないのか？」

「知らないよ。大阪支店へ、来てしまっているからね」

「殺されたんだ」

「本当かい？　それ」

「ああ。犯人は、殺したあと、住人のいないマンションに運び込んで、死体を焼いている」

「ひどいことを、するもんだな」

「君とは、どの程度のつき合いだったんだ？」

「おい、おい、僕を疑っているのか？」

と、中田が、きいた。

「いや、少しでも、彼女とつき合いがあった人間は、全員、調べているんだよ。君も、その中の一人というわけだ」

「彼女は、美人だが、男にだらしがなくてね。あの店へよく行く男は、全員誘われたんじゃないかな。その結果、一千万円もの手切金を取られた人もいたそうだよ」

「君も、彼女と関係があったのか？」

「ああ、二度くらいかな。どうも危険な感じがしたんで、その後は、なるたけ、つき合わないようにしていたよ」

「彼女が殺されたのは、三月二十九日の午後一時から二時の間なんだが、その時間のアリバイはあるかね？」

と、十津川は、きいた。

「やっぱり、疑っているのか」

と、中田は、いってから、

「その時間は、サラリーマンは、会社にいるよ。もちろん、僕もね。それで、アリバイになると思うがね」

と、いった。

十津川は、その言葉に、ほっとして、電話を切った。

だが、夕方になって、聞き込みから戻って来た西本が、

「中田信夫には、アリバイがありません」

と、報告した。

「しかし、午後一時から二時というと、どこの会社でも、昼休みが終わって、仕事をしているんじゃないかね？」

「普通は、そうなんですが、中田は、四月一日に、大阪支店へ行くので、三月二十八日、二十九日の両日は、お得意を、あいさつ廻りしていたんです。従って、会社には、朝出ただけです。そのあと、三十一日に、大阪に向かい、四月一日の朝、大阪支店に出勤しています。つまり、二十九日の午後一時から二時の間のはっきりしたアリバイは、ないんです。自分の車を使って、都内を、廻っていたわけですから」

と、西本が、いう。

十津川は、努めて、冷静に、

「それは、間違いないんだろうね？」

と、確認を取った。

「間違いありません。車で廻っていたとすると、あの焼けたマンションに、死体を運ぶことも出来たと思いますね」

「わかった」

と、十津川は、いった。

4

だが、その中田は、今、小沼と一緒に、高千穂で、友人の無実を実証しようとして、頑張っている。

(中田は、犯人なのだろうか?)

(皮肉なものだ)

と、思った。中田は、自分が、殺人容疑をかけられているのに、同じ立場の友人を、助けるのに必死でいるのだ。

だからこそ、中田は、無実かも知れないなと、十津川は、考えた。

自分が、危い立場なら、友人のことに、かまっていられないだろうからである。

そう考えてやろうと、十津川は、自分にいい聞かせ、東京の道路地図を、広げた。

犯人が、経堂の高見まり子のマンションで彼女を殺し、成城のマンションまで運んだとして、どの道路を、使っただろうかと、思ったからである。

直線距離にして、約三キロでしかない。

車で運べば、あっという間に着けるだろう。郊外の雑木林なんかまで運ぶより、廃墟に近いマンションは、恰好の死体の捨て場所だったに違いない。

そんなことを考えている中に、十津川は、あることに気付いて、眼をむいた。

岡部の家が、経堂と成城学園の中間、祖師谷大蔵にあったのを、思い出したのである。

(これは、偶然だろうか?)

十津川は、考え込んでしまった。

偶然に決っていると思ったが、気になって、頭から、離れなくなった。

十津川は、一人でパトカーを運転して、まず、経堂の高見まり子のマンションに、行った。

そこから、成城の焼けたマンションに向かって、車を走らせた。

やはり、その途中で、岡部の家の近くを通るのだ。

十津川は、嫌な予感に襲われた。彼は、岡部邸の近くで、車を止め、じっと、考え込んだ。

(まさか――)

とは、思う。

しかし、ひょっとして、中田は、岡部の妻のひろみを殺したのではないのか。そんな疑問が、わいてきてしまったのだ。

十津川は、しばらくして、パトカーからおりると、岡部邸に向かって、歩いて行った。

岡部の妻は、高千穂で殺され、岡部自身は、妻殺しの容疑で、逮捕されているが、留守番はいると思った。

高いコンクリートの塀をめぐらせた豪邸である。

門の前に立ったが、邸の中は、ひっそりと静かだった。

（誰もいないのかな）

と、思いながら、門柱についているインターホンを押すと、中から女の声で、返事があった。

出て来たのは、五十五、六歳の女で、前から、岡部邸で働いているお手伝いだということだった。

ひろみが、高千穂で殺されたことは、知っていて、

「これから、どうしたらいいでしょうか？　ご主人からも、連絡がありませんしね」

と、十津川に、いった。

「留守番をしていて下さい」

と、十津川は、いってから、

「三月二十九日と、三十日は、ここに来ていましたか？」

と、相手にきいた。

「毎日、午前十時には来て、夕方六時まで、ここで、お食事を作ったり、お掃除をしたりしていますから、二十九日と、三十日も、同じですわ」

「ここの奥さんは、毎日、何をしているんですか？」

「お食事の献立ては、奥様が、考えますし、午後は、エアロビクスを習いに、通っておられましたけど」

「エアロビクスだね。場所は、どの辺か、知っていますか？」

「ええ。駅の向こう側ですわ」

「駅というのは、祖師谷大蔵の駅のことですか？」

「ええ」

「奥さんは、そこまで、車で通っていたんですか？」

「いいえ。近いので、バイクで、通っておいでしたわ」

と、いい、お手伝いは、車庫の隅に置かれた、五十ccの赤いバイクを、見せてくれた。

傍にヘルメットも、ちょこんと、おいてあった。

「ここから、そのエアロビクスのレッスン場へ行く道順を、教えてくれませんか」

と、十津川は、頼んだ。

お手伝いは、彼の手帳に、ボールペンで、地図を描いてくれた。

（やはりか）

と、十津川は、思った。

経堂から成城へ行く道路を、通っていくのだ。

「奥さんが、レッスンに行く時間は、いつも何時頃ですか？」

「たいてい、午後二時過ぎに、家を出ていらっしゃいましたわ」

と、お手伝いは、いった。

「三月二十九日もですか？」

「ええ、いつもと同じでした」

5

十津川の頭の中で、一つの仮説が、出来あがっていった。

嬉（うれ）しくない仮説なのだ。

中田が、犯人という仮説だからである。

中田は、二十九日の午後一時から二時の間に、経堂の高見まり子のマンションで、彼女を、殺した。

恐らく、かっとして、殺してしまったのだろう。

しばらくは、呆然（ぼうぜん）としていただろうが、冷静になってから、死体の処理に、悩んだ。

そのままで、死体が見つかれば、当然、親しくつき合っていた自分に、疑いの目が、向けられる。

死体を、どこかに運ばなければならない。

そこで、中田は、週刊誌で見た成城のマンションのことを思い出した。

ひとまず、あそこに運んでおこう。彼は、死体を、毛布に包むかして、部屋から運び出し、乗って来た車のトランクに、押し込んだ。

そして、成城に向かった。

ところが、祖師谷大蔵近くの信号で停車している時、エアロビクスに行く岡部ひろみのバイクと、偶然、出会ってしまったのではないだろうか？

多分、中田の車の横に、バイクで来て、声をかけたに違いない。

夫の友人だし、顔見知りだから、ひろみとしたら、素直に、声をかけたのだろうが、中田は、青くなった。

二十九日の午後三時頃だったのかも知れない。

とにかく、中田の車が、岡部ひろみのバイクと出会ったことが、想像される。

ひょっとすると、その時、死体を入れた車のトランクから、何かがのぞいていたのかも知れない。もし、それを、見られていたとしたら、中田が、岡部ひろみを、殺そうと考えても、不思議議は、ないのである。

さすがに、途中で、自分の推理に、自分で嫌気を感じてしまったが、それでも、この推理は、捨て切れなかった。

十津川は、自分の胸の中だけにしまっておけなくなって、捜査本部に戻って、亀井にだけ、打ち明けた。第三者の立場にいる亀井の判断を、求めたのである。

亀井は、黙って、聞いていたが、すぐには自分の考えをいわず、

「少し、歩きませんか」

と、十津川を誘った。

二人は、世田谷署を出て、歩き出した。

「警部は、中田さんが、犯人であって欲しくないと、思われているわけでしょう？」

と、亀井が、歩きながら、きいた。

「友人としてはね。だが、刑事としては、別だよ。友人だからといって、私情を、はさめない」

「高見まり子殺しについては、中田さんには、アリバイは、ありませんね。大阪支店に行くので、車で、お得意を、あいさつ廻りしていたわけですから」

「そうなんだ。二十九日の午後一時から二時までの間に、誰かに会っていれば、アリバイが、成立するが、はっきりしているのは、昼食を、M企画の部長と一緒にとっていること

だけでね。この部長とも、一時前には、新宿で、別れている。そのあとは、午後六時から、K興業の役員と、銀座で、夕食を共にし、そのあと、飲んでいる。これは、前から、約束があったらしいんだ」

「すると、一時から二時までは、やはり、アリバイはなしですか?」

「そうなんだ。二十九日の夕方から夜には、今いったように、約束があるので、昼間、死体を、運んだんだろうということも、考えられるんだよ。翌三十日も、お得意と、夜は、飲むことになっていたようだからね」

「そうですか」

「つまり、私の推理が成立する可能性が強いということなんだ」

十津川は、重い口調で、いった。

親しい友人を、疑わなければならないというのは、辛いことだった。

いつもの事件なら、犯人が浮かびあがってくれれば、嬉しさが広がるものだが、今度だけは、違っている。

「中田さんが、犯人かどうか、確かめられたら、どうですか?」

と、亀井が、いった。

「確かめるってもね、カメさん。たんにきけば、否定するに決っているし、高見まり子殺しについては、アリバイがないんだよ」

「岡部ひろみ殺しのほうは、確かめようがあるんじゃありませんか」

「そうかな？」

「高千穂のほうが、どうなっているのか、教えて頂けませんか」

と、亀井が、いった。

十津川は、向こうで進行している事件の概要を亀井に、説明した。

「お茶でも飲みながら、二人で、検討してみませんか」

と、亀井は、聞き終わったあと、十津川を誘った。

二人は、眼の前に見えた喫茶店に入り、コーヒーを注文した。

亀井は、ブラックで、一口飲んでから、

「三十一日の午後六時から七時の間に、岡部ひろみさんは、高千穂で、殺されたわけですね？」

と、確かめるように、きいた。

「そうだ。天の岩戸の近くで、殺された」

「一方、中田さんは、四月一日の朝、大阪支店に、出勤したわけでしょう。転勤第一日ですから」

「ああそうだ」

「前日の夜六時から七時までの間に、高千穂で、人を殺して、翌一日の朝、大阪で、会社に来られるものかどうか、調べてみられたら、いかがですか？　もし、不可能なら、中田さんは、岡部ひろみさんは、殺してないことになります。それが、即、高見まり子の殺人のシロを証明することにはなりませんが、シロの可能性は、強くなると思いますよ」

　と、亀井は、いった。

　十津川の顔が、急に、明るくなった。

「カメさんのいうとおりだよ。なぜ、そんな簡単なことに、気付かなかったのかね」

「いつもの警部じゃなかったからでしょう」

　と、亀井は、笑った。

「私は、明日大阪へ行ってみる。中田が四月一日の朝、本当に支店に出勤したかどうかを、確かめる。カメさんも一緒に行ってくれないか。中田は、高見まり子殺しの有力容疑者だから、大阪行も、認めてくれる筈だ」

「喜んで、同行させて頂きます」

　と、亀井も、いった。

6

　十津川と、亀井は、翌朝早く、新幹線で大阪へ向かった。

中田の勤めている太陽商事の大阪支店は、大阪駅の近くにあった。

二人は、新幹線の新大阪から、タクシーで、太陽商事に向かった。

着いたのは、九時四十分で、もちろん、社員は、出勤していた。

十津川と、亀井は、大竹という支店長に会った。

大竹も、二年前に、東京本社から、廻って来たということだった。

「中田君は、明日から出勤するそうですよ」

と、大竹は、いった。

「その中田さんですが、四月一日から、こちらに来たわけですね？」

亀井が、十津川に代わって、きいた。

十津川は、黙って、話を聞いている。

「そうです。しかし、親友の奥さんが、九州で殺され、この友人が、犯人にされたというので、休暇をとって、あわただしく、出かけました。大変ですよ。彼も」

大竹は、同情するように、いった。

「四月一日は、何時に出社したか、覚えておられますか？」

と、亀井が、きいた。

「よく覚えていますよ。うちは、午前九時始業ですが、四月一日は、三十分ほど、おくれて、駈けつけましたよ。息をはずませていましてね。申しわけありません。転勤早々、おくれてしまいましてって、私に、頭を下げていましたからね」

と、大竹は、笑った。

「すると、九時三十分に、出社したわけですか？」

「そうです。九時三十分でしたね。中田君が、あんまり恐縮するんで、私が、時計を見て、三十分くらい気にするなと、いったんで、覚えているんです」

「彼は、なぜ、三十分遅刻したか、その理由を、いいましたか？」

と、初めて、十津川が、質問した。

「うちで、中田君のために、野田に、マンションを用意してあったんですが、馴れないので、そこから、乗る電車を間違えてしまったんだといっていましたよ。まあ、大阪が初めてだそうだから、仕方がないでしょう」

と、大竹はいった。

二人は、支店長に礼をいうと、外に出た。

「三月三十一日の午後六時から七時の間に、高千穂で、人を殺した人間が、翌日の午前九時半に、大阪の会社に出勤できるかどうか、調べてみようじゃありませんか？　不可能なら、警部のお友だちは、シロですよ」

と、亀井が、いった。

二人は、まだ、モーニングサービス中の喫茶店に入った。

三百五十円で、コーヒー、トースト、それにボイルドエッグがついてくる。

二人は、それを前に置いて、用意して来た時刻表を広げてみた。

「犯人に有利なように、三月三十一日の午後六時に、高千穂で、岡部ひろみを、殺したことにして、考えてみようじゃありませんか」

と、亀井は、いった。

「犯人は、高千穂線に乗って、延岡に出て、あとは、日豊本線で、小倉に出て、小倉からは、新幹線で大阪というコースをとるだろうね」

十津川は、索引地図を見ながら、そのコースを、指でなぞった。

「高千穂発一八時五一分という電車がありますね。この前は、一六時〇三分発だから、乗れません」

亀井は、高千穂線のページを見て、いった。

「延岡着は、二〇時二七分か」

と、十津川。

「これに接続する日豊本線の上りは、二一時〇三分延岡発の寝台特急『彗星82号』ですが、これは季節列車だから、駄目ですね」

「そのあとというと、〇時五三分延岡発の急行『日南』しかないんだな。これに乗ると、小倉着は、四月一日の午前六時一二分だ。ちょっと間に合いそうもないよ」

「小倉発六時五〇分の『ひかり20号』に乗れますが、この列車の新大阪着が、九時三六分です。新大阪から梅田近くの太陽商事の大阪支店までは、三十分はかかりますから、午前十時過ぎにしか、出社できませんよ」

と、亀井が、いった。

「新幹線が間に合わないとすると、飛行機か」

「そうですね。福岡↓大阪間は、飛行機が、飛んでいます」

と、いいながら、亀井は、国内線の航空ダイヤのページを開いて、

「午前八時〇〇分の、ANAに乗れば、大阪には、九時〇〇分に着きますね」

「問題は、その飛行機に乗れるかどうかと、大阪空港から、大阪市街までの時間だね」

「大阪空港から、梅田まで、定期バスで、三十分ですから、何とか間に合いますね。あとは、午前六時一二分に、小倉に着いて、福岡空港に、八時までに着けるかですね」

「それを、検討してみよう」

と、十津川は、いった。

小倉から博多まで、一番早く行けるのは、やはり、新幹線だろう。

新幹線の小倉始発は、七時〇〇分である。これに乗ると、七時二〇分に博多に着ける。

しかし、タクシー待ちや、搭乗手続を考えると、果して、福岡空港を、八時に出発する飛行機に、乗れるのか？

博多駅から、空港までは、車で、十三分と出ている。

単純に計算しても、博多着七時二〇分では、それに、十五分プラスして、七時三十五分になってしまうのだ。

それに、乗りかえなどの時間が、プラスされたら、やはり、八時〇〇分発の飛行機には、乗るのは難しいだろう。

「だんだん、お友だちは、シロくさくなって来ましたよ」

と、亀井は微笑んだ。

もし、不可能ならば中田は、少くとも、岡部ひろみ殺しについては、シロになるのだ。

十津川は、はじめて、トーストを、ちぎって口に入れ、コーヒーを飲んだ。

「まだアリバイが成立したわけじゃないよ」

と、十津川は、慎重に、いった。

「しかし、これ以上早く、大阪に行けるルートは、ないんじゃありませんか？」

と、亀井が、きいた。

「そうならいいがねえ」

と、十津川は、なおも時刻表を見ていたが、

「他の空港があるよ」

と、いった。

「どんな空港ですか？」

「九州の各空港から、大阪まで、飛行機が飛んでいるんだ」

と、十津川は、いい、その一番機の時刻を、書き抜いた。

大　分　九時〇五分→大阪　九時五五分
熊　本　七時五〇分→大阪　八時五〇分
長　崎　七時五五分→大阪　九時〇〇分
宮　崎　八時一〇分→大阪　九時一〇分
鹿児島　七時五〇分→大阪　八時五五分

「見てみたまえ。大分発は、間に合わないが他の四本は、何とか間に合うんだよ」

と、十津川は、いった。

「問題は、その飛行機に間に合うように、それぞれの空港に着けるかどうかですね」

亀井が、いう。

それを検討してみることにした。

犯人は、高千穂線で延岡に、二〇時二七分に着く。

まず熊本である。

日豊本線で、大分に出て、大分から、豊肥本線で、熊本に出ることになる。

日豊本線は、〇時五三分延岡発の急行「日南」に乗るとして、大分着は、午前三時三五分である。

豊肥本線は、午前八時二七分大分発の急行「火の山2号」にしか乗れない。これでは、とうてい間に合わない。

次は、宮崎である。

これは、延岡から、日豊本線を、逆に、下りに乗ればいい。

延岡発二一時四一分の特急「にちりん29号」に乗れる。それだと二二時五六分には宮崎に着くから、翌朝まで、ゆっくり、旅館かホテルで、眠れるのだ。

最後の鹿児島も、間に合うだろう。

二二時五六分に、宮崎に着いたあと、タクシーを拾って、鹿児島空港へ行けばいいからである。

宮崎から、鹿児島まで、約百二十キロあるが、二二時五六分から、翌朝七時五五分まで、九時間あれば、楽に、着ける筈なのだ。

「宮崎か、鹿児島のどちらかから、飛行機に乗れば、間に合うんだ。中田は、やはり、クロかも知れんよ」

と、十津川は、いった。

「四月一日に、その飛行機に乗ったかどうか、調べてみようじゃありませんか」

と、亀井が、諦めずに、いった。

「しかし、カメさん、国内線は、偽名でも乗れるんだよ」

「わかっていますが、宮崎にしろ、鹿児島にしろ、第一便に乗らなければ、間に合わないんです。スチュワーデスが、顔を覚えているかも知れませんよ」

と、亀井は、いった。

二人は、いったん、東京に戻ると、宮崎と、鹿児島の空港に、電話をかけ、四月一日の大阪行の第一便の乗客名簿をファックスで、送ってくれるように、頼んだ。

すぐ、両方から、乗客名簿が、ファックスで、送られて来た。

宮崎は、二百二十八名。鹿児島は、三百十六名の名簿だった。

その中に、中田信夫の名前は、なかった。が、だからといって、彼が、乗らなかったとは、いい切れない。

偽名の場合があるからである。

そこで、合計五百四十四名の乗客の中、男だけについて、全員を、調べることにした。

住所が、東京の人間については、自分たちで調べるが、他府県の場合は、それぞれの警察に、協力を仰いだ。

この作業は、丸一日かかった。が、それだけの値打ちがあった。

調べた全員が、書かれていた住所に、実在していたのである。

偽名で乗っていた乗客は、一人もいなかったことになる。つまり、中田は、この二つの飛行機に、乗らなかったのだ。

（彼は、シロなのか？）

7

十津川は、正直いって、ホッとした。

ともかく、中田が、岡部ひろみを殺すことは、出来なかったと、思ったからである。

だが、いぜんとして、高見まり子を殺した容疑のほうは、残っている。

高千穂にいる小沼に、電話を、掛けてみた。

「仕事があるので、中田は、大阪へ帰ったよ」

と、小沼は、いった。

「それで、岡部は、どうなんだ？　真犯人は見つからないのか？」

と、十津川は、きいた。

「全力をつくして、聞き込みをやってみたんだが、真犯人は、浮かんで来ないね。おれは、どうしても、三十一日の朝、電話して来た男が、ひろみさんを、天の岩戸に呼び出して、殺したんだと思うんだがね」

　と、小沼は、いう。

「行きずりの犯行とは思わないわけか？」

「思えないね。ひろみさんは、ハンドバッグを持って、旅館を出たんだが、そのハンドバッグは、見つかっている。何も、盗まれていないんだよ」

「高千穂署は、どう見ているんだ？　その点を」

　と、十津川は、きいた。

「行きずりの犯行じゃないから、夫の岡部が殺したと見ているよ。岡部が、圧倒的に不利なんだ。だから、もう真犯人を見つけるより仕方がないんだよ。こっちへ来て、助けてくれないか。おれ一人じゃ、岡部を、助けられそうになくなったよ」

　小沼は、弱音を吐いた。

　十津川は、電話がすんだあと、しばらく考えていたが、

「これから高千穂へ行って来たいんだが」

　と、亀井に、いった。

　亀井は、すぐ、

「行っていらっしゃい。こちらは、大丈夫です。高見まり子の関係者を、一人ずつ、当たっていく作業ですから、警部がおられなくても、何とかやれます」

「中田の件だが、遠慮なく、調べてくれ」

と、十津川は、いった。

その日の中に、十津川は、宮崎に、飛行機で、飛んだ。

そして、日豊本線で、延岡に出て、あとは、高千穂線に乗った。

高千穂駅に降りたのは、午後八時に近い。

周囲は、すでに、暗く、沈んでいた。

改札口のところに、小沼が、迎えに来てくれていた。

「この時間じゃ、列車の中からのいい景色は見えなかったろう」

と、小沼は、旅館に向かって、歩き出しながら、十津川に、いった。

「もっと、田舎かと思ったんだが意外に、近代的な町なんだね」

と、十津川は、周囲を見廻しながら、いった。

天の岩戸とか、神々の国というので、ひなびた山峡の町というイメージで、やって来たのだが、道路は、きれいに舗装されているし、ビルも建っている。

小沼は、笑って、

「人口が、二万もあるんだよ。高千穂署だって、行けば、びっくりするよ。モダンな建物でね」

「人が出ているね」

「八時から、毎日、夜神楽があるからさ」

と、小沼は、いった。

しかし、旅館に着いて、事件のことに触れると、小沼の顔が、暗くなった。

「法廷で弁護するのは、得意なんだが、真犯人を見つけるのは、あまり得意じゃなくてね」

と、小沼は、いった。

遅い夕食をとってから、十津川は、小沼と、高千穂署へ出かけた。

なるほど、小沼のいう通り、鉄筋のモダンな建物である。世田谷署より立派だった。

十津川は、無理に頼んで、取調室で、岡部に会わせて貰った。

さすがにあの元気者の岡部が、げっそりと、やつれてしまっていた。

それでも、十津川の顔を見て、ニッコリと笑った。

「小沼も一緒に来たんだが、こちらの警察で、私一人しか駄目だといわれてね」

と、十津川は、いった。

「君一人でも、百人力だよ。おれは、家内を殺してなんかいないんだ。これは、神に誓ってもいい」

岡部は、すがるような眼で、十津川を見た。

「信じているさ。君には、奥さんを、殺せないさ」

と、十津川は、いった。

「だが、誰が、いったい、家内を殺したんだろう？　家内は、敵を作るようなタイプじゃないんだがね。行きずりに殺されたのかとも思ったんだが、ここの警察は、違うというしね」

「物盗りじゃないね」

「まさか、犯人は、おれを恨んでいて、それで、家内を殺したんじゃないんだろうかと思うんだが」

「思い当たることでもあるのか？」

「いや。ただ、そうだとしたら、家内に申しわけないと、思ってね」

と、岡部は、いう。

「ここへ来る前だが、奥さんが、何か、いってなかったかね？　例えば、妙な電話が、掛かって来るとかだが」

十津川が、きくと、岡部は、じっと、考えていたが、

「別に、ないねえ」

と、いった。

が、すぐ、続けて、

「中田のことを、いっていたよ」

「中田のことを？」

「そうなんだ。今度の事件とは、関係ないんだが、中田に、会ったって、いうんだ」

と、岡部は、いう。

自然に、十津川は、緊張した。

「それは、いつ、会ったと、奥さんは、いってたんだ？」

「どうしたんだ？」

「何が？」

「妙に真剣な顔をするからさ。家内が、中田と会ったことが、どうかしたのか？」

岡部は、首をかしげた。

「ただ、ちょっと、興味があってね。いつのことだ？」

「確か、二十九日だったと思うね。夕食の時に、家内が、今日、中田に会ったといったんだ」

岡部は、何気なく話すのだが、十津川は、緊張していた。

（やはり、二十九日に、中田は、岡部の奥さんと、出会っていたのか）

と、思いながら、

「それを、詳しく話してくれないか」

と、いった。一度消えた、中田への疑惑が、また、ぶり返してきてしまった。

「詳しくといってもね。家内は、毎日、近くの教室に、エアロビクスを習いに行ってるんだ。その日も、二時過ぎに、バイクで出かけたらしいんだが、駅近くの交差点で、車に乗った中田と、出会ったと、いっていたね。赤信号で停ったら、横に、中田の車があったというんだ」

「その時、奥さんは、中田と、何か話したのかね？」

と、十津川は、きいた。

「簡単なあいさつをしたらしい。お元気ですか、とか、どこへ行くんですかとかね」

「他には？」

「おい、おい。中田が、何かあるのか？」

と、岡部は、また、きいた。

さすがに、十津川の熱心さが、おかしいと、思ったのだろう。

「いや、ただ、気になってね」

「家内と、中田が、妙な仲だったなんて、いうんじゃあるまいね？」

「それは、ないよ。ただ奥さんの行動は、全部、知りたいんだ。何が、事件に関係してくるか、わからないからね」

と、十津川は、いった。

「信号が、青になったので、すぐ、中田とは、別れたと、いっていたよ」

と、岡部は、いった。

恐らく、それは、事実だろう。だが、中田にとって、簡単な会話が、殺しへの動機になったのでは、ないだろうか。

8

十津川は、高千穂署を出ると、重苦しい気分になっていた。

また、中田に対して、疑惑が、生れて来たからである。

「どうしたんだ？」

小沼が、のぞき込むようにして、きいた。

「君は、ここで、中田と三日間一緒にいたんだったね？」

と、逆に、十津川が、きいた。

「ああ。彼は、仕事があるのに、よくやってくれたよ。何しろ、大阪支店に転勤してすぐの時だったからね。休暇を取るのも、大変だったと思うよ」

「三日間、中田の様子は、どうだった？」

と、十津川は、きいた。

「ちょっと待ってくれよ。君は、中田を、疑っているのか？」

小沼が、とがめるように、十津川を見つめた。

「そうは、いってないよ」

「中田には、動機がないよ。彼と、岡部の奥さんの仲が、おかしいなんてことは、絶対にあり得ないんだからね」

「そんなことは、わかってるよ」

と、十津川は、いった。

「じゃあ、何なんだ？　刑事だからといって、友人まで疑うのは、許せないぜ」

「少し、考えたいことがあるだけだよ」

と、十津川は、いった。

翌朝、十津川は、眠れなくて、早く起きてしまった。

十津川は、旅館を出ると、朝もやの中を、高千穂駅の方向へ、歩いて行った。

昨夜は、中田が犯人かも知れないという疑問を抱いて、ほとんど、眠れなかった。

バス停が見えた。

（おや？）

と、いう感じで、十津川が、立ち止まったのは、そこに、

〈高森（たかもり）駅行〉

という字が、見えたからだった。

十津川の眼が、高千穂線で延岡方向へだけ向いていたのに、ここから熊本県の高森へ出る方向もあるのだなと、気付いたのだ。

十津川は、バス停に書かれた時刻表を見てみた。

高千穂から高森までバスで、一時間二十六分かかる。一人千二百円とある。

十津川は、高千穂駅に飛び込むと、売店で、時刻表を買った。

旅館に戻ってから、ゆっくり見る余裕がなくて、駅のベンチに腰を下して時刻表を、広げた。三月三十一日の午後六時に、高千穂で、殺人をやって、高千穂線で帰っては、飛行機を使う以外、翌四月一日の午前九時半に、大阪には、行けないのだ。

そして、中田は、飛行機には、乗っていなかった。

だが、熊本県側へ、出たらどうだろうか？

高森行のバスは、一六時二三分が、最終である。

従って、午後六時に、岡部ひろみを殺したときには、もう、バスは、なくなっている。

しかし、タクシーなら、レンタ・カー、或いは、バイクを使えば、一時間半で、高森へ行ける筈である。

一九時三〇分、高森着なのだ。

高森からは、南阿蘇鉄道がある。十津川は、時刻表のページを、繰っていった。

一九時三一分高森発という列車があった。

これに乗れたとすると、立野着が、一九時五八分になる。

立野からは、豊肥本線である。

もう急行は、なくなっているが、二〇時〇四分発、熊本行の普通列車があった。
それに乗ったら、どうなるのか？
熊本には、二〇時五一分に着ける。
この日は、熊本に泊って、翌朝の飛行機で、大阪へ行くことが、まず考えられた。

熊本　七時五〇分→大阪　八時五〇分

これで、間に合うのだ。

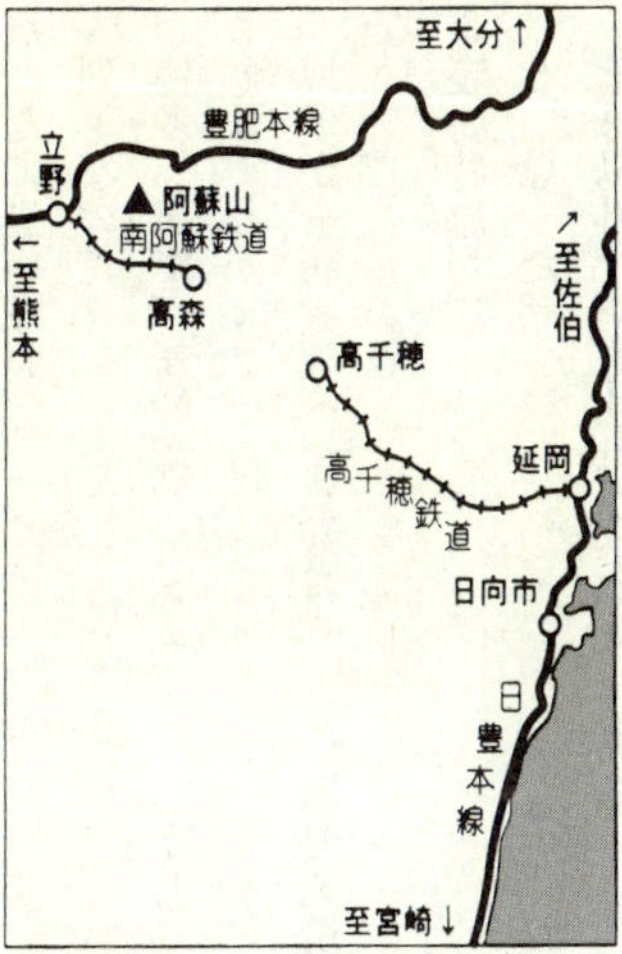

（中田が犯人として、このルートを、使ったのか？）
だが、十津川は、違うと思った。もし、飛行機を利用するのなら、むしろ、宮崎発を、使っただろうと、思ったからである。
中田が、犯人としての話だが、飛行機は、目立つと思って、利用しなかったに違いない。
それなら、熊本→東京の飛行機も使わな

かったに違いない。

列車なのだ。

博多へ出て、新幹線だろうか？　しかし、新幹線は、朝一番に乗っても、間に合わないことは、わかっている。

博多から新大阪への最終は、二〇時〇六分発だから、三十一日には、乗ることは、出来ない。

（寝台特急（ブルートレイン）だ）

と、思った。

それ以外で、方法はないからである。

十津川は、寝台特急のページを、開いてみた。

熊本を、二〇時五一分以後に出る上りのブルートレインは、一本だけである。

西鹿児島→新大阪の「なは」である。

この列車の熊本発は、二二時二七分だから、ゆっくり、乗れるのだ。

（そして、大阪着は？）

と、眼をやると、そこに、午前八時二〇分の数字が見えた。

9

　これで、中田のアリバイは、消えたのか？

　十津川は、慎重に、もう一度、時刻表を、調べてみた。

　高森からが、ぎりぎりだったからである。もっと余裕があるのかどうかの検討だった。

　一八時（午後六時）岡部ひろみを殺す
　一八時→高森一九時三〇分
　高森二〇時四二分→立野二一時〇九分
　立野二一時一三分→熊本二二時〇〇分

　これでも、二二時二七分熊本発のブルートレイン「なは」に、ゆっくり、乗れるのである。

　天の岩戸での殺害時刻を、午後七時と見ても、この時刻表は、通用する。

　二〇時三〇分（午後八時三十分）には、高森に着き、二〇時四二分の南阿蘇鉄道に、乗れるからである。

（やっぱり、中田が、犯人なのか？）

と、思ったとき、十津川は、肩を叩かれた。

小沼だった。

「こんなところで、何をしてるんだ？」

と、小沼がきく。

十津川は、立ちあがると、「とにかく、歩こう」と、いい、小沼を、駅の外へ連れ出した。

「何を深刻に考えているんだ？」

歩きながら、小沼が、きく。

十津川は、ゆっくりと、中田のことを、話した。

東京での高見まり子の事件から、中田のアリバイについてまでである。

小沼は、眼をむいて、聞いていたが、聞き終わると、唸り声をあげた。

「信じられないよ。中田が、犯人だなんて」

「私だって、信じたくはないさ。だが、中田が犯人の可能性が強いんだ。アリバイも、崩れたしね」

と、十津川は、いった。

「しかしだな」

と、小沼は、首を振って、

「君のいう通りなら、三十一日の朝、岡部の奥さんに東京から電話して来た男も、中田ということになるんじゃないか？」

「そうなるね」

「しかし、もし、それが、中田だったら、奥さんは、なぜ、岡部に内緒にしていたんだ？」

「そこは、中田が、うまく話したんだろう。例えば、岡部に女がいるのがわかった。それを、奥さんに、内緒で、話したいといえば、彼女は、岡部に、いわずに、中田に会うんじゃないかな。岡部は、仕事熱心で、奥さんのことを、放ったらかしにして来ていたからね。女がいるといわれたら、奥さんは、信じたんじゃないかね」

と、十津川は、いった。

それでも、小沼は、半信半疑の顔で、

「しかし、中田は、九時に、東京から、電話していたことになるんだ。午後六時に、高千穂に、来られるのかね？」

「列車では、間に合わないが、飛行機を使えば、十分に、来られるさ。東京→大分でも、東京→熊本でも、或いは、東京→宮崎でもいいんだ。いや、一番、便の多い、東京→福岡でも、ゆっくり、来られるさ」

と、十津川は、いった。

十津川は、立ち止まり、時刻表を広げて、東京↓福岡を、例にとってみた。

東京九時四五分↓福岡一一時三〇分
博多一一時五〇分（鹿児島本線）↓熊本一三時二六分（特急有明17号）
熊本一三時三〇分↓立野一四時二一分
立野一五時四四分↓高森一六時一五分
高森一六時三〇分（バス）↓高千穂一七時五六分

「これで、間に合うんだ。大分か、宮崎からなら、高千穂線を、使えばいい。やってみようか」

と、十津川は、いい、このルートも、調べてみた。

東京一〇時二〇分（全日空）↓宮崎一二時〇五分
宮崎一四時四二分（特急にちりん28号）↓延岡一六時〇一分
延岡一六時二〇分（高千穂線）↓天岩戸一八時〇二分
高千穂一八時〇八分

それでも、まだ、小沼は、信じかねる様子で、

「中田は、わざわざ、休暇を取って、やって来てくれたんだよ」

と、いった。

十津川は、冷静に、

「それも、考えてみれば、犯行が、ばれないかを、心配して、休暇を取って、高千穂にやって来たのかも知れない」

「よく、そこまで、親友を、疑えるもんだね」

「それが、刑事の仕事だからね」

「しかし、証拠はないんだ。そうだろう？」

「ああ、ないよ」

「じゃあ、どうするんだ？」

「君が、中田に、電話してくれ」

と、十津川は、いった。

「おれが、何と、電話するんだ？　お前は岡部の奥さんを殺したろうと、いうのか？」

小沼が、眉(まゆ)をひそめて、きく。

「それじゃあ、中田は、逃げ出すか、無視してしまうよ」

と、十津川は、苦笑してから、

「まず、君が、一人で高千穂にいることにするんだ。それから、こういう。ずっと、聞き込みをやっていたら、三十一日の夜、現場近くで、あわてて逃げ出す男を見たという目撃者が見つかったってね」

「それで？」

「当然、中田は、目撃されたのは、どんな男かと、聞く筈だ。気になるからね」

「ああ、わかるよ」

「そうしたら、おもむろに、それが、君なんだと、いうんだよ」

「そんな筈はないといったら、どうするんだ？」

「おれも、信じられなかったと、まず、いう。しかし、今日、何気なく、熊本側の高森のほうへ行ってみたら、この駅でも、駅員が三十一日の夜、君を見たといっていると、いえばいい。三十一日、中田は、天の岩戸で、殺人を犯したあと、高森へ出て、南阿蘇鉄道に乗ったに違いないから、ぎょっとするに、決っている」

十津川は、確信を持っていった。

「それだけでいいのか？」

「もう一つ、もう一度岡部に会ったというんだ。その時、岡部が、二十九日の夕食の時、奥さんが、今日、中田さんと会ったと話していたことを、思い出して、自分にいったとね。

これで、中田が犯人なら、びくつく筈だ」

「それで、どうなるんだ？」

「多分、中田は、君の口を封じようと、ここへやって来る」

「おい、怖いことをいうねえ」

「事実をいってるんだ。私が中田でも、そうするよ」

と、十津川は、いった。

「中田が、犯人じゃなかったら？」

「その時は、笑い出すだろうね」

「できれば、中田が、笑い出して、欲しいものだよ」

と、小沼は、いった。

10

その日の午後、小沼が、太陽商事大阪支店に、電話を掛け、中田営業部長を、呼び出した。

十津川は、傍で聞いていた。

小沼は、現場の聞き込みを、続けていて、やっと、目撃者を見つけたと、いった。

「三十一日の午後六時過ぎに、中年の男が、あわてて逃げるのを見たというんだよ」

と、小沼は、いった。

本来なら、喜ぶ筈の中田が一瞬、沈黙してしまってから、

「どんな男を見たといってるんだ？」

と、きいた。

「その男の背恰好を、いってくれたんだが、驚いたことに、君にそっくりなんだよ」

「そんな馬鹿な！」

「おれだって、バカバカしいと思ったがね。たまたま、君の写真を持っていたので見せたら、間違いなくこの人だというんだ。いったい、どうなってるんだろう？」

「人違いだよ」

「おれもそう思ったんだが、もう一つあるんだ」

と、小沼は、思わせぶりにいった。

「どんなことだ？」

「今朝、散歩にいってね。高森行のバスが出ているんで、乗ってみた。ひょっとすると、犯人は、熊本側に、逃げたかも知れないと思ったものだからね」

「――――」

「バスで、高森駅に着いてから、駅で、三十一日の夜おそく、怪しい人物が、南阿蘇鉄道

に乗らなかったかと、きいてみたんだ。そうしたら、確かに、三十一日の夜おそく、一人の男が、顔をかくすようにして、乗ったというんだ。ところが、その男の顔が君なんだよ。こちらの駅員も、君の写真を見せたら、この人だったと、確認しているんだよ」

「馬鹿な――」

と、中田はいったが、その声は、前より弱々しくなっていた。

小沼は、言葉を続けて、

「実は、今日、もう一度、岡部に、会えたんだよ」

「それで――？」

「岡部が、妙なことをいったんだ。二十九日のことだそうだ。夕食の時、奥さんが、今日、君に会った話をしたというんだよ。君は車で、成城のほうへ向かっていたというんだ。その話も、ちょっと、気になってねえ」

と、小沼は、いった。

中田は、電話の向こうで、唾(つば)を呑(の)み込むような声を出した。

「今、そこに、十津川もいるのか？」

「いや、奴は、東京で、事件を追っているよ。なんでも、ホステスが殺された事件だそうだ」

「君一人か？」

「わかってるよ。おれは、一人で、今日の目撃者の話を、検討してみるよ」

「おれも、行きたいが、仕事があってね」

「ああ」

と、小沼は、いった。

電話を切ると、小沼は、十津川に向かって、

「これでいいのか？」

「ああ、いいよ」

「しかし嫌な気持ちだな、友人を罠に掛けるのは」

と、小沼は、暗い顔で、いった。

「その気持ちはわかるが、岡部のほうは、無実なのに、留置場だよ」

十津川が、いうと、小沼は、「わかった」と、肯いた。

これで、罠は、仕掛けられた。大学時代の友人を、罠にかけるのだから、十津川だって、気が進まないのだ。だが、ここまで来ると、中田の犯罪を明らかにするのは、一つの義務だと、思っていた。

小沼は、落ち着きを失っていた。

「今日中に、やって来るかね？」

と、小沼は、きく。

十津川は、笑って、

「今日は、もう、間に合わないよ。中田が来るとすれば、明日だ」

と、いい、階下へ行くと、帳場で、もし、問い合わせがあったら、小沼が、一人で泊っていると、答えてくれと、頼んでおいた。

中田は、小沼の言葉を信じないで、恐らく、電話で確かめて来ると思ったからである。

東京の亀井にも、電話しておいた。

「私に電話があったら都内で、捜査に出ているといってくれ。九州に行ったことは、内緒だ」

「電話して来るのは、女性ですか？」

と、亀井が、きく。

「それなら、楽しいんだがね」

と、十津川はいった。

部屋に戻ると、小沼が、冷蔵庫から、缶ビールを、何本も出して、テーブルの上に並べている。

「今日は、飲んでいいんだろう？」

と、小沼が、きいた。

「ああ、今日はいいよ」

十津川も、小沼も、あまり、強いほうではないのだが、今日は、なかなか、酔わなかった。

ウィスキーの水割りも、頼んで、二人で、飲み出した。

と、小沼が、いった。

「君もつき合え」

二時間近く飲んでいる中(うち)に、小沼が、急に、酔いが廻って、その場に、崩れるように眠ってしまった。

十津川は、毛布をかけてやってから一人で旅館の外に出た。

すでに、周囲は暗くなっている。

まだ、夜になると、風が冷たかったが、その冷たさが、気持ちよかった。

十津川は、天の岩戸の方向に向かって、ゆっくり、歩いて行った。

もう、中田が犯人だという確信は、ゆるがない。

(奴も、可哀そうな男だ)

と、思う。

東京で、高見まり子を、殺さなければならなかったのは、追いつめられたからだろう。

そこで、すんでいれば、彼も、親友の妻を殺さなくてすんだのだ。

高見まり子の死体を車で運び出したので、偶然、岡部の妻と、その途中で、ぶつかってしまった。

中田だって、彼女まで殺すことになるとは、思っていなかったろうし、岡部ひろみにしたら、なおさら、夫の友人に、殺されるなどとは、考えていなかったのではないか。

（三月三十一日は、天の岩戸の近くで、岡部ひろみを殺したあと、中田は、どうやって、高森へ出たのか？）

刑事の性癖で、完全に、解明したくなってしまう。

高千穂から、高森へ行くバスは、もう、なくなっている。歩いたら、夜が明けてしまうだろう。

とすると、タクシーに乗るか、バイクを使ったか、或いはレンタ・カーだが、十津川は、タクシーと、レンタ・カーは、ないと思った。

高森と、高千穂の両駅は、タクシーは、あるが、その数は多くない。乗れば、運転手に顔を覚えられてしまうだろう。

レンタ・カーは、免許証を提示しなければ、車は借りられない。とすれば、それも、ないだろう。

残るのは、バイクである。

恐らく、高森で、バイクを盗み、それに乗って、高千穂にやって来て、岡部ひろみを殺し、またバイクで、高森へ出て行ったのだろう。

（岡部ひろみを殺すとき、中田は、どんな気持ちだったのだろうか？）

と、十津川は、ふと、思った。

11

翌日は、朝から、小雨だった。

「なみだ雨か」

と、小沼は、冗談めかしていったが、それが、冗談にならなくて、二人とも、ぼんやりと、雨雲を見あげてしまった。

昼になって、十津川は太陽商事の大阪支店に、電話を入れてみた。

案の定、今日、中田は、休暇を取ったという。

「やって来るぞ」

と、十津川は、小沼に、いった。

午後二時頃、旅館の帳場に、男の声で、電話が入った。

そちらに、十津川という人が、泊っていないかと聞いたという。

中田も、十津川が、来ているのではないかと、疑っているのだ。

六時に、夕食をとったあと、十津川は、別室に、入った。

あとは、中田が、現われるのを、待つだけである。

犯人に罠を仕掛けたことは、何度もあるが、こんな、重苦しい罠は、初めてだった。

午後七時、八時となった。が、まだ、中田は、現われない。

急に、部屋の襖が開いて、小沼が、顔を出した。

その顔が、いやに青い。

「今、電話があったよ」

と、小沼が、いった。

「中田からか？」

「ああ」

「呼び出しか？」

「今、天の岩戸に来ているというんだ。自分も、ここで、犯人の遺留品らしきものを見つけたから、来てくれないかというんだよ」

「突然、ここへ来るかと思ったが、呼び出しか」

「おれを、殺す気かな？」

「そうだよ」

「行くべきだろうね？」

「気が進まなければ、やめてもいいよ。他の方法で、証拠を摑むから」

と、十津川は、いった。

「いいよ。これから出かける」

と、小沼は、いった。

「君を、中田に殺させないよ。これ以上、人を殺させたくないし、君を失うのも嫌だからね」

十津川は、微笑して見せた。

まず、小沼が、旅館を出た。

少し遅れて、十津川も、旅館を出た。

雨があがって、何となく、生あたたかい。

先を歩いて行く小沼を、見失わないように、十津川は、歩いた。

周囲は、暗い。

それでも、時々、観光客らしい人たちが、かたまって、歩いて行くのに、ぶつかった。

天の岩戸で、夜神楽が行われているからだろう。

小沼が、歩きながら、煙草(たばこ)に火をつけたので、時々、ぼうッと、明るくなる。

岡部ひろみが、殺された現場近くに来た。

天の岩戸では、夜神楽が行われていて、観光客で、賑(にぎ)やかなのだろうが、この殺人現場のほうは、ひっそりと静かである。

小沼は、立ち止まって、周囲を見廻していた。

中田は、なかなか、現われない。

小沼は、しきりに、煙草を吸っている。

十津川は、物かげに身をかくしてじっと、待った。

刑事の十津川は、待つのには、馴れているが、小沼が、心配だった。

しびれを切らして、十津川を呼んだりしたら、全てが、駄目になってしまうからだった。

一時間、たった。

明らかに、小沼は疲れて、いらだっていた。

からになった煙草の箱を、くしゃくしゃに丸めて、放り投げた。

疲れて、小沼は、その場に、しゃがみ込んだ。

その時、黒い人影が、現われた。

そっと、その人影が、しゃがみ込んでいる小沼に近づいた。

小沼は、気付いていない。

人影が、手に持った何かを、頭上に振りあげた。

「止めろ！」

と、叫んで、十津川は、飛び出し、人影に向かって、突進した。

黒い人影が、ぎょっとして、立ちすくんでいる。

小沼も、立ちあがって、振り向いた。

「中田！」

と、小沼が叫んだ。

相手が、手に持った大きな石を、放り出して逃げ出した。

十津川は、突進したままの勢いで、相手にタックルした。

一緒になって地面に転倒した。

小沼も、駈け寄った。

十津川が組み伏せた相手は、突然、泣き出した。

十津川は、相手を放して、立ちあがった。

もう、相手は、逃げようとしなかった。

十津川と、小沼は、顔を、見合せて、溜息をついた。

小沼が、しゃがみ込んで、中田の肩に手をかけた。

「今度は、おれが、お前の弁護を、引き受けるよ」

と、小沼が、いった。

この作品は1998年11月向陽舎より刊行されました。

徳間文庫をお楽しみいただけましたでしょうか。どうぞご意見・ご感想をお寄せ下さい。
宛先は、〒105-8055 東京都港区芝大門2-2-1 ㈱徳間書店「文庫読者係」です。

徳間文庫

JR周遊殺人事件

2001年4月15日 初刷
2004年10月20日 4刷

著者 西村京太郎
発行者 松下武義
発行所 株式会社徳間書店
東京都港区芝大門二―二―二〒105―8055
電話 編集部〇三(五四〇三)四三五〇
販売部〇三(五四〇三)四三二四
振替 〇〇一四〇―〇―四四三九二
印刷 本郷印刷株式会社
製本 ナショナル製本協同組合

〈編集担当 吉川和利〉

ISBN4-19-891489-3 (乱丁、落丁本はお取りかえいたします)